U0127386

麥 田 人 文

王德威／主編

麥田人文92

作家談寫作
Writers on Writing

編　　　　者	約翰·達頓（John Darnton）	
譯　　　　者	戴琬真	
主　　　　編	王德威（David D. W. Wang）	
責 任 編 輯	吳莉君　吳惠貞	
出　　　　版	一方出版有限公司	
製　　　　作	麥田出版	
發 　行　 人	涂玉雲	

100台北市中正區信義路二段213號11樓
電話：(02)2351-7776　傳真：(02)2351-9179

發　　　　行　英屬蓋曼群島商家庭傳媒股份有限公司城邦分公司
104台北市中山區民生東路二段141號2樓
電話：(02)2500-0888　傳真：(02)2500-1938
網址：www.cite.com.tw　E-mail：cs@cite.com.tw
郵撥帳號：19833503
戶名：英屬蓋曼群島商家庭傳媒股份有限公司城邦分公司

香 港 發 行 所　城邦（香港）出版集團有限公司
香港北角英皇道310號雲華大廈4字樓504室
電話：25086231　傳真：25789337

馬 新 發 行 所　城邦（馬新）出版集團有限公司
Cite(M) Sdn. Bhd. (458372 U)
11, Jalan 30D/146, Desa Tasik, Sungai Besi,
57000 Kuala Lumpur, Malaysia
電話：603-9056 3833　傳真：603-9056 2833
E-mail: citekl@cite.com.tw.

印　　　　刷　中原造像股份有限公司
初 版 一 刷　2004年11月

售價／340元
版權所有·翻印必究（Printed in Taiwan）
ISBN：986-7413-51-2

作家談寫作

約翰·達頓 編　戴琬真 譯

André Aciman
Rick Bass
Saul Bellow
Anne Bernays
Carolyn Chute

E. L. Doctorow
Louise Erdrich
Thomas Fleming
Richard Ford
Mary Gordon

Carl Hiaasen
Alice Hoffman
Maureen Howard
Diane Johson
Ward Just

Jamaica Kincaid
Barbara Kingsolver
Hans Koning
David Mamet
Ed McBain

Sue Miller
Walter Mosley
Joyce Carol Oates
Sara Paretsky
Marge Piercy

Annie Proulx
Roxana Robinson
James Salter
Carol Shields
Jane Smiley
Susan Sontag

Scott Turow
John Updike
Kutt Vonnegut Jr.
Alice Walker
Paul West
Hilma Wolitzer

WRITERS
[ON WRITING]

Collected Essays
from *THE NEW YORK TIMES*

目次

創意寫作
是提供的 editor

討論群之
力量

序言

約翰・達頓

　　在我深思良久，決定成為一名作家之後不久，我的腦海裡蹦出來這一系列「作家談寫作」的想法。事實上，身為一個對寫作吹毛求疵的人，我並不是真的**決定**成為一名作家。而是因為生活中遭遇了許多有趣的意外，「成為作家」的這個想法有點像是悄悄地溜進我的身體，然後成形。

　　我已經在報界待了三十年（目前還在），大部分的時間都待在海外，包括非洲、歐洲（東西歐），還有中東。那段時間，我試著用作家的方式來寫作我的故事，使用了很多海外作家稱之為「色彩」[1] 的技巧。儘管我用盡方法、從半個地球以外的地方生產出了成千上萬個文字，儘管這些字都有個所謂**故事**的樣子，我並不認為我是一名**作家**。就像大多數海外特派記者一樣，我所引以為傲的是：我如何將這些事實從棘手的情況中挖掘出來，而不是我如何將這些事實排列組合成一篇文章。關於如何稱呼我們這群人，我並不介意用一個具偏見的自貶名詞：「寫字員」（hacks），雖然在這個名詞的背後，我們心底深處其實並不認同這個歸類。

1　色彩（color）此應指地方色彩。

（如果你想要稱讚一名記者，千萬不要說他公正客觀地呈現事實；相反地，你要告訴他，他的報導相當有智慧，這樣你就會看見他趾高氣昂的模樣。）我曾經在受邀參加一場位於佛蒙特州（Vermont）的作家研討會時，感受到一種深層的猶豫：我非常高興能和作家一起參加座談，但是一直覺得自己像個冒牌貨。

曾經有一段時間，我在紐約當編輯，在我有點空閒的時候，我著手創作一本小說：《尼安德塔人》（Neanderthal）。一開始，這只是一項消遣。我讀了一篇報導，那是關於人類已經絕跡的神祕祖先，於是我就想，如果他們有一夥人仍然存活下來，而且和我們這群狡詐掠奪的族類產生衝突，一定很有趣。在故事裡，我盡其所能地加入許多精確的科學知識，於是乎，嚴格說來這是本小說（novel），但實際上是本商業小說（commercial fiction）。「商業小說」指的是拿來賣錢的書，而且也比較容易寫，因為每次當你面對空白螢幕時，完全毋須擔心自己會變成福克納（Faulkner）。

我很快發現了一個小訣竅。有一天我跟一位作家朋友抱怨，他是奈洛比（Nairobi）[2]記者團的「寫字員」同袍，我抱怨我的寫作進度很慢，每天只能寫一千個字。他坐得筆直，喝下他的威士忌，透過一團香菸迷霧盯著我。「一天一千字！真是棒呆了！你難道不了解嗎？那代表一個月有三萬字。三、四個月後你就寫完一本書了。」我算了算，他說的對。於是我將電腦做了設定，好讓我在敲完一千字時就能停工。這個方法成效不錯。一件巨大的工程被分割成一小塊一小塊。我不再需要在費力爬山的同時，

---

2 奈洛比，非洲肯亞的首都。

還得盯著遠在天邊的白皚山巔；相反的，我每天都爬一小坡段，直到有一天，我將會攻上頂峰。而那一天真的到來了。我開始感覺自己像莫里哀（Molière）筆下的暴發戶，他終於理解到，原來他一直都在說散文[3]。這個想法讓我震驚，或許，我原本就是個作家呢。

　　所以，我就想，如果能籌劃一系列讓作家談論他們職業的專欄，不是很有趣嗎？也許，他們會有什麼小訣竅可以傳授。也許，他們能讓這個魔術揭去一些神祕的面紗。像是，他們從哪裡得到靈感啦？或者，他們應該要談談文學。又比方說，可以談閱讀，因為大家都認為，我們正掉入一個文盲社會的深淵。我擬了一張作家清單，列出那些我最想聽聽他們現身說法的作家（後來我發現，名單上的人並不見得都想聽我的提案）。我放了一些名家的名字：厄普戴克（Updike）、貝婁（Bellow）、達克托羅（Doctorow）。然後又補了一些，像文壇新秀、實驗作家、偏激分子、異端作家等。我去參加筆會（PEN）的聚會，然後像個好萊塢經紀人一樣，逐桌簽下每位作家。

　　我學到很多事情。不是每個作家都想要談論他們的工作。有很多作家根本不理會截稿時間。他們不像記者一樣，會禮貌優雅地接受指派，事實上，必須得要他們**想**做這件事才行。另外，小

---

[3]《暴發戶》（*Le Bourgeois Gentilhomme*），莫里哀的短篇故事，描寫一位突然發財的商人想要模仿貴族的種種可笑行徑。「散文」一段源自暴發戶想請哲學老師幫他寫一封情書，老師問他要用「散文體」或「韻文體」。暴發戶弄不懂這兩個專有名詞，於是說都不是。老師回答說不能都不是，因為下筆為文非散文即韻文。最後在老師的解說下，他才驚訝地發現，「我竟然不知道自己已經說了四十年以上的散文！」

心別隨便打斷作家的工作：假如他表現得想要在電話中多聊聊，那可不是個好兆頭。有些是完美主義者（有一位甚至被一個錯置的逗點給激怒）。有些很虛榮（有一位砍了三百字的篇幅就為了放上一張照片）。不過在有一點上，他們全都是凡人：他們馬上就想知道你對他們作品的看法。

這一系列的專欄相當受到歡迎。有一個原因可能是，寫作的地位高於日報上的尋常內容。另一個大概是主題的關係，這些主題傾向隱私，探討想像力的私密境地。另外，我想第三個理由是，很多人都有一股暗自的衝動想要成為作家。我們的生活都是一篇篇的故事。你不是常聽到某個人說，假如他有辦法把腦海裡的故事說出來，肯定會是很棒的書。

這讓我想起一位朋友的俏皮評論，他是我兒子的友人，一個飽受早熟之苦的英國青少年。他跟我借了我的第一本書在回家的飛機上看，然後寄了一張明信片給我，很顯然是在竊笑，他寫道：「我認為你的書很棒，大家都說每個人心裡都有一本很棒的書。我很期待你的那本書。」

不過，我離題了。我的電腦提醒我，我已經寫太長了——已經超過二十六個字。

WRITERS [ON WRITING]

Collected Essays
from *THE NEW YORK TIMES*

作家談寫作

一位文人朝聖者向昔日邁進

安德烈・埃斯曼

1951年出生於埃及亞歷山大港一個富有的西班牙猶太裔家庭，他的父祖輩從義大利流浪到土耳其，爾後定居於埃及，雖然生活在伊斯蘭文化圈，但仍保留濃厚的歐洲傳統，家族成員相當看不起阿拉伯語，多半使用高雅的法語、英語或義大利語交談。在納瑟（Nasser）當政時期，由於阿拉伯民族主義高漲，埃斯曼一家刻意隱藏其猶太身分，最後還是迫於政治情勢，於1965年陸續移居義大利、法國，並於1968年抵達紐約定居。家族和個人的遷徙生涯，使他以長年流放者自居，也使得「放逐」、「離散」、「記憶」、「鄉愁」等主題成為其作品的鮮明特色。目前任教於紐約巴德學院（Bard College），教授法文和比較文學，並經常為《紐約時報》和《紐約客》等刊物撰稿。著有回憶錄《遠離埃及》（*Out of Egypt: A Memoir*, 1994），探討地方與記憶的文集《錯誤文件：放逐與記憶文集》（*The False Papers: Essays of Exile and Memory*, 2000），和薩伊德等人合著有《遷徙的文字：關於放逐、認同、語言和失落的反思》（*Letters of Transit: Reflections on Exile, Identity, Language and Loss*, 1999），並編有談論普魯斯特的《普魯斯特研究》（*The Proust Project*, 2004）。

　　每當我試著去理解自己的作家身分時，那位牙醫的聲音總會在我腦海裡響起。那一回，在總算把我臼齒裡一條意外的第四條神經拔除後，他大叫了出來。身為一名作家，我有沒有他所謂的那條「隱性神經」呢？

　　難道不是所有的作家都有一條「隱性神經」嗎？他們稱這條神經是個祕室，一個他們專屬的財產，一個刺激思考的想像力，一個使想像力奔馳的東西，或者，它就像簽名一樣，可以用來鑑別這些作家，雖然它比他們的風格，他們的語調，或是其他種種洩漏機密的習慣舉動，要來得更深不可見。

　　每一位作家最終都是屬於那條隱性神經的。在這個個人回憶錄的年代，書寫自我就是作家要揭露這條神經的時候。然而，每一位作家的首要功課也是如何去迴避它，掩飾它，彷彿這條神經是深刻可恥的祕密，需要用保護套層層遮蓋起來。有些人甚至不知道，他們早就把這條神經從他們的眼裡篩除，更別說別人能瞧見端倪了。有些人錯把自白當成內省。有些人也許更狡猾，他們打開誘人的捷徑和兜繞的圈廊來誤導所有人。有些人則不清楚，他們寫作到底是為了要丟棄還是藏匿這條神經。

　　我不知道我屬於哪一種類型。

　　如果從所謂保護套的觀點來說，我立刻就可以看見自己的裏布。我的裏布是「地方」（place）。我的內心探索旅程是從書寫某個「地方」開始。有些人的起點是書寫愛情、戰爭、痛苦、殘酷、權力、上帝或家園。我則是描寫一個地方，或是，描寫對一

個地方的記憶。我書寫一個名為亞歷山大港的城市，一個我應該要熱愛的城市。我還寫其他城市，這些城市提醒著有一個我朝思暮想而已經幻滅的世界。我書寫放逐、記憶和時間的軌跡。所以，這一切看起來，似乎我是為了捉住、保存和返回過往而寫作，雖然，我也可能只是為了遺忘和拋棄過往而寫。

可是，我的隱性神經仍躲藏在其他地方。為了更接近它，我必須書寫發生在漂泊地點的失落和瘋狂。在這些臨時落腳點，其他人似乎都有一個家，一個棲身所，每個人都有一個目標，都知道自己的身分，都可以預見自己未來的模樣。

然而，我的亞歷山大港同鄉們在任何地方都沒有安穩的立足處。隨著這個真實世界投擲在他們眼前的生疏感，他們轉換時差、熱情、忠誠以及口音——他們是真實世界裡的異鄉人，永遠疏離。不過，當脫去這第二層裹布時，你會發現還有一層。

我可能表面上寫的是地點和搬遷，不過我真正寫的是離散、逃避和矛盾：在我所有的作品裡沒有比「遷移」（move）更重要的主題了。我會描寫紐約的小公園，這些小公園讓我想起羅馬；我會寫巴黎的小廣場，這些小廣場則讓我想起紐約；還有，我會描寫世界上很多的地方，而這些地點最終會帶我回到亞歷山大港。但是，這些交錯複雜的軌跡只是我的展示手段，展示我生活中的其他一切是多麼的零散和分裂。

我可能永遠不會用離散或逃避的字眼。但是，我圍繞著它們書寫。我藉書寫來逃離它們。它們是我的繆思，如同一些人書寫關於寂寞、罪惡、恥辱、挫敗、不忠，相較於與它們面對面，這是比較好的辦法。

矛盾與離散深植在我的體內，深到我不知道我是否喜歡那個

自己選擇稱為「家」的地方；也不知道我是否喜歡那個無人觀看時的「作家我」，或甚至「我這個人」？不過，寫作這行為本身已成為我尋找空間、建立家園的方式，成為我用紙張替潮濕、無形的世界塑形的方式，就像威尼斯人打入木樁用以支撐蝕陷的家園。

為了要給我的生命一個形式，一個故事，一個紀年，所以我寫作；而且，為了好看，我把鬆散的尾巴用韻律的散文彌封了起來，在缺乏光澤的事物上綴上亮片。為了將觸角伸出這個真實的世界，所以我寫作，即便我知道我寫作是為了逃離這個過分真實的世界，這個永遠不如我想像那般短暫的、矛盾的世界。結局的時候，這個世界已經不再是、或者從來也不是我喜歡的那個世界，只剩下書寫本身而已。我藉著寫作來了解我的身分；我藉著寫作給自己偷溜的機會。我寫作因為我總是和這個世界有些疏離，但卻又已經喜歡上訴說這疏離。

所以，我轉向亞歷山大港──那個似是而非的神祕家園。不過，亞歷山大港只不過是一個不在場證明，一個模型，一個建構。書寫亞歷山大港讓我心裡的渾沌有了一個地理框架。亞歷山大港是我給這堆渾沌起的綽號。一旦接獲提示，我就會不自覺地開始書寫亞歷山大港。

我會書寫離散（diaspora）和驅逐（dispossession），但這些偉大字詞串聯了我的內在虛構，就像謊言幫助真理廣布流傳一樣。我使用**放逐**（exile）這個字，不是因為我認為它適合，而是因為它接近一種更為熟稔、更為痛苦、更為棘手的某種經驗：從自我中放逐，意思是，我可以如此輕易地擁有另一個人生，住在其他地方，愛其他人，變成某個他人。

　　我不斷書寫地方，因為它們當中有些是對我自身的密語書寫：就像我一樣，它們總是有點過時、孤獨、不定、在大城市中格格不入，這些地方已經不只是亞歷山大港的替身，也是我的替身。我走過它們，然後想到我自己。

　　讓我將時光倒轉三十年。

　　現在是 1968 年 10 月，我剛剛抵達紐約市不久。早晨寒風刺骨。這是我在這兒的第二週。我已經在林肯中心的收發室找到一份差事。每天早上十點半，我當班的時候，整個廣場空蕩蕩的，噴水池也靜悄悄的。在這裡，每天早上我總會想起我的童年，那時候，母親會沿著一條安靜的產業道路帶我離家走上好長一段路。

　　這段回憶裡也有一股靜謐和安祥。每天早上出門，我知道，曼哈頓潮濕的微風一吹拂我就會想起那一段往事，想起那些農場裡的早晨，想起那雙牽著我散步的手。

　　再往前快轉二十多年。現在是 1992 年。在某些溫熱的夏日正午，我會到第六十街去接我母親，她還在那裡當辦事員。我們在百老匯買了水果和三明治，走上一段，直到在林肯中心的達姆羅奇公園（Damrosch Park）找到有樹蔭的石板凳。有時候，我會帶著兩歲的兒子一起，他會到處戲耍，只吃一口，又跑去躲在一塚塚的花床間。

　　之後，我和他會陪母親走回她的辦公室；道別後，我們便走向百老匯一個小公園對面去搭公車，那個公園裡有一座但丁的雕像。我告訴兒子關於保羅和法蘭西斯卡（Paolo and Francesca）的故事，殘酷的簡喬托（Gianciotto），被放逐的法利納塔（Farinata）以及和他的孩子們一起挨餓的尤戈里諾公爵（Count Ugolino）[1]。

　　但丁的雕像至今仍使我想起當時說給孩子聽的那些故事；它
讓我記起這個公園以及其他我所描寫過的小公園，也提醒著我身
為人子的罪惡，讓母親在隨心所欲之年還從事如此卑微的工作，
在天氣明明對她來說太過溫熱的時候還帶她出來散步；它還提醒
著我，為了寫我們在埃及生活的回憶錄，我僱了一個全職的保
姆，每次我去接兒子午餐，她總是非常欣喜有機會休息，而我對
這些午餐約會有時卻十分憤怒，因為它把我從書桌前偷走。我回
想起那個夏天，想起每回我母親抱怨我又遲到時，我爆發似的厲
聲斥責。

　　有一天，我失去理智，在午餐時把她弄哭之後，我回到家寫
下那一天，她如何坐在亞歷山大港老家的陽台上，抽著煙；那一
天，風如何輕拂過她的秀髮；那一天，她接到學校的電話告知說
我被勒令停學，然後來學校接我。我們一起搭電車往市中心去，
一個接一個地唱著每一站的站名。

　　現在，每當我想起那些林肯中心的炎熱午後，我會看見兩個
男孩──我和我兒子，看見我的兩位母親：九〇年代初夏日午餐
的那個母親，以及二十五年前記憶中和我一同走在產業道路上的
那個母親。不過在達姆羅奇公園石板凳上，最清晰的那個母親是
和我一起搭電車回家的那一位：安祥、奔放、無憂無慮，當她對
我朗誦著站名時，她的臉上有著太陽的光彩。

　　我沒有編造電車車站的名字，但我的確編造了那一天她來學
校接我的場景。這無傷大雅。因為，那場景的隱性神經仍留在其
他某處：留在我那想待在家裡寫作的渴望裡，留在我那不知道我

----

1 這些都是但丁《神曲》中的人物。

所寫的是哪一個母親的無知裡，留在那希望她能重拾青春的想望裡，或是，留在我那能再一次成為她的小男孩的希望裡，或者留在那希望我倆仍在埃及或慶幸我倆已經不在的想望中。

也許這是因為那一天，我沒有成功地將她從工作中解救出來，因此，我把整個情景轉化為她將我從學校中援救出來；或者，也許因為我不願相信一個完全憑空想像出來的場景會有這麼大的洗滌（cathartic）效果，也不願意相信謊言的確會解除心中死沉的記憶重量。

我不知道。也許寫作打開了一個平行的宇宙，在那裡，我們能夠隨心所欲運轉我們最深層的記憶，並加以重新編排。

也許，這就是為何所有的回憶錄作家都會說謊的原因。在稿紙上，我們改變真相以祈求它們也在現實世界跟著改變；我們對於過去撒謊並發明加以取代的回憶，希望能使我們的生活更有意義，希望能過我們所知道屬於真實我們的生活。我們書寫生活，不是為了要看清楚它是什麼樣子，而是從我們希望別人如何看它的方式來看待它。因此，我們可以藉由他們的眼光，透過他們的眼睛，而不是我們的眼睛，重新透視我們的生活。

也許，只有那時候，我們會開始了解我們的人生，會去包容，最終或許還會發現那些故事的美好。並非所有的生命都曾經是美好的，但美好人生的標準也許是一種領會生命缺憾的方法，了解到這些缺憾不可原諒，儘管如此，還是能在每一天學會用另一種方式來看待它們。

跟隨一條獵犬更徹底地投入世界
瑞克‧巴斯

美國自然作家。1958年出生於德州，父親是地質學者，自小就對自然
世界充滿興趣。1979年畢業於猶他州立大學，之後擔任七年的石油地
質學家，足跡遍及美國西部和西南部，包括密西西比河流域，這些地
區也成為他日後的主要素材。巴斯作品中所呈現的幽默、活力、陽
光、對權威的挑戰以及坦率和真誠，在在顯露出濃厚的美國西南部風
格。作品甚豐，包括描寫其石油探查生涯的《石油筆記》（*Oil Notes*,
1989），長篇小說《大海從前在哪裡》（*Where the Sea Used to Be*,
1998），短篇小說集《隱士故事》（*The Hermit's Story*, 2002），以及非文
學類作品《荒野之冬》（*Winter: Notes from Montana*, 1991／中譯本：季
節風）、《天空‧星星‧荒野》（*The Sky, The Star, The Wildness*, 1997／
中譯本：雙月書屋）等。

　　我從來沒試著去寫一整本有關寇特——我的狗——的書，更別說兩本了，然而，牠是一股能量。這隻神奇的動物教了我許多事——打獵是必然的，牠還讓我學到桀驁不馴的熱情——牠的力量是如此強烈，即使牠不在身邊，我仍可以筆耕不輟至今。

　　不用懷疑，我和寇特的關係當然複雜。在我四十一歲之前，從來沒人問過我：照顧、崇拜，甚至是愛一隻動物，比方說像寇特這樣的狗，與獵捕另一種動物，比方說像松雞，這兩者有何不同：事實上，就是利用第一種動物，寇特，引導你去找到第二種動物，好讓你們兩個——狗跟男人，或狗跟女人——可以試著去取那隻飛禽的性命。

　　這種人狗關係的道理很簡單：一隻像寇特這樣優秀的狗，可以在我無法發現的地方，在我經過卻毫無察覺的地方，找到一隻藏匿的飛禽——有可能是一隻雉雞，一隻尖尾松雞，或一隻山齒鶉。原因很單純：利用像寇特這樣優秀的狗來搜捕飛禽，是最有效、也最令人振奮的方式。

　　這隻狗的智慧和熱情——「癖好」（mania）也許是更精確的用字——會讓你疲累、遲鈍的感官緊繃起來。當你和狗一起打獵，一起追逐牠天生就會追逐的東西時，牠會逼迫你變得更機警、更敏銳：你不只會更積極的投入風景和獵物，還會全神貫注於獵犬本身的反應。

　　然而，假如問題換成這樣：若是某個人既崇拜獵犬的智慧，同時又深深讚賞野生飛禽的特質，那麼他為何會養育其中一種，

但同時又為了果腹或其他原因而獵捕另一種呢？嗯，我不能替狗回答這件事。但我可以告訴你，當我全心全意跟著那隻和我朝夕相處、由我養大的生物，一起在我那塊幾乎是終年居住、朝夕經過的地盤上打獵時，對我來說，那究竟是怎麼一回事。

也許，在我說明那是怎麼一回事的同時，還可以發現或看出這個問題的其他答案。即便如今這個問題對我來說，似乎不太像是討論養狗和獵殺飛禽這兩者有何不同，而是恰好相反，尤其在原野上，當狗和飛禽和人互相牽引時：一切都融合在一塊，而不是各自分離獨立。

西班牙哲學家奧爾特加—賈賽特（Ortega y Gassett）說，在自然史的領域裡（還有別的領域嗎？），獵物因著它的飛行，引起肉食動物的注意。就如同麥克英泰爾（Thomas McIntyre）所闡述的：「動物之所以被當做獵物追捕和機率大小無關，而是因為在牠們的本能深處早就預視到獵人的存在（甚至早在獵人踏進林子之前就知道了），因此牠們早就被塑造成機警、多疑、難以捉摸……再一次，根據那位哲學家的說法，對待一個喜歡躲藏生活的生物，唯一適合的應對方式就是盡量去捕捉牠。」

因為我從不曾想過要獵捕其他肉食動物，像是熊、獅子等等，或是最大的哺乳類動物，像是不會飛的麋鹿或大象，所以我滿同意這個見解中的某幾點。

我認為，每個獵人都對某個特殊種類的獵物有特殊癖好，這些特定獵物的行為、飛行、習慣和原始棲息地特別吸引和呼喚某個獵人的注意。（以我為例，那個特別的種類是高地飛禽，牠們先是安靜蜷伏，然後呼的一聲就快速飛去。對其他人來說，那個特別的獵物可能是白尾鹿，或可能是駝鹿。我認為每一組獵人、

風景和獵物的組合，在個別的獵人心中都有著些許不同的共鳴。）

假若真是如此，那麼獵人——或如我常說的「射手」——的各種惡行，以及非獵人的迷惑、不解或誤會，乃至獵人為何打獵，為何帶或不帶獵犬（獵犬最好是做為獵人自身的延伸，讓他或她的感官稍微超出他們原本的能力），這一切問題，可能都是起因於提問者無法與那股私密的召喚共處，或是無法理解與那股召喚共處會是什麼樣子。

我認為最糟的情況是，那些不斷前往野外獵捕卻從沒想過這些事的獵人或射手：他們打獵（或射殺）的目的只是為了飽滿行囊，或只是為了跳脫自己，以便旁觀他或她在逐掠中所創造出來的畫面，而不是在那股召喚中迷失，假使那些由鮮血、風景、獵物、飢餓、經驗、獵犬、季節和上萬種可變因素所拼湊成的所謂神祕線索真能夠結合在這位獵人的身上（據說大約有百分之五的人確實有這種經驗），並誘出那股召喚。

我喜歡在原野上獨處，或是跟一兩個好友，注視著我的狗：把視線從風景移轉到狗，移轉到我朋友，再回到風景。

我真的能夠解釋置身其中是怎麼一回事嗎？不盡然。我只能盡量描述。另一個沒這同樣血液和經驗的人，或許能站在同一個山丘上，跟在同一條嗅著同一隻藏匿飛禽的獵犬後面——等待展翅瞬間的轟隆爆響——但那個人不會是我，不會是內在的我。

那股召喚是一種比氣味，或是比任何獵物更不可避免的東西。那是流動在某人血液裡的本質，是他被傳喚到這世界的原因。我最後並沒有獵到很多野禽。但那得來不易的暗沉血肉，與用其他知或不知的方式所得到的動植物的那種枯燥的食物色澤，

有著相當的差距，而這個差距，正是把我與其餘的廣大世界區隔開來的距離。這個距離讓我能差強人意地適應我在世界中的位置，以及適應那個在我自己身體裡的位置：一個我最舒適的位置，一個讓世界最有意義的位置。

秋天的時候，我會進到那個位置。我變得更像我自己，並朝著那早在我出生之前就已為我選定的獵物邁進。曠野的風景成了我擴展生命的疆界。在這段旅程中，寇特是我的夥伴。

藏身在科技帝國中的文字共和國
索爾‧貝婁

美國小說家，1976年諾貝爾文學獎得主。1915年出生於加拿大魁北克，雙親為俄國猶太人，1924年舉家遷往芝加哥，大學畢業後加入大英百科全書編輯部，負責古今經典圖書的編纂工作。二次大戰期間曾在商船上服務，並以這段經歷完成首部小說《擺盪的人》（*The Danghing man*, 1944）。戰後陸續在普林斯頓和芝加哥等大學執教。貝婁長於人物刻畫，敘事精采，風格獨具，大部分作品都顯示出一種活潑的幽默感，對於當代文化和人情冷暖具有敏銳的分析和了解，一生獲獎無數。成名之作為描述自我意識和個人自由的長篇小說《阿奇正傳》（*The Adventures Of Augie March*, 1953）；《雨王漢德遜》（*Henderson, The Rain King; A Novel*, 1959）以喜劇的手法處理人類苦痛的悲愴；最成功的作品是描寫當代美國猶太人生活的《何索》（*Herzog*, 1964）；後期著作還包括普立茲得獎作品《洪堡的禮物》（*Humboldt's Gift*, 1975）等。2000年以85歲高齡出版長篇小說《像他這樣一個知識分子》（*Ravelstein*, 2000／中譯本：時報），對當代知識界提出精采的剖析。

　　當我是個小男孩，還在「探索文學」的時候，我常想，要是街上有一半的人都讀過普魯斯特（Proust）和喬伊斯（Joyce），或是勞倫斯（T. E. Lawrence）、巴斯特納克（Pasternak）和卡夫卡，那該有多好。後來我才知道，民主社會的大眾對高雅文化（high culture）有多抗拒。林肯還是個拓荒少年時就讀了普魯塔克（Plutarch）[1]、莎士比亞和聖經。不過，他畢竟是林肯啊。

　　後來，當我開車、搭巴士和坐火車到中西部旅行時，我固定會造訪小鎮的圖書館，我發現愛荷華州基歐卡克（Keokuk）和密西根州班頓港（Benton Harbor）的讀者，經常借閱普魯斯特和喬伊斯，甚至史維渥（Italo Svevo）[2] 和安德利・貝里（Andrey Bely）[3]。D・H・勞倫斯（D. H. Lawrence）也很受歡迎。有時候，我會想起，上帝因為十個正直的人而放過所多瑪城（Sodom）。當然我不是說基歐卡克像所多瑪城一般邪惡，也不是說密西根州的班頓港會吸引普魯斯特的夏呂斯男爵（Baron de Charlus）[4] 在此定居。我似乎有一股堅定的民主欲望，想在最不可能的地方找到高雅文化的證據。

---

1 普魯塔克（46-120），古羅馬時代著名的哲學家、傳記家和隨筆作家，其《希臘羅馬名人傳》是了解上古時代的經典史料。

2 史維渥（1861-1928），義大利知名小說家，著有名作《季諾的告白》（*Confessions of Zeno*）。

3 安德利・貝里（1880-1934），俄國詩人和小說家。

4 夏呂斯男爵是普魯斯特《追憶似水年華》中的一位同性戀者。該書第五卷《所多瑪與蛾摩拉》（*Sodome et Gomorrhe*）對同性戀議題多所著墨。

　　我已經身為小說家有好幾十年了，而且打從一開始，我就認知到這個職業很有問題。在1930年代，一位芝加哥的年長鄰居告訴我，他替廉價通俗書刊寫小說。「這個街區的人都很疑惑，為什麼我不去找份工作，他們看我寧可整天到處閒逛、修剪樹木、漆籬笆，卻不去工廠幹活。但我是個作家啊。我替《領航》（Argosy）和《薩維齊博士》（Doc Savage）[5] 寫故事啊，」他有點沮喪地說著：「他們不認為那是一種職業。」他很可能是注意到我是個愛看書的小孩，認為我可能會同情他，也或許，他是試著要警告我別變成異類。不過一切為時已晚。

　　最開始的時候，也有人警告我：小說已經瀕臨死亡，就像城堡和弩弓一樣都已淪為歷史。沒有人會想和歷史作對。史賓格勒（Oswald Spengler）是1930年代早期最受歡迎的作家之一，他叮嚀著我們，那飽受折磨的文明已經近乎結束了。他對年輕人的建議是，要他們放棄文學藝術而去擁抱機械科學，然後成為工程師。

　　為了拒絕做老古板，你挑戰並抗拒了那些進化論派的史學家。我年輕的時候對史賓格勒萬分尊敬，不過即使在當時，我也無法接受他的結論，於是我（滿懷崇敬和仰慕地）打從心裡希望他消失。

---

[5]《領航》和《薩維齊博士》是美國有名的通俗雜誌。1890年代，慕賽（Frank Munsey）重新將《領航》轉型為以通俗文學為主的雜誌，也因此，雖然其內容多為辛辣的情愛故事，不過仍成就不少作家。之後各家不同的通俗雜誌紛紛出爐，史翠特與史密斯出版社（Street and Smith）所發行的《人物雜誌》也是成功的例子，其中第二期的主角薩維齊博士十分熱門，最後還有專屬的雜誌。參閱 <http://thepulp.net/docsavage.html>。

六十年後的今天，在最近一期《華爾街日報》上，我讀到一篇當代版的史賓格勒式論調。泰瑞‧堤奧特（Terry Teachout）[6]，他不像史賓格勒一樣會朝我們丟出排山倒海、令人招架不住的史學理論，但是有跡象顯示，他的那些證據也是經過仔細斟酌、過濾和思考的。

他談論我們這個時代的「原子化文化」，他的意見有根有據、包含最新資訊、也經過深思熟慮。他談的是「做為一種技術的藝術形式」。他告訴我們，電影很快就可以從網路上「下載」──也就是說，可以從電腦傳輸到任何裝備的記憶體中──並預測電影很快就會像書本一樣上市販售。他預測科技近乎奇技的力量將會引領我們走向新時代的開端。他下了這樣的結論：「一旦這一天真的到來，我猜獨立製片的電影會取代小說成為二十一世紀最主要的嚴肅敘事工具。」

為了證實這個論點，堤奧特舉出圖書銷售量的急遽下滑和電影觀賞人數的大幅增加為例：「對三十歲以下的美國人來說，電影已經取代小說成為藝術表現的主導方式。」他補充道，像湯姆‧克蘭西（Tom Clancy）和史蒂芬‧金（Stephen King）這樣的暢銷小說家，「每部作品頂多賣一百萬本左右」，接著強調，「可是NBC電視影集《歡樂酒店》（Cheers）的完結篇，卻吸引了四千兩百萬人觀賞。」

從多數主義者的觀點來看，電影是贏了。「小說影響全國性言論的力量已經消逝，」堤奧特說道。但是，我不全然清楚《白鯨記》（Moby-Dick）和《紅字》（The Scarlet Letter）在它們那個年

6 堤奧特，《華爾街日報》的知名樂評。

代對「全國性言論」有什麼重大影響。在十九世紀中葉，《湯姆叔叔的小屋》（*Uncle Tom's Cabin*，或譯《黑奴籲天錄》）才是備受大眾注目的作品。《白鯨記》當時是小眾小說。

二十世紀文學巨著的作者，大部分是些沒把大眾放在心上的小說家。普魯斯特和喬伊斯的小說是在文化的薄暮中生成，他們並不打算成為燦爛炫目的流行焦點。

堤奧特在《華爾街日報》的那篇文章是依循觀察家的路子，觀察家的目的在於發掘趨勢。「根據一項最近的研究，百分之五十五的美國人花在閱讀任何東西的時間上少於三十分鐘……關於電影超越小說這件事，很有可能不是因為美國人變笨了，而是因為小說是一種過時的藝術技術。」

「我們不習慣將藝術形式視為一種技術，」他說：「但它們的確是，換句話說，新的科技發展把舊形式逼向死亡。」

文中除了強調可吸引年輕科學愛好者的技術之外，還有其他明顯的偏好：你最好別特立獨行，當百萬個電影觀眾中的一個好過當幾千個書籍讀者中的一位。更何況，讀者孤單地閱讀，電影觀眾卻是屬於偉大的多數；堤奧特不但有機械化的本領，數字化的本事也不差。除了避免過時，以及避免引發情感之外，技術還可幫我們解決問題，它比個人思想更為可靠，不論那個人有多傑出都一樣。

約翰‧奇佛（John Cheever）很久以前告訴我，他的讀者從全國各地寫信來支持他繼續寫作。當他工作時，他知道草皮外的林子裡躲著一群讀者和筆友。他說：「假如我無法想像他們，我就會沉淪。」另一位小說家萊特‧莫里斯（Wright Morris）催促我去找一台電動打字機，他說，他很少把他的機器關掉。「當我

沒寫作時，我就聽著那電器的聲音。」「它陪伴著我。我們彼此
對話。」

　　我懷疑堤奧特會如何用他所謂的「做為一種技術的藝術形式」
來處理這類個人癖好。也許他會爭辯說，這兩位作家已經有點脫
離「大眾文化的影響」了。堤奧特的論點中至少有一個值得稱許
的目的：他認為自己找到一種將觀影「大眾」和高品味「小眾」
連在一起的方法。不過，他真正感興趣的還是那「數以百萬」：
數以百萬的金錢、數以百萬的讀者、數以百萬的觀眾。

　　「每個人」都會做的事，就是去看電影，堤奧特說。這一
點，他是對的。

　　回溯到二〇年代，每逢星期六，八到十二歲的小孩都會排成
一列，為的是買一張五分錢的電影票去看上星期六還沒演完的緊
要關頭。在女主角就要被火車輾過的千鈞一髮之際，救星出現
了。接著是新的一集；然後是新聞短片和《一窩小屁蛋》（*Our
Gang*）[7]。最後是湯姆‧密克斯（Tom Mix）的西部片，或者珍
妮‧蓋諾（Janet Gaynor）描述年輕新婚夫婦快樂生活的浪漫電
影，或是葛羅莉亞‧史汪森（Gloria Swanson）、希妲‧芭拉
（Theda Bara）、華勒士‧貝瑞（Wallace Beery）、阿道夫‧曼竹
（Adolphe Menjou），或者是瑪麗‧杜斯勒（Marie Dressler）。當然
還有卓別林（Charlie Chaplin）的《淘金記》（*The Gold Rush*），
從《淘金記》到傑克‧倫敦（Jack London）的故事，只有一步之
差。

7《一窩小屁蛋》，1920至1930年代在美國盛行一時的系列喜劇短片，以一群小
　孩為主角。

　　電影觀眾和書籍讀者之間並沒有衝突。沒有人會監督我們的閱讀。我們要靠自己。我們教化自己。我們發現或創造一個精神或想像的生活。因為我們可以閱讀，所以我們也學著去寫作。先看《金銀島》的電影版再去讀原著並不會困擾我。它們誰也搶不了誰的鋒頭。

　　美國有個比較特別的怪異之處在於，我們的「少數」數量很多、規模很大。人數高達百萬的「少數」一點也不稀奇。不過事實上，這數以百萬的識字美國人目前正處於彼此分離的狀態。他們可能是奇佛的讀者，這群人多到根本無法藏身在樹林裡。全國各地的文學系尚無法成功地把他們和書本、作品疏離開來，不論新舊作品都一樣。我的朋友凱斯・巴佛（Keith Botsford）和我強烈地感覺到，假如樹林裡到處充滿著流浪的讀者，那之中很可能也有些是作者。

　　想要了解他們的存在，你只消出版一本像是《文字共和國》（The Republic of Letters）[8] 這樣的雜誌。有了這樣的鼓勵，沒落的無名作者就會再次現身。一位早期的讀者寫信來說，我們的雜誌「因為如此新鮮、親近的內容」而顯得「真實、專注、毫不造作」。她注意到雜誌裡沒有廣告欄，因而問道：「可能嗎？撐得下去嗎？」她稱這份雜誌是「一劑對抗人類心中逐漸萎縮的人性的解藥」。在她的來信結尾，她補充說：「老一輩的人有必要幫助我們回憶我們過去的樣子，以及我們應該成為的模樣。」

　　這正是凱斯和我希望我們的「文人小報」所能做到的。這兩

---

[8] 《文字共和國》，由貝婁和巴佛創辦的文學和藝術評論雜誌，創立於1997年，目前每年出版兩期。

年來，它一直保持如此。我們是一對理想主義的怪人，覺得自己
要對文學盡點義務。希望我們不像那些不切實際的人道社會改良
家，他們在馬匹日漸滅絕的同時，還不斷捐贈飼料槽給市政廳廣
場上那三十隻迷你馬。

　　我們無法猜測究竟有多少獨立、自學的文學鑑賞家和愛好者
還存活在這個國家的各個角落。但我們手邊的些微證據顯示，他
們很高興、也很感激能找到我們。他們還希望從這裡得到更多。
精妙的科技終究無法滿足他們迫切需要的東西。

學生靈光一現，夫子得金星一顆
安・柏奈斯

美國小說家和寫作教師。1930年出生於紐約，雙親為猶太人，父親是知名的「公關教父」愛德華・柏奈斯（Edward Bernays，佛洛伊德的外甥）。1952年畢業於紐約巴納德學院（Barnard College），1953年結識賈斯汀・卡普倫（Justin Kaplan），兩人於1954年步入禮堂。卡普倫也是知名的作家和編輯，曾獲普立茲傳記獎與國家書卷獎，夫婦兩人在生活及寫作上都是極佳的伴侶。柏奈斯活躍於麻省劍橋文壇，是英格蘭筆會（New England PEN）的主要催生者。她的文字被譽為「乾淨整齊……如對話般順暢」，對於人心的幽微變化具有深刻的體察。柏奈斯長期從事寫作教學，書評、散論和遊記廣見於《國家雜誌》（*The Nation*）、《紐約時報》、《城裡城外》（*Town & Country*）、《運動畫報》（*Sports Illustrated*）、《華盛頓郵報》等刊物。著作包括《飛黃騰達》（*Growing Up Rich*, 1975）和《羅密歐教授》（*Professor Romeo*, 1997）等八本小說；以及多本廣受好評的非文學作品，包括與夫婿卡普倫合著的《命名的語言》（*The Language of Names: What We Call Ourselves and Why It Matters*, 1997）及兩人的雙回憶錄《回到當時》（*Back Then: Two Literary Lives in 1950s New York*, 2003），以及與潘特（Pamela Painter）

合著的《假如：小說寫作者的書寫習作》（*What If: Writing Exercises for Fiction Writers*, 1990）。

第一次教寫作課時，我嚇呆了。那是在一所私立學校，我正好替補一位學期中突然離職的老師。我做過雜誌編輯，出過五本小說，但這些都派不上用場，我無法說明我當初是怎麼做到的，更可怕的是，我不知道該怎麼把我每天在做的事轉換成課程內容。

我成了一個有米、但是卻無具可炊的巧婦。所有我知道用來寫小說的知識，全堆混在精神科醫師口中的潛意識裡，不過我比較偏好把它想成地窖。我每次需要什麼東西，就往那個地方挖掘。

假如有人問起，我是如何建立角色，或是如何顯示動機，我就會困惑不已。就像隻蜈蚣一樣，一旦被問起是先動哪一隻腳，就連路都不會走了。我要怎麼教別人寫作呢？這個嘛，你無法真的教別人如何寫作，不是嗎？他們不是原本就有這種能力，就是根本沒有。

英文系系主任試著向我保證：妳可以寫，妳當然就會教。畢竟，學校方面已經火燒屁股了。教寫作不像教微積分或是教攝影。大家都認為那是一種藝術，是門軟學科，因此不必有高學歷或是任何教學訓練就可以上陣。換句話說，我注定要從做中學。

教室就座落在查理士河邊的一條高速公路旁，在這個明亮寬敞的空間裡，我見著了那五位捧著期待臉龐的青少年。要做些什麼呢？「寫個故事吧！」我嘴裡說著，心裡明明知道寫個故事有著無法想像的困難，甚至比寫小說還不容易。每個環節都要緊緊

相扣；每一個字要不著痕跡地承載三到四個字的音韻重量。

這些學生做了他們的回家作業。他們帶著故事回來，有關外太空；有關一位在早晨醒來的年輕人，赤腳走過冰冷的地板，聞著煮咖啡的香味，接著走進浴室看著鏡中的自己，想著他們是誰，為什麼他們會在這裡。不用太久，就可以發現他們一直重複同樣的錯誤。我並沒有教導他們任何東西。

若是我要求他們全做同樣的習作呢，就像歌手練習音階一樣？於是，我出了一項作業，類似獨斷嚴厲的重母音練習曲[1]，給他們六百字的字數限制，然後就讓他們走了。我想他們會因為受到限制，因為想像力被箝制而感到焦躁不安。但是，讓我驚訝的是，他們竟然要求更多類似的練習。他們就像一年級的新生一樣，寫完了作業本上的一頁數學後，就會得到一顆金星獎勵。

為了要出這些散文習作，我強迫自己開始組織、分類那一堆亂無章法的小說元素。這對我來說很有幫助，而且我開始發現，約有一半的學生主要在學習基本技巧，另一半則開始深入想像力、記憶和特殊的生活觀與世界觀，一種你在將它付諸文字之前從未與人分享過的觀點。

我指定的功課聽起來很簡單，但是在風格和信念方面卻很困難。其中有一個，是要他們從一個小孩子的觀點和語言、用現在式敘述一段兒時的情緒記憶；然後，下星期，用同樣一段回憶，不過這次從一個成人的觀點、用過去式敘述，而且在敘述的同時，這個成人應該從中學習到些什麼。

從1975年開始，我就到處教授寫作，我一直使用習作法，每

---

[1] 重母音練習曲（Solfège），著重母音或階音的聲樂唱法（練習曲）。

篇習作各自針對寫作技巧中的個別元素，如對話、情結、敘事觀點、角色塑造、潤飾、語言等。（學生們痛恨其中的一項習作，那項習作禁止他們使用任何形容詞或副詞，不過他們也因此理解到，當動詞和名詞自成一格時，它們會顯得特別有力。）一路走來，我的妖術引起了很多懷疑；另一位私校校長在給教職員的備忘錄中，形容我的小說研習班是「毒糖果」。我不知道應該去否認哪一部分，有毒的那一部分，還是糖果的那一部分。

你幾乎可以教導任何有決心學習基礎技巧的人，這些必要的技巧可以讓他們把你要他們表達的句子和段落，表達得既清晰又準確。比較難的是，如何讓學員像作家一樣的思考，讓他們放棄心靈上和情緒上的陳腐習慣。你必須要能夠進入你創造的角色內心，同時又能留在你設計他進入的那個危險情境之外。我不記得建議過學生多少次，不要再寫和煦的陽光，而要直接從痛處著手：「沒有人想讀客客氣氣的東西。那會讓他們睡著。」

我不太能想像，對初級的學生來說，「人不總是表裡如一」這個概念對他們來說是很驚人的。我以為，每個人都知道一個常保笑容的人很有可能也有一顆煩躁、甚至殘忍的心。這又引出了一個分析題：做個1.犬儒主義者和2.懷疑論者指的是什麼意思，以及，假使你正在寫小說，你該怎樣讓懷疑精神而非犬儒心態多發揮作用。

假使你要寫一本有點自傳性質的小說——我們哪一個不是呢？——在決定哪些素材要放不放的時候，別先假設你的朋友、鄰居，尤其是親密的家人會讀你的作品，因而考慮他們的反應。你不是蓄意傷害別人；假如你有良好的技巧，你就可以把大部分人偽裝到他們認不出自己的程度。

　　確實有人可以保證寫出好文章，即便題材本身沒多大意義。那就像是一個技藝精湛的馬術選手或是一個風裡來浪裡去的老練水手的保證那樣。文字同時擁有力道和優雅，親和力和爆發力。假如一定要強迫選出一個二十世紀最能發揮這些能力的作家，我會投給納博科夫（Vladimir Nabokov），他讓我想收回我對形容詞的所有批評。他的每個形容詞都像是挑選訂婚戒指般慎重篩選：「在她棕色的肩上，有一個紫粉色的腫塊（某隻蚊子的傑作），我用長長的拇指指甲輕輕舒揉它美麗、透明的毒液，然後吸吮，直到我吸飽了她香辣的血液。」

　　這種保證是教不來的；它需要每天寫作，有時要寫上好幾年才會成功。對於那些陳年老問題──「我怎麼知道該停筆了？」、「到底要多詳細才夠呢？」──唯一的答案就是：「到時你就知道。」你只能相信，一旦他們抓到竅門，嚴格的自我檢視就會鍛鍊出真正的實力。

　　你不可能教會音癡唱歌。不過，那些人根本不會出現在歌唱班上。學生們很快就會知道自己能不能唱。一旦當他們發現不行，他們就會離開。

　　教書還要注意一件事：這是場公開表演秀。你上場了，觀眾聽著你，看著你，賦予你不配擁有的權威。大部分的好老師都有一種戲劇特質，我自己也不例外。我母親曾希望我成為一名音樂喜劇的女伶，為此她還送我去一位頗負盛名的歌唱老師門下，那位老師曾訓練出很多百老匯和音樂院的名伶。

　　我在那位女老師那裡上了不少課，直到我在學校製作的《魔笛》（The Magic Flute）中成功地演出捕鳥人（Papageno）一角為止。我承認，那是我生命中的高潮，幾乎和我的第一個短篇小說

賣座一樣令人興奮。

　　我最常重複的焦慮夢境與寫作無關，而是，我打扮好了，站上舞台，卻發現我還沒學會我的獨唱曲。作家的身分最終還是取代了歌唱家的身分，不過我一點也不遺憾。過了大約四十五歲之後，歌唱家的聲音就會開始變細變抖。但在上帝的旨意下，作家的聲音還是一樣清晰、有力，直到她先行下台為止。

當現實來敲門時，如何創作小說？

卡洛琳・書特

美國工人階級小說家及政治行動主義者。1947 年出生於緬因州波特蘭的貧窮家庭，十六歲時從高中輟學，隨即結婚生女，但最後以離婚收場。離婚後，書特靠著各種辛苦卑微的工作養活她和女兒，包括拔雞毛、開娃娃車以及在馬鈴薯農場上工作，一年賺不到二千美元。直到 1978 年與現任丈夫——麥克・書特（Michel Chute，一位不識字的萬事通）——結婚之後，才在夜補校完成高中教育，到緬因州州立大學上課，並參加當地的寫作班，開始寫作生涯。1985 年發表第一本小說《緬因州埃及鎮的豆家族》（*The Beans of Egypt, Maine*），描述美國鄉村那些貧窮又沒受過教育的勞動人民，如何靠著彼此的協助維持最基本的生活所需。之後除陸續創造小說外，並為《大街》（*Grand Street*）、《犁頭》（*Ploughshares*）等雜誌撰寫短篇故事，書特自稱為「無知的紅脖子」（uneducated Redneck，紅脖子為美國南部貧農的外號），作品內容多以和她一樣的美國貧農為焦點，希望能替這些沒有社會地位又不善言詞的人民發聲。除了寫作之外，書特也是一位激進的政治行動主義者，她篤信平等主義，認為美國的民主精神已被企業法人破壞無遺，她於 1996 年成立了緬因州第二義勇軍（Second Main Militia），又

稱「邪惡的好民兵」（Wicked Good Militia），呼籲備受忽視的鄉村居民持槍起義，打倒唯利是圖的企業法人。在她最新的小說《雪人》（Snow Man, 1999）中，更以一位暗殺參議員的緬因州極右派義勇軍為主角，描寫主角在受傷之後與另一位參議員妻女的互動，呈現美國上層階級與貧困階級的對比，藉此宣揚其迥異於主流的政治哲學。

　　這是一個有關我作家生涯的令人興奮的私密故事。我將加進深入的自白。以下就是我典型的一日生活。

　　雙眼睜開。鳥在窗外唱歌。對了，有一個丈夫。限制級的事發生了。（細節省略。）

　　必須去蹓狗。牠們有個狗門，外頭有籬笆圍起的半頃空間，那裡有樹，有條小溪，不過這還不夠好……對，牠們一定要我一起去，這樣我們才是一夥的。

　　打字機停在小說的第1994頁，它從另一個房間大聲尖叫：**我要妳。**

　　我正慌亂地著裝，因為狗兒們在樓梯下，期待著等會兒的成群出遊。牠們是短腿、大頭、大圓眼、山羊鬍的蘇格蘭獵犬，每當我看著牠們，我就投降了。

　　不過，就當我還在慌亂著裝的當兒，打字機開始從另一個房間發出真正的尖叫、啜泣。一輛卡車在院子裡停了下來，是一位我們的黨團同志，那是你常聽到的勞工政治團體中的一個。

　　叩！叩！叩！這是手指關節敲著門。

　　狗兒看著門。

　　咕咕鐘咕咕六次。

　　丈夫正慌亂地穿衣服。

　　電話沒響。它的鈴壞了。其實，它從來不響。感謝老天爺。

　　打字機開始喘息和嗚咽。

　　全都著裝完畢，我衝下閣樓樓梯，狗黨們到處穿梭，狗群衝

向門口，門外站著客人。

洗碗槽裡，碗盤堆著沒發出任何聲音。沒有叫囂。沒有吠叫。不過它們很有存在感。我是那種無法教寫作，或是過公眾生活的人，因為我一旦被打斷或是過分興奮就會感到困惑。身處在一間教室或是擁擠的房間，我馬上會一片空白。

因此，小說是我唯一的收入來源。這應該可以解釋為何家裡沒有洗碗機、烘衣機、水龍頭熱水、不是所有房間都有電、沒有健保等諸如此類的奢侈品。這些蘇格蘭獵犬是朋友送的。所以請不要把你的眼睛盯著那些「昂貴的蘇格蘭犬」。

丈夫打開前門迎接客人，我從後門和狗黨們出去。

狗黨們做牠們的事，到處奔跑，找花栗鼠的穴，嗅著客人的卡車，看看外面世界來了什麼消息。這是一個美麗的早晨，每件事物聞起來都香甜。

回到屋內，我把狗關在另一個房間，別讓牠們騷擾客人，客人正坐在搖椅上喝著茶，訴說他對最近的公司和政府（同樣的東西）所做的差勁事情感到多失望。（我在這裡省略掉他所有的話，好讓這篇文章能維持令人愉快和令人興奮的氣氛。）

樓上的打字機正在尖叫號哭。

碗盤一片死寂。

我把水壺放到爐子上燒熱準備洗碗、洗澡、開始煮燕麥粥。拿起掃帚。

我取出心絲蟲藥丸，把它們排在餐具櫃（sideboard）上。（這是我們老緬因人的說法，也就是你們所說的長桌〔counter〕。）

那位客人真的很沮喪、很消沉。我揮動掃把在他椅邊掃著並聆聽，丈夫也說著他的煩惱。他也有很多煩惱，因為他跟我一樣

也不是市場性人物。

當今的環境下，你最好是有市場性的人。否則你就淪為非市場性的類別。在那些市場性的族群裡，有房屋奴隸（專業階級），也有土地奴隸（勞動階級）。不過，我們之中有一部分人甚至還沒達到可拍賣的層級。所以我們滿沮喪的。這件事可能讓這篇文章脫離「令人興奮」的類別而被歸入「唉！噢！」一類，所以現在我要轉向窗邊小鳥的美麗歌聲。

客人又喝了一杯茶後離開。

小狗排排站，吃牠們的心絲蟲藥。

時鐘咕咕七次。

打字機放聲大哭。

我清洗一些碗盤，洗澡，時鐘咕咕八次，打字機大哭，一隻小蘇格蘭犬開始強烈發病。我捉住牠防止牠的頭骨撞到地板。

卡車停在院子裡。另一個客人。這次是我的讀者（那本充滿暴力和階級憤怒的書），她走進來坐在搖椅上。在此之前，我們把所有吠叫的狗趕出狗門，除了佛羅倫斯，那隻因為發病而頭昏腦脹又尿濕的狗，我抱著牠。

丈夫出門去劈柴。這個人又跟我說了一次她的名字，還有她和她丈夫如何辛苦工作卻還是失去所有，如何歷經他們前所未有的憂鬱和憤怒。他們仍然一直「奮戰不懈」。

打字機在痛哭。

我聽見九次咕咕。

「喝茶嗎？」我詢問客人。

我一手抱著佛羅倫斯，一手泡茶。

丈夫衝進來告訴我海倫又在吃髒東西了。海倫是其中一隻蘇

格蘭犬。這可能意味著要緊急趕到獸醫那兒一趟，去把髒東西吸出來。

咕咕十次的時候，客人離開。狗躺在搖椅邊。丈夫到城裡去拿信。

我晾完衣服，走上樓，去打字機那兒坐下來，抱著我的腦袋試圖靜下來。你瞧，我無法輕鬆自在地從生活模式轉入作家模式。通常進入作家模式需要三天的時間。三天安靜的無生活模式，大量的咖啡外加沒有干擾。

寫作就像冥想，或是進入第六感神思狀態，或是像祈禱，像做夢。你正潛入你的無意識。完全清醒也完全警覺，隨著生活在四周乒乒砰砰咕咕，你沒找到進入潛意識的道路，那是一個可以完全沉溺的地方。完全沉浸。

我睜開眼睛。我看著紙面。我打了幾行字。砰！「n」鍵的那個菊輪斷了。

這些菊輪一個要三十美元！我先前那架老舊但優質的打字機，有個菊輪用了十一年之久。但是，這一台是新的。他們現在出產的三流打字機，一天要用掉三個菊輪。我的心離開了作家模式。我現在又回到危機模式。對一個每天每小時賺兩塊錢（這是我計算出來的薪資）的人來說，一天花九十塊在菊輪上很令人尷尬。

UPS貨車停下來。狗兒們衝出狗門跑到圍欄，趴在鐵絲籬笆上警告快遞員，如果他斗膽進到屋子裡，就讓他好看。我跑下樓去，出去簽收包裹。八家出版商寄來八本書的校樣，要我寫八段短文，就是那些放在封底上的讚美語錄。我不是個讀者的料。我沒有時間。我通常要花二到六個月讀一本書，所以這些老兄真是

找錯人了。

UPS卡車往外開，開下那條泥濘路，離開。

我開始爬上閣樓樓梯，回到哭泣喘息的打字機身邊。丈夫帶著郵件回來。郵件中有另外三本校樣，外加二十封信和卡片，大部分都很緊急，至少也需要回信。沒有很多帳單。只有一個巨額的房屋抵押貸款好讓我們能有飯吃。

時鐘咕咕響。

我想起有一通電話要打，因此我撥了電話。我聽到的只有答錄機的聲音。

一輛車子停進院子。一整車的家人。包括一個約十個月大，對所有事都咯咯笑的嬰兒。他沒什麼頭髮。他爸爸把他抱在膝上，好讓他可以看清楚所有坐在搖椅上圍在一旁的我們。寶寶的媽媽訴說她找工作的事。每個工作都是臨時的，錢少，又沒福利。

寶寶笑。

祖母說，她這會兒正在工作的丈夫擔心他的工會會被搜查。

寶寶笑。

那位因為不具市場性而失業的父親沉默。他很愛這個寶寶，一直在他耳邊說悄悄話，逗得寶寶一直笑。

打字機在上頭的房間一直大哭大叫。

另一車子的人。鄰居們沮喪地湧進來。緝毒警察已經逮捕了另一個鄰居，就只因為他種了一點足夠他們兄弟倆抽的大麻。武警部隊差點讓他光著身子的老婆（嗯，半裸體）和他（當時穿著長衛生衣褲）窒息。偷取了他所有的積蓄之後，他們現在查封了他的房子，而他可能要吃上十二年的牢飯。那些訟棍正企圖恐嚇

他老婆對他作出不利的證詞。你知道，總是這樣子。告訴她，她
會失去孩子之類的。

　　寶寶在笑。多可愛啊。

　　「坐下來吧，」我跟新客人說，然後我在水壺下點燃一根火
柴。

　　我又試了一次電話。我聽到答錄機。

　　時鐘咕咕十二次。

　　我偷偷上樓，鋪床，收拾衣服。我的腦袋神智不清。

　　另一輛卡車在院子裡停下。是我們的老朋友，他已經在他的
卡車上住了好幾年，最後終於有一小塊地和一輛舊巴士可以棲
身，不過鎮上卻說這是違法的，而且他們試著要恐嚇他，要把他
踢出去，因為他們覺得巴士危險。

　　寶寶笑。

　　「坐下吧。」

　　「妳星期二可以去聽審訊嗎？」一個客人問我。

　　「當然，」我答道。「我們需要去支持我們的鄰居。」

　　另一個鄰居到了。

　　時鐘咕咕。

　　打字機在天花板上砰然作聲。

　　「坐下吧，」我跟剛到的客人說。

　　「州議會正企圖要通過死刑，」新客人告訴我。

　　寶寶笑。

　　「當然，有錢人藉公司殺人，可是他們的毒藥、石化燃料還
有危險的工作環境，卻不會讓他們被判死刑，」鄰居嘆息著說，
啜了一口她的茶。「死刑是為了我們這群普通老百姓失去自我控

制時設的。」

　　我們都看著那個寶寶。他沒趕上最後這一句。在他爸爸膝上，他換了尿布。我總是很驚訝這是如何辦到的。對我自己的小孩和孫子，我從來學不會這種膝上功夫。

　　大家離開了。

　　還沒完全拆完的郵件開始製造噪音。像打字機一樣。

　　我又試了電話。我聽到答錄機。

　　我想，我最好餵飽丈夫。他出去劈柴，看起來很瘦。爐子壞了。我弄了碗湯，然後在他的麵包盤上放了塊店裡買的麵包。

　　我又試了電話。

　　時鐘咕咕。

　　狗兒們又在撒嬌要去散步，黨群模式。

　　吃完飯、散完步、又試了電話三次、然後佛羅倫斯又發了一次病後，我上樓去打字機那兒。我坐了一會兒試著讓我的腦袋靜下來。我打了幾個句子，接著另一個三十塊的菊輪又陣亡了。

　　我聽到另一輛汽車的聲音在院子裡。只是一個丈夫的訪客，一個從城裡來的朋友，替他帶來墓園工作用的旗子。

　　不過，任何人的存在都會讓我無法專心，於是我決定看看信件。稅務局的信需要書面回覆。這件事提醒我，我們得申報卡車。約有五封信是做短篇故事集的人寄來的，他們希望能拿到一篇便宜的故事；還有另一個華盛頓州的文學團體希望我能自費飛去做一場朗誦會幫他們募款。政治郵件。緊急事件。沒有支票。甚至沒有像支票的任何東西。平庸的書評。那些說我的作品有太多勞動階級憤怒的人。

　　時鐘咕咕。

　　車停下來。丈夫外出跑腿，所以我聽見吠叫、咆哮的狗兒衝出狗洞去領客人進來。是我們的朋友彼特：工會幹部、史家、專業的麻煩製造者。當我泡茶時，他找到了他最愛的搖椅。

　　他竊笑地對我說：「我到這裡來考考妳。」他接著問我有關制憲的問題，像是1776年時，奴隸、雇工和一些不被「開國元老們」當成人的比例有多高。

　　「百分之九十五，」我說。

　　他不悅地咕噥著。「妳知道太多了。」

　　打字機大聲哭叫。

　　「妳的書進展得如何？」彼特問道。

　　我大笑了出來。

快速剪接：小說追隨電影進入簡言世界
E・L・達克托羅

美國二十世紀下半葉最具才華、最富創新力也最受推崇的左派「史詩型」小說家。1931年出生於紐約市，1952年畢業於肯揚學院（Kenyon College），在哥倫比亞大學就讀研究所，並於美國陸軍服役。1959至64年間擔任美國新圖書館（New American Library）資深編輯，1965至69年間出任Dial 出版社總編輯。之後投注於寫作和教學，曾於紐約大學、耶魯大學和普林斯頓等名校執教。達克托羅素以文體優美、風格創新，以及擅於掌握時代氛圍著稱，對十九和二十世紀美國生活（尤其是紐約生活）的描繪極其傳神，讓人感到既神祕又熟悉。1960年發表首部小說《歡迎來到苦難時代》（*Welcome to Hard Times*），描述達科達拓荒區的「苦難時代」這個小鎮的名稱由來，嶄露了他在歷史描述上的才華；1971年的第三部小說《丹尼爾之書》（*The Book of Daniel*），以精采絕倫的敘述技巧重新勾起了冷戰時期最為著名的「羅森伯格間諜案」，將老左派、老右派、1930至40年代的共產主義和1950至60年代的激進主義與白色恐怖帶到讀者面前，自此奠定了他在美國文壇的地位，1983年導演薛尼・盧梅（Sidney Lumet）根據這本小說改編成電影《丹尼爾》。1974年，推出另一本名著《爵士年華》

（*Ragtime*），透過三個家庭（一個製造商、一個東歐社會主義移民和哈林區的一個音樂家）的生活，再現了二十世紀初期的美國全景，該書被美國現代圖書館編輯部評選為二十世紀百大英文小說之一，1981年改編為電影《爵士年華》，獲得多項奧斯卡提名，1998年又改編為同名的百老匯音樂劇，榮獲多項東尼獎。達克托羅一生獲獎無數，包括國家書卷獎、國家書評獎、國際筆會福克納獎，以及國家人文獎章等等。小說作品除上述提及的三本之外，還包括《瘋人湖》（*Loon Lake*, 1980）、《強者為王》（*Billy Bathgate*, 1989／中譯本：皇冠）和《上帝之城》（*City of God*, 2000）等共十一部。

　　這一百年來，電影工業的發展一直對文學寫作造成相當大的影響。

　　不只是評論家已經留意到，今日小說家在敘述鋪陳的時候，已經不再傾向十九世紀小說家的翔實寫法。司湯達（Stendhal）的《紅與黑》（*Red and the Black, 1830*）第一章，滿是從容不迫的描寫，描寫一個法國鄉村小鎮，它的地形地貌、經濟生活、那裡的鎮長、鎮長的豪宅、豪宅裡階梯狀的花園等等。而福克納的《聖堂》（*Sanctuary, 1931*）是這樣開場的：「噴泉邊圍繞著灌木，從灌木叢後面，卜派看著那個人喝酒。」

　　二十世紀的小說家簡化了關於場景或角色經歷之類的敘述。作家發現了一種更好的寫法，就是把所有必要的資訊融入劇情當中，順著敘事節奏一一帶出，就像電影那樣。

　　當然，也有些十九世紀的作品，比方說馬克・吐溫的《湯姆歷險記》（*Tom Sawyer*），也是直接就跳入劇情（例如：「『湯姆？』沒有回應。」這樣的寫法），這或許是因為，比起歐洲作家來說，美國作家總是喜歡以較輕快的節奏鋪陳。這種極簡鋪陳的手法，暗示著在作者和讀者之間有一種類似電影的協定，那就是：每件事最終都會真相大白。

　　除此之外，電影藝術的興起也和小說家的某種寫作趨勢同時發生，這種趨勢主張：文章不該有交響樂式的華麗，而應是表達意識運作的個人私密獨白。這件事可以這樣解釋：小說日漸從寫實主義撤離，一方面固然是受到電影記錄世界的方式不斷擴張所

影響，但同時也是文學自身逐漸精緻老練的結果。

　　另一個交叉影響跟電影的主要技巧有關，那就是製造空間和時間瞬間轉換的手法：剪接。解釋和轉折的鋪陳原本是要把故事的焦點從一個角色轉移到另一個角色，或是將人物們從一個時空帶往另一個時空，不過當代作家卻大量縮減這些解釋和轉折的間隙，進而發展出各種效果。由於人稱或時態的文法規則已告打破，作家因而更敢大膽運用各種不連續的技法。

　　不過，約莫再過一百年，電影恐怕就無法再對文學做出任何貢獻或影響。如今，電影已經開始強調它本質上的非文學性，並開始將它的手法塑造成一種分離而獨立的藝術形式，就像繪畫一樣。

　　電影是從默片開始的。早期的電影工作者學著不用語言來表達意念。大體而言，默片的字幕卡只是把已經無聲傳遞給觀眾的訊息明打出來罷了。（例如，一對年輕情侶正在夜晚的玄關上打得火熱。男的從背心口袋拿出一只戒指。他注視著她的眼睛。然後字幕打出：「米莉，妳願意嫁給我嗎？」）

　　不過，在當今的有聲劇情片中，尤其是好萊塢的片子，對話的功能也越來越像是默片時代的字幕卡。電影這個類型的特殊之處，在於它驚人的開場效果。開場的幾個鏡頭便設定了整部電影的時空定位。攝影機會凸顯某個場景，會調整角度以營造氣氛，或告知觀眾該如何觀看眼前這幕，告知我們這故事是嚴肅還是輕鬆，告知我們該和劇中人保持多大的距離，還有，告知我們該對劇中人的經歷抱持多深的認同。

　　電影的通則是，色彩和它的主題必須協調。演員的穿著打扮，頭髮或剪或挽，都得表現出他們的年齡大小、經濟地位、社

會階級、教育程度或甚至是道德水準。導演會指導演員運用肢體、動作、臉部表情和眼神去傳達角色的心理層面。有了這些，畫面的分量便無聲地呈現了出來。觀眾所見、所感的一切，便是讓任何實際對話具有意義的前後文。在當代的某些劇情片裡，有百分之九十五的畫面，早在任何話語說出之前，其意義就已經昭然若揭，如果再加上音效的話，這比例更可提升到百分之九十八。

當然，近來有些製片和導演，像是侯麥（Eric Rohmer）和路易‧馬盧（Louis Malle），也曾拍出高度語言性的作品。大致說來，可以讓對話效果達到頂點的種種視效裝置，並不適用於喜劇。比方說，電視情境喜劇就很具語言性。但它的場景固定，焦點全放在角色身上，讓他們得以盡情耍弄文字、插科打諢、激發出近似格言的短句。不過話說回來，情境喜劇多半是內景拍攝，鏡頭的調度範圍有限，意味著它比較像是影片式的舞台劇，而非電影。

在1930年代和1940年代，電影劇本的主要來源還是舞台劇和書籍，那時候的電影對白總是比原著來得多（改編自莎劇的電影至今依然如此）。跟今日的電影比起來，當時的影片簡直像是患了多語症。甚至連動作片都喋喋不休，例如亨佛利‧鮑嘉（Humphrey Bogart）的黑色電影、埃洛‧弗林（Errol Flynn）的流氓電影等。如今，電影已經歷了一個世紀的發展，這個媒體已孕育出自身的文化。電影觀眾逐漸在它的節奏、基調和習慣中受到訓練，就像華格納的愛好者在《尼布龍指環》（der Nibelungen）裡不斷受到薰陶一樣。電影漸漸脫離了先前的電影。它們是文類指涉的藝術，而且可以超出它們的本質模樣。

文學語言將經驗擴伸進話語。它用名詞、動詞、受詞來妝點思想。它會思考。這就是為什麼我們覺得**電影語言**（film language）一詞有點矛盾的原因。電影將思想去文字化；它主要是依賴視覺印象或視覺理解之間的聯想。看電影是一種推論活動。你像個多頻率的感官接收器，把看到的一切接收進來，刺激你本能中的非語言智慧。也就是說，你毋須透過語言的思考來理解你所看到的內容。

我們該怎麼理解這點呢？在世紀末的今天，電影已無所不在。它們的數量越來越多。它們在戲院、電視上播放；它們被製成有線節目、錄影帶、VCD和DVD。它們藉由衛星傳輸到世界各地；它們經過翻譯、重新配音，各時期作品一應俱全，任憑消費者自行選取，就像從圖書館借書一樣方便。它們的普及性遍達所有階層，跨越不同教育程度。而它們的主要製造商是那些資本雄厚的娛樂大集團，它們投資很多錢在電影上並冀望能因此賺到更多錢。

這麼說並不表示偉大重要的電影不會再出現了。然而我們可以預見，除了少數堅守原則的嚴肅電影工作者的努力之外，這種電影美學與營利動機的結合，將會造就出一種大型、華美、經過巧妙染色、充滿刺激且對白寥寥可數的電影文化，這種文化激勵了既定的市場品味，並提供千篇一律的社會迷思：電影成了調色盤上幾個基本元素的高明組合，像是得來速、內景、外景、美貌、追逐、爆破。

還有一點對未來文化的影響也同等重要，那就是電腦化和數位化電影的製作成本不斷下滑。我們不難理解，當拍電影變得和寫故事一樣容易的時候，對那些充滿創意的年輕人來說，那會是

多大的誘惑。

　　姑不論這些圖像文字（pictograms）是集體或是私人製造出來的，它們最終都可能取代語詞文句的寶座，成為人類文化的最主要溝通行為。這真是僅次於溫室效應之外最令我害怕的前景。

　　當今有些即便不是最精妙也絕對是最有深度的評論，是出自影評家之手，這些影評家老是自稱他們是在寫些根本不值一顧的東西。哪怕是再俗氣再愚蠢的電影，也都能設法弄出一篇有模有樣的評論。原因何在？也許是電影贊助商逼迫影評家不得不寫。但也有可能是因為那些影評家，在下意識裡，想透過文句思想的延伸，把非文字的觀影經驗，不論是好的或壞的，納入其支配之下，藉此來重伸或捍衛出版的文化。

心底的語言

露薏絲・鄂翠曲

美國詩人及小說家。1954年出生於明尼蘇達小瀑布鎮，母親是齊佩瓦（Chippewa）印地安人，父親為德裔移民，從小生長在印地安保護區，受到濃厚的印地安文化薰陶，並承襲了印地安人愛說故事且擅長說故事的傳統。1972年進入達特茅斯學院（Dartmouth College）剛成立的美國原住民研究系，開始廣泛探究其先祖的歷史，當時的系主任人類學家邁寇・朵瑞斯（Michael Dorris），在數年後成為她的先生。畢業之後，為深入體驗生活，鄂翠曲做了許多低薪的勞力工作，包括救生員、女侍、公路卡車司機等等，這些經歷開拓了她對人性的了解，也為日後的作品增添了真實感。1978年得到約翰霍普金斯大學提供的寫作計畫獎學金，並擔任波士頓印地安諮詢局出版品《循環》（The Circle）的編輯，這份工作讓她有機會接觸到都市印地安人的生活，給了她另一個思索印地安文化的角度。碩士畢業後，鄂翠曲回到達特茅斯學院當駐校作家，1980年開始與朵瑞斯聯手創作短篇故事〈世界最偉大的漁夫〉，兩人並於1981年步入禮堂，成為著名的文壇佳偶。1984年發表她的第一本詩集《照明燈》（Jacklight）以及第一本小說《愛的靈藥》（Love Medicine）。在《愛的靈藥》裡，鄂翠曲以嶄新

的文體描述了兩個印地安家庭從1934至1984年的種種經歷，書一推出立刻引發廣大回響，不但深受讀者歡迎，並為她贏得多項大獎，包括1984年的國家書評獎。之後陸續推出多部以美國印地安人為主題的小說，包括《甜菜皇后》（*The Beet Queen*, 1986）、《蹤跡》（*Tracks*, 1988）、《賓果宮殿》（*The Bingo Palace*, 1994）、《燃燒的愛故事集》（*Tales of Burning Love*, 1996）等，書中的主角多半都反映了她身上所承襲的雙重文化面向。1991年鄂翠曲再度與朵瑞斯合作出版了《哥倫布之冠》（*The Crown of Columbus*／中譯本：時報），以有趣的手法、幽默的口吻鋪述出他們探索哥倫布的歷程。

　　多年來，我一直愛著我用來寫作的英語之外的另一種語言，那是一段苦澀的愛戀。每一天，我都企圖多學一點奧吉布瓦語（Ojibwe）[1]。我開始在提包裡放著動詞變化表，裡頭還有我一直隨身攜帶的小筆記本，用來記錄讀書心得、偷聽到的對話、零碎的語言，以及腦海中蹦出的句子。如今那小筆記本裡還包括大量且日益增加的奧吉布瓦語單字。我的英文開始忌妒，我的奧吉布瓦語則躲躲藏藏。我像個遭到圍攻的劈腿情人，正試著要安撫雙方。

　　我的外祖父，派翠克・郭諾（Patrick Gourneau），是家族裡最後一個會說奧吉布瓦語的人，奧吉布瓦語也稱做阿尼西納摩語（Anishinabemowin）或齊佩瓦語（Chippewa）。他是來自烏龜山的奧吉布瓦族人，主要用這種語言祈禱。在保護區外長大的我，因此一直認為奧吉布瓦語主要是一種祈禱用的語言，就像天主教禮拜儀式中的拉丁文一樣。有好幾年，我都不知道在加拿大、明尼蘇達和威斯康辛這些地方，奧吉布瓦語仍然流通著，雖然使用人口一直在減少。在我開始學習這語言的時候，我住在新罕普夏，所以頭幾年完全是靠教學錄音帶。

　　錄音帶只能讓我學到一些禮貌用語，但錄音帶作者貝索・強森（Basil Johnson），他冷靜、高貴的阿尼西納摩聲音，支持我度過鄉愁的時刻。當我駕車奔馳在新英格蘭蜿蜒的道路上時，我孤

---

1 奧吉布瓦語，美國印地安奧吉布瓦族的語言。

獨地在車上練習基本的奧吉布瓦語。就像現在一樣，我當時也會隨身帶著我的錄音帶。

這個語言點點滴滴地深入我的心中，但那是一種無法滿足的渴望。沒有人可以跟我對話，沒有人記得我祖父抽著神聖的菸斗，站在樹林裡一棵老黃楊木旁，和精靈們說話。一直到我搬回中西部定居於明尼亞波利（Minneapolis），我才發現一位奧吉布瓦人，並拜他為師。

千湖（Mille Lacs）的奧吉布瓦長者吉姆‧克拉克（Jim Clark，印地安名Naawi-giizis，意思是「日中」），是一個具有吸引力、親切和藹、開朗、理著平頭的二次大戰退伍軍人，舉手投足之間有著一股神祕的親切感。笑的時候，世界也跟著他笑；嚴肅的時候，眼珠子會跟小男孩一樣瞪得圓睜睜的。

「日中」帶領我進入這個語言的深層智慧，加深了我對這個語言的渴望，因為我想要聽懂那些笑話。我也想了解祈禱文的內容和adisookaanug，神聖的故事。但是對我來說，這語言最無法抗拒的部分在於，每一位奧吉布瓦訪客所帶來的陣陣歡笑。因為目前大部分說奧吉布瓦語的人都有雙語背景，因此這語言已攙雜了各式各樣英文和奧吉布瓦的雙關語，大部分都是取笑古怪的gichi-mookomaan，也就是大刀或美國人，以及各種習慣和行為。

想要深入另一種語言的欲望讓我和初戀情人英文之間的關係變得有點詭異。畢竟英文是強塞進我母親祖先嘴巴裡的語言。英文是讓她拒絕她的母語的原因，也是我幾乎對我的母語一無所知的原因。英文是一種大小通吃的語言，它橫掃過北美洲，像駭人的蝗災一樣遮蔽了天空，甚至吞噬了犁和鋤的把手。然而這種殖

民語言的通吃本性,卻是獻給作家的禮物。因為在英語的環境中長大,我得以參與了一場混種的盛宴。

一百年前,大部分的奧吉布瓦族人還會說奧吉布瓦語,但是印地安事務局和宗教寄宿學校卻懲罰、羞辱說母語的小孩。這個計畫十分奏效,因此在美國,現在三十歲以下的人,幾乎沒人能流利地使用奧吉布瓦語。像吉姆那樣的人之所以那麼珍惜這個語言,有部分正是因為有很多人曾飽受鞭打而不再說它。這些流利的說話者都曾經必須要用他們的血肉來捍衛這個語言,他們忍受嘲弄,忍受屈辱,並且固執地發誓要永遠使用它。

我和奧吉布瓦語的關係當然很不一樣。你該如何回溯一種你從來不知道的語言呢?為什麼一個深愛她的第一語言的作家,會發現她需要且非得去追尋另一種語言來讓自己的生活變得更複雜呢?理由很簡單,有私人的和非關私人的。過去這幾年,我發現我只能用這種語言和上帝溝通,在某個程度上,我外祖父用這語言來祈禱的習慣深植在我心中。那個聲音撫慰了我。

奧吉布瓦人所說的Gizhe Manidoo,萬物中偉大善良的靈,也就是拉寇塔族(Lakota)所謂的大神祕(the Great Mystery),對我而言,跟奧吉布瓦語的音韻是緊緊繫在一起的。我所受的天主教訓練在知識上和象徵層面上觸動著我,但很顯然地,那從未拴緊我的心。

還有,奧吉布瓦語是北美洲少數幾個存活下來、繼續發展至今的語言之一。這個語言獨一無二地緊扣著和北方的土地、湖泊、河流、森林、乾旱大地有關的哲學;緊扣著動物和牠們的特殊習性;緊扣著石頭饒富深意的影子。身為一名北美作家,對我十分重要的是,我想透過我最鍾愛的工具——語言——試著用最

深入的方式來了解人和土地的關係。

在奧吉布瓦族和達科他族（Dakota）的語彙裡，有關於明尼蘇達所有地形指標的名稱，包括剛蓋的都市公園和人工湖泊。奧吉布瓦語並不死寂，不只限於描述某個疏離、神祕的過去世界。它也有關於電子郵件、電腦、網際網路、傳真的字彙。也有關於動物園裡外來動物的單字。Anaamibiig gookoosh，水底下的豬，指的是河馬；Nandookomeshiinh，跳蚤獵人，指的是猴子。

它有關於匿名戒煙戒酒協會在12步驟計畫（12-step programs）中會用到的平靜禱告（serenity prayer）的字彙，還有童謠的翻譯。而那些不屬於奧吉布瓦族或阿尼西納摩族的各色族裔，也擁有不同的名稱：Aiibiishaabookewininiwag，茶的民族，指的是亞洲人；Agongosininiwag，花栗鼠的民族，說的是斯堪地納維亞人。目前我正試著想找出其中的關聯。

有好幾年的時間，我只看到奧吉布瓦語的表面。只要稍微有點研究的人，就會注意到它那驚人而複雜的動詞變化。奧吉布瓦語是個屬於動詞的語言。一切都是動作。它有三分之二的字彙是動詞，每個動詞又有多達六千種變化形。它那千變萬化的動詞形態使它成為非常實用和精確的語言。Changite-ige形容一隻鴨子在水桶中傾斜身子的動作。也有單字是形容一個含著菸斗的人從機車上摔下來，而且菸斗柄還刺穿了他的腦袋。任何情況都可能有個專屬動詞。

至於名詞，就可稍微喘一口氣。這裡的受詞不多。基於一種審慎或說是疏忽的政治正確，奧吉布瓦語並沒有性別之分。沒有陰性或陽性的所有格或冠詞。

名詞主要分成活的和死的，會動的和不會動的。Asin，石

頭，這個字是會動的。石頭被稱為祖父母，在奧吉布瓦哲學中有非常重要的地位。當我開始想像石頭是活的，我便開始懷疑，到底是「我」拾起一塊石頭，還是它讓自己跑到我手裡。英文的石頭對我來說是不一樣的。在描寫一顆石頭的同時，我無法不考慮到它在奧吉布瓦語裡的意義，也無法不想起，阿尼西納摩人的宇宙正是源自石頭之間的一段對話。

奧吉布瓦語也是一種情感的語言；感覺的濃淡可以像油彩一樣混合調配。它有字彙可以用來形容你的心靈靜靜垂淚的情形。奧吉布瓦族特別擅長描寫心智狀態和道德責任的層次。

Ozozamenimaa 指的是一個人的智慧用錯地方，失去控制。Ozozamichige 則暗示著，你還有機會力挽狂瀾。英文裡有三種類型的愛，但這裡有更多。這裡有專屬於不同的家庭和氏族成員的各種深淺濃淡的情感詞彙。奧吉布瓦語能認清造物主的人性，也能分辨出那些甚至是最具宗教色彩的生物的性別。

慢慢地，這個語言溜進了我的寫作，它取代這裡的某個字，或是那裡的某個意思，它漸漸有了分量。我當然想過用奧吉布瓦語寫故事，就像納博科夫的反面。不過，我的奧吉布瓦語還停留在四歲小孩的程度，我想，最好還是算了吧。

奧吉布瓦語最初並不是一種書寫語言，人們只是單純借用英文字母拼出它的發音。二次大戰期間，「日中」從歐洲用奧吉布瓦語寫信給他叔父。他可以自由透露形踪，因為沒有審查員看得懂他的內容。近來，奧吉布瓦語的拼法已逐漸格式化了。即便如此，單是為了用符合古老形態的正確動詞書寫一個段落，還是得花上我一整天的工夫。更慘的是，由於奧吉布瓦語有太多種方言了，因此對很多使用奧吉布瓦語的人來說，我寫的終究還是錯

的。

　　在那些一口標準流利的奧吉布瓦語的人耳裡，我的奧吉布瓦語一定很彆腳，不過從來沒人對我露出不耐或嘲笑。也許，大家都是憋到我走了之後才放聲大笑吧。不過，更有可能的是，他們都有一股想要鼓勵別人說這種語言的急迫感。對奧吉布瓦語的使用者來說，這個語言是他們的摯愛寶貝。每個字彙都有其靈魂或某種上天賜予的起源。

　　想要學會這個語言之前，必須要用香菸和食物來請示這些神靈。想要學奧吉布瓦語不只要學會舌頭打結而已。不管我的名詞多笨拙、我的動詞多不正確，也不管我說得多不流利，但投入這個語言也就是擁抱這些神靈。也許，這就是我的老師了然於心的事，也許，這也是我的英文會諒解我的地方。

速食小說？你作夢吧！

湯瑪斯‧佛列明

美國傑出的歷史學家和暢銷小說家。1928 年出生於澤西城（Jersey City），愛爾蘭裔，父親是權傾一時的澤西城市長豪蓋（Frank Hague，1917 至 47 年間擔任澤西城市長，曾言：「我就是澤西城的法律」）手下的首席官員，對美國的政治運作有第一手的了解，並親自訪問過許多重要人物。佛列明對於歷史上的關鍵時刻、事件和人物具有精準而獨到的掌握力，不論是其歷史論著或虛構小說，都展現了令人贊嘆的學養和才華。1960 年出版第一本歷史著作《如今我們是敵人：邦克‧希爾的故事》（*Now We Are Enemies: The Story of Bunker Hill*），立刻獲得《紐約時報》的好評，第二本論著《敲響最後戰鼓：約克鎮圍城》（*Beat the Last Drum: The Siege of Yorktown*, 1963）更獲得「該年度最傑出歷史作品」的稱譽，之後陸續出版的《來自蒙地塞羅的人：傑佛遜傳》（*The Man from Monticello: An Intimate Life of Thomas Jefferson*, 1969）、《西點：美國陸軍學校的人物與時代》（*West Point, The Men and Times of the U. S. Military Academy*, 1969）、《自由！美國獨立革命》（*Liberty! The American Revolution*, 1997）、《虛幻的勝利：一次大戰的美國經驗》（*The Illusion of Victory: The American Experience in*

World War I, 2003）等等，也備受推崇。除歷史專著外，佛列明也從事小說創作，包括暢銷世界兩百萬冊的《軍官的夫人》（*The Officer's Wives, 1981*）、《自由酒店》（*Liberty Tavern, 1976*）、《戰利品》（*The Spoils of War, 1985*／中譯本：皇冠）、《時間和潮水》（*Time and Tide, 1987*）、《那裡》（*Over There, 1992*）、《諜海情迷》（*Loyalties: A Novel of World War II, 1994*／中譯本：麥田）、《歡樂時光》（*Hours of Gladness, 1999*）、《天空的征服者》（*Conquerors of the Sky, 2003*）等。著作共五十餘部。

　　清晨，在半夢半醒之間，我知道自己置身在柏林的一間臥房裡。身旁躺著一個魅力十足的年輕德國女人，正在做噩夢。她翻來覆去痛苦地吼叫。突然間，我置身夢境當中。一艘德國潛水艇頂著一個騎士頭像的潛望塔，正航行在大西洋陰黯的海底。四周爆開了六次深海突擊。潛艇向一邊傾斜，開始下沉。

　　現在，我和那個女人正在那艘潛艇上，看著海水在他們身邊漲起，看著那些快溺斃的人掙扎地喘著最後一口氣。我們游過那一團混亂抵達主控室，在那裡，那女人的丈夫──艦長──一副毫無眷戀的輕蔑，等待著死神到來。

　　接著，我們又置身潛艇外頭。從海底深處浮出一個巨大的天使，就像潛艦一般，有著巨大的眼睛和典型僧侶式的微笑。這個驚人的生物將那艘垂死的潛艦擁在懷中。轉回到柏林的臥室，那個女人醒來，想著：「『道』（Path）。那個天使就是『道』的一部分。」

　　我在曼哈頓東七十二街的臥室中醒來，隨即衝向電腦。一個小時後，我完成了1994年的小說《諜海情迷》（Loyalties）的第一章。接下來的幾年，我不只一次地為這場夢境的來由感到困惑。它完全無法用理性解釋。這本書後來變成一本關於德國人反抗希特勒的書，這是我當初沒想到的。當時我對於那些悲劇愛國者只有一些微不足道的知識，那是兩三年前從安東尼‧布朗（Anthony Cave Brown）的《謊言保鑣》（Bodyguard of Lies）裡讀到的。為什麼它會在我的想像中爆開呢？

我在撰寫1992年的小說《那裡》（*Over There*）時，也有過類似的經驗。我原本打算這本小說需要寫上好幾年。主題是關於我父親。他在一次大戰的阿爾岡戰役（Argonne）期間從士官升上了中尉。「泰迪‧佛列明是位不朽的士官，」那是我下的結語。

然而，某天早上我從夢中醒來，我在夢中看見一個酒醉的白衣陸軍上校，他從聖安東尼奧（San Antonio）外的高速公路以自殺式的速度駕著一輛車往南飛奔。他身旁坐著一個表情嚴肅的黑衣士官。這名上校有個名字：「梅爾文山」布利斯（Malvern Hill Bliss）。他是一位馬里蘭邦聯軍（南軍）的兒子，他父親在南北戰爭的梅爾文山會戰失去了一條腿。他是個天主教徒，妻兒不久前才在菲律賓民答那峨被摩洛（Moro）游擊隊[1]殺害。他正飆往一處妓院，（我知道）在那裡，潘興將軍（Gen. John J. Pershing）會打斷布利斯的狂飲，告訴他說，威爾遜總統已經指派潘興成為美國遠征軍的總指揮，而且他要帶布利斯一起去，讓他掌管一整個師。

在令人頭暈目眩的千變萬化當中，泰迪‧佛列明這位不朽的士官實際上已消失無蹤。在小說的最後一個版本裡，他只不過是跑龍套的罷了。那一次的想像爆發跟《諜海情迷》的誕生幾乎一樣神祕。但我至少還能捕捉到那次想像力試圖告訴我的事情。在大部分的歷史和小說中，一次大戰似乎是千篇一律的死亡戰勝生命。我的想像力正催促著我去寫一本不一樣的書。

潘興之所以要帶布利斯一起去歐洲，是因為他也被「死亡」這個軍人之敵殺得傷痕累累。十五個月前，他也才失去了妻子和

---

1 摩洛是菲律賓伊斯蘭信徒的稱呼，指伊斯蘭游擊隊。

三名子女，舊金山住處的一場火災，奪走了他們的性命。他徵召
布利斯這個跟他同病相憐的人一起上戰場，除了要他協助完成上
級交付的艱難使命，將英法兩軍從潰敗邊緣中拯救出來，更是想
藉他之力共同對抗死亡的嚴酷挑戰。在一片死亡的荒景中，《那
裡》變成一本肯定生命的書。

　　這樣的經驗讓我相信，康乃爾評論家庫欣・史托特（Cushing
Strout）非常了解他自己在《誠實的想像力》（*The Veracious
Imagination*）這本精采傑作中所談到的事。他認為：想像力不只
是一個「編造東西」的心靈機器。相反地，它是一種智識工具，
和作家的智慧緊緊繫在一起。一本小說選擇想像哪些主題，完全
跟作家有意識或無意識想談論的主題本質密不可分。

　　催生我創作1987年的小說《時間和潮水》（*Time and Tide*）的
靈感，正可闡明這個精闢洞見。二次大戰期間，我曾在海軍服
役，有二十五年的時間，我一直試圖寫一本與這經歷有關的小
說。不過我始終構想不出滿意的劇情。某天傍晚，我正在替一篇
關於薩沃島戰役（battle of Savo Island）[2] 的文章查資料。1942年
發生在瓜達卡納爾島（Guadalcanal）外海的這場衝突，是美國一
次令人悲慟的失手。美國海軍重巡洋艦芝加哥號的表現令人困
惑。她居然在遭到一次攻擊之後，就撤離敵方戰場。結果我方另
外四艘巡洋艦全遭日軍擊沉，芝加哥號的艦長也因此遭到免職。

　　剎那間，我突然看到了那個躲藏了很久的故事。那艘巡洋艦

---

2 薩沃島戰役，二次大戰期間發生於西太平洋所羅門群島的一場海戰。薩沃島位
　於瓜達卡納爾島外海，1942年8月9日凌晨，日軍對薩沃島外的美國海軍艦隊
　發動夜襲，造成美國四艘巡洋艦沉沒，以及一艘巡洋艦和兩艘驅逐艦受損。

的艦長：浮誇招搖、追逐功績的溫飛・坎博（Winfield Kemble），
將因為他那謙遜、低調的室友安納波里斯（Annapolis）和摯友亞
瑟・邁凱（Arthur McKay），而遭到解職。當時，邁凱受命調查
薩沃島外海事件的來龍去脈，並銜命陷害坎博成為兵敗的代罪羔
羊。那艘假想船艦將稱做傑佛遜城市號（USS Jefferson City），一
個很適合用來隱喻美國社會的名字。

這兩位艦長將飽受野心、正直和友誼的強烈衝撞與牴觸，這
股衝撞經常搖晃著美國的高階軍官和他們的妻子，也同時在承平
時期的美國議會和行政體系內發酵。

有時候，一部小說的靈感就只是因為一個聲音，那聲音說著
一些乍聽之下很蠢的事。1960 年代晚期，我花了四年時間寫了一
本美國西點軍校的歷史。我跟很多長官的夫人碰面，發現她們十
分有趣。她們看待軍隊的角度與她們的丈夫截然不同。接下來那
幾年，有個聲音一直在我耳朵裡唸著：

> 軍官夫人
> 軍官的夫人
> 那就是我們
> 未來一輩子的身分。

這聲音原本沒太大意義。但十年之後，卻有一部完整的小說
架構浮現出來，關於三位非常不同的女性主角，以及她們的丈
夫，她們的孩子。架構完整到可以直接動筆。這首歌在第一章的
一場宴會中被吟唱著。

《自由酒館》（Liberty Tavern）是我在 1975 年寫的小說，故

事發生在革命時期的紐澤西。這本小說有著更奇異的起源。那時，我看到一個男人舉杯說道：「敬那些我們愛的人。還有，敬那些愛我們的人。」

一整屋子的人跟著說：「敬那些愛著愛他們的人的人。讓我們愛那些愛著他們愛著我們的人！」這段話成為小說的結語，而且對整本書的主角：前英國軍官強納森・基佛（Jonathan Gifford）來說，非常重要。

我的最新小說《歡樂時光》（Hours of Gladness），是從一個字開始：米克（Mick）。後來它演變成了米克・奧岱（Mick O'Day）。這名字一直鼓動著我的腦袋。漸漸地，這個角色就出現了：他是一位因為越戰而精神受創的愛爾蘭裔美國人，跟他的愛爾蘭裔美籍同伴住在一個紐澤西的港鎮裡，鄰近還住了一位他深愛的越南女難民，不可侵犯，永遠疏離。

別問我這些事情是怎麼樣或為什麼出現在我的腦海。我只希望我的史托特先生牌的誠實想像力能夠一直運轉。此刻，又有另一個聲音在我耳邊低語：「我的三個美人。」這是和我父親以及他那兩個該死的兄弟有關。目前為止，這就是我所知道的一切。但是，我相信還有更多會出現。

在繆思充電時閒蕩度日
理查‧佛德

美國知名小說家，1996年普立茲文學獎得主。1944年出生於密西西比州傑克遜（Jackson）市，雙親是一家澱粉公司的旅行銷售員。密西根州立大學畢業後，進入華盛頓大學攻讀法律，但一學期後決定放棄，開始其寫作生涯，1970年取得加州大學爾灣分校寫作碩士學位。畢業後，陸續為《巴黎評論》（*The Paris Review*）和《紐約客》等雜誌撰寫短篇故事，1976年發表第一本小說《我心一隅》（*A Piece of My Heart*），1981年出版《終極好運》（*The Ultimate Good Luck*）。之後曾為體育雜誌《*Inside Sports*》撰寫專欄，在該雜誌倒閉之後，佛德根據這段經歷創作了小說《體育專欄作家》（*The Sportswriter*, 1986），深獲好評，被《時代》雜誌選為該年度的五大小說之一。1996年出版的小說《獨立日》（*Independence Day*），更為他贏得國際筆會福克納小說獎和普立茲文學獎，是第一本同時榮獲這兩項大獎的小說。佛德雖然出身南方，但創作主題並不受限於南方背景。他筆下的主角都是孤獨不安、深陷情緒之苦的男性，作品具有強烈的情緒感染力，對於場所和權力的描寫敏感而獨到，筆調充滿反諷式的幽默。除了五本小說之外，佛德也出版了兩本短篇故事集，並在密西根及普林斯頓等大學教授寫作和文學。

六月中的某刻，我進行了一項儀式，就像其他任何事一樣，這儀式一直是我寫作生活的特色：在度過一段相當漫長、基本上對任何人或任何牲畜都沒丁點貢獻的日子之後，我返回了工作崗位。也就是說，我又開始寫作了。

我不想把這件事弄得好像很盛大。沒有鑼鼓喧天。配樂也不是《洛基》（Rocky）的主題曲。根本沒配樂，只有一種悄然無聲、幾乎沒法察覺的一個男人日常生活規律的轉移，從一組數位的、內心的習慣，轉移到另一組。

不再孤獨地看著晨間電視，不再帶著早餐出門，沒有重複不斷的電話報告；只有一碗平凡的雜燴湯，持續沖刷我的腦袋，這顆腦子突然間開始得挑出一些東西好運用在故事上。這有點像軍隊新兵入營，他們就只是穿著便服排排站，卻立刻變成軍人了。就跟那些新兵一樣，重新入伍寫作的我，也伴隨著一股充滿目的性的厭惡感。

所有作家當然都會休息，而後重新開始。任何人都會這樣做：完成這個，休息，然後繼續另一個。一直以來，這項重複都是那些標記之一，那些可以讓我們宣稱我們是什麼什麼，而不是什麼什麼的標記：電子產業服務員、律師、偷車賊、大提琴演奏家：小說家。

跟我大部分的寫作同僚比起來，這個養精蓄銳的儀式——休息是為了走更長的路——對我來說一直更像是一種美學，甚至可能是一種基本道德。然而，我認識的很多人，總是等不及要開始

<u>寫作，好像他們的天性就是憎恨休息的筆一樣。</u>

有一位朋友固定（一直到我大聲吼他為止）會在雞尾酒時刻[1]打電話來，就只是問我：「你今天寫作了嗎？」其他的人，不管他們當時正在做什麼，似乎都打從內心深處焦慮地望著地平線，我想，他們正試著捕捉那一閃即逝、那可以讓他們投入下次寫作的靈光。對他們來說，停止是開始的前導，至於中場休息嘛，從好處看，最多也只是那奉獻給專注凝視的生命中毫無必要的一眨。要是從壞處瞧，它可能會引發焦慮，甚至是恐懼。

一位住在蒙大拿的好朋友最近告訴我：「我現在沒在寫作。真是令人沮喪。我就在家裡晃來晃去，不知道該做什麼。世界看起來是那麼灰暗。」

我這麼建議他：「試試看打開電視。這對我總是很有用。只要EPSN台的《體育中心》（*SportsCenter*）一開播，我就會把寫作拋到九霄雲外。」

我是說真的。這三十年來，我一直非常嚴格地撥出大把時間遠離寫作，這類時間多到我的寫作生涯有時候看起來似乎跟寫作比較無關，而跟不寫作比較有關。我打從心底認同這個事實。

無可否認，這麼長的時間裡我只寫了七本書，而且這七本書還沒能激起評論界的一致肯定。總是會有一些自以為是的傢伙認為，要是我能多寫一點，能更投入一點，能鞭策我自己多一點，咬緊一點牙關，少一點休息，我一定會成為比現在更好的作家。

不過，我從來沒想過要為了打破作家圈子裡的寫作速度紀錄而寫，或是，為了要成就一個大數目而寫（除了我一直希望有一

---

1 雞尾酒時刻，指下班後到晚餐前這段放鬆的時間。

大群讀者）。假如我真的多寫而少休息，我不只是會把自己完全逼瘋，而且鐵定可以證明我的作品會比現在的還糟。反正無論如何，我要做什麼是我家的事。最終總是會有一些與我們自己有關的事只有我們自己最了解。

大部分作家都寫太多了。若用他們堆積如山的作品品質來衡量，有些作家甚至寫得太遠了。我從不把自己當成被迫寫作的人。我常常是在其他事情都引不起我興趣的時候，自然而然的選擇寫作，或是當一股無用的感覺向我湧來，而我正巧感到失落且手邊有一些空閒的時候，比方說像世界巡迴錦標賽結束時。

我想說，只有在這種充電休息的情況下，我才能做好準備去探索偉大文學所需要的大題材：福禍之間的密切關聯等等。你可以說這是我個人版的靈感來源，雖然依賴這套規則仍然很可能會讓我寫得太多。要寫得剛剛好實在很難。

顯然，有很多作家不是為了想創造出偉大的文學而寫作，他們是為了其他利益。他們為治療而寫。他們為了（令人噁心地）「抒發」自己而寫。他們為了組織、或為了逃避漫漫長日而寫。他們為金錢而寫，或因為他們很投入。他們寫作就像是哭喊求救，或是一種家族性報復。諸如此類。有很多原因可以寫很多。有時候這樣還滿行得通的。

或許，我這看似散漫的態度是拜我那勞動階級雙親之賜，因為他們做牛做馬，所以我才能過著比他們更好的生活——不需要像他們一樣辛苦工作——我的生活就是他們成功的產物。但不論是什麼原因，我總是到處浪費時間做其他事，比方說，我上個月從紐澤西開車到曼菲斯，再到緬因，只為了要買一輛二手車，然而對我而言，生活永遠比寫作更為優先，至少在寫了一大堆東西

之後，寫作感覺起來還是很像苦差事。我知道我的爸媽會全力支持我的做法。

我要趕緊澄清，寫作不是一直都這麼苦。要小心那些告訴你他們是如何辛勤工作的作家（小心任何跟你這樣說的人）。寫作的確經常是灰暗和寂寞的，但沒有人真的非得寫作不可。

沒錯，寫作可以是複雜的、累人的、孤獨的、抽象的、無聊的、討人厭的、稍微令人振奮的；它可以變得累人、令人洩氣，但有時候也會帶來回饋。不過，它永遠不會像，比方說，在一月的雪夜裡駕駛洛德希克L-1011客機飛進芝加哥歐海爾（O'Hare）國際機場那麼辛苦，或是像得從頭到尾站立十小時開完腦部手術那樣，一旦開始就不能休息。如果你是個作家的話，你可以在任何地點、任何時間停止，而且不會有任何人在乎或了解。甚至，如果你真停止的話，結果還可能更令人滿意。

對我來說，在一個大型寫作計畫（比方說，小說）結束和下一個計畫開始之間放假休息的好處，簡直是既明顯又充分。首先，你必須將現實生活擺在第一位。英國作家普瑞契（V. S. Pritchett）曾經寫過，作家是跨越邊界觀察生活的人。藝術（即便是寫作）畢竟一直都是生活的附屬品，一直都是跟著生活走。當你走下五十六街或是開車前往曼菲斯時，你在書桌外所經驗到的是多樣、多面、相互衝突的思想和感官刺激，生活不但能令人振奮（只要你受得了的話）而且還非常有用，可以填滿亨利·詹姆斯所謂的「潛意識思考之井」，一口可以增強作家連接福禍能力的泉源。

浪費掉的時間也可以看起來就像是你結束勞累工作後的獎勵。有時候，這是你會得到的唯一獎勵。

　　大部分作家的工作習慣從他們開始當作家的時候就養成了，就某個基本層面來說，一個人的習慣一直都和一套天真的標準相關。只要你可以接受自己正在做的事，你就是在執行一種可以理解的做法。

　　在每一天的寫作中，停止和開始都是一種邀請，邀請你去檢視剛剛所寫的東西。而在一次沉重的筆耕結束和下一次辛苦的筆耕開始之前，享受一段長時間的休息，會讓你重新思考一些有用的問題，像：有沒有遺漏什麼重要東西必須加到可利用的現實資料庫裡？（馮內果〔Kurt Vonnegut〕認為他沒有任何遺漏了。）我還想從事這樣的工作嗎？我最後寫的東西真的很有價值嗎？我還能做些什麼更有意義的事，能夠留名青史呢？我的東西有沒有人讀呢？

　　我的意思是，這類問題很可怕，但不也很有趣嗎？把個人的動機當做道德事件一樣加以檢視，不是具有一種冷靜洗滌的快樂嗎？這不正是我們之所以成為作家的主要原因嗎？

　　我之所以尊敬某些作家，不是因為他們擁有某種特殊技巧和能力並持之以恆，不是因為他們對生涯有清楚的規劃，也不是因為他們視拯救道德禮教為己任；而是，他們是一群賭徒，他們幹的是一種熱情吃力的業餘技藝，因為每一次一古腦的徹底投入，並不會對下一次工作有多大幫助。以寫小說為例，每一次的投入幾乎都會消耗掉他的所有能源，會把作家榨乾，使他茫然、困惑，只留下耳裡的嗡嗡響。

　　因此，一段至少歷時幾季、或起碼可維持到你再也讀不下報紙標題更別提裡頭文章的休息揮霍，將可讓你精神振發，用全新的內容替換掉筋疲的注意力、力竭的習慣以及僵硬的文體——可

以幫助你「忘掉」所有事情，好讓你「創造出」更好的東西。我們藉由這種休息向藝術的神聖動力致敬──那投入了整個自我和全部意志的神聖動力。

最後，寫作最困難的部分並非如何將你的想法寫出來。對我來說，最具挑戰性的是：寫作必須把持續、重複地和現實世界打照面當成絕對必要的條件。換句話說，我必須要說服自己，書本外的世界絕不像我今天正在寫作的書本內的世界那麼有趣。更難的是，我還得相信自己的才能，並認為其他有閒的無名讀者也會被我說服。為了達到這些要求，休息可以幫助你更加了解在你的房間之外，以及在你蒼白的幻想之外，還有多少鮮活的誘惑。

工欲善其事，必先利其器

瑪莉・高登

美國暢銷小說家。1948年出生於紐約長島一個虔誠的愛爾蘭天主教家庭，父親早逝，有十二年的時間是在修女的教育下成長。1971年從巴納德學院畢業後，進入敘拉古大學（Syracuse University）攻讀文學研究所，並開始撰寫短篇故事。1978年推出第一本長篇小說《最後的報償》（*Final Payments*），立刻成為備受矚目的暢銷作家。之後陸續出版多本小說、回憶錄、短篇故事集和評論。高登非常擅長描寫有關女性、藝術、性和金錢等主題，對人類情感有相當深刻的挖掘，主角通常是處於不同人生歷程中的女性，且具有獨特的複雜性格。由於書中的角色大多是天主教徒，因此有「天主教作家」的稱號，但她本人對此頭銜十分排斥。曾獲1997年歐亨利短篇小說獎，目前定居於紐約，是巴納德學院的英語教授。重要作品包括：小說《最後的報償》、《有女為伴》（*The Company of Women*, 1981／中譯本：皇冠）、《男人和天使》（*Men and Angels*, 1985）、《另一面》（*The Other Side*, 1989）、《耗費》（*Spending: A Utopian Divertimento*, 1998）；短篇故事《餘生》（*The Rest of Life*, 1993）；文集《好男孩和死女孩》（*Good Boys and Dead Girls*, 1992）、《穿透場域：地理與認同的反思》（*Seeing Through Places:*

Reflections on Geography and Identity, 2000）；以及回憶錄《影子男人：一個女兒對父親的追尋》（*The Shadow Man: A Daughter's Search for Her Father*, 1996）等。

　　也許有些作家對於每一天的工作毫無畏懼，不過，我不認識他們。貝克特（Beckett）有一張釘在書桌邊牆上的卡片，寫著：「失敗。再失敗。失敗得好。」

　　寫作，是個糟糕的行業。紙上的符號從來都無法與心中的文字音樂契合，符合它在被語言糟蹋之前的純淨形象。大部分的作家都發覺到，我們一直在複誦公禱書中的文字，害怕我們所做的、所沒做的事，相信我們一切都是惡。我們想盡辦法去引爆這份恐懼以便完成我們的工作。我的方法跟筆記本和筆有關。我用手寫創作。

　　我的一些朋友說，我的筆跡是鬼畫符，不過他們錯了。我鍾愛我的筆跡。我讀起來一點困難也沒有。好吧，是有那麼一次，我將**激發**（incite）誤讀成**創造**（create）。不過，就這麼一次。

　　奧登（W. H. Auden）說，每個人都偷偷地喜歡自己的筆跡，就像每個人都偷偷地愛戀著自己……的氣味一樣——他使用了一個不能在這紙上寫出來的專有名詞。哪個在激進的六〇年代長大的人能忘記帕瑪式書寫法（Palmer method）[1] 所帶來的恐怖呢？一撇、一捺、轉圈、花體。掌握「書寫」（script）是進入真實、成人世界的入口。它駕馭著兩種原始的本能：做記號和溝通思想。

---

1 帕瑪式書寫法，由 Austin Palmer 在二十世紀初極力推倡的一種英文書寫教學法，後來成為美國境內最通行的書寫系統。

用手寫字是勞力的，也就因為這樣，所以發明了打字機。但是，我相信這樣的勞動是種美德，因為它有一股純物質性。一方面，它牽動著血、肉以及筆和紙的物性，這些都提醒著我們，不論我們如何在創發的漩渦中迷失了自己，我們還身在一個物質的世界。

我知道我談論筆和筆記本的方式像是伊斯蘭後宮妻妾的主人談論他的愛奴。不過，還是讓我跟你說說我的筆和筆記本吧。

我的筆。它是威迪文牌（Waterman），黑色的琺瑯鑲著金邊。當我用它書寫時，我覺得自己彷彿穿上了一件完美合身剪裁的套裝，頭髮毫無瑕疵地挽了個髻。也許就像伊莉莎白・鮑恩（Elizabeth Bowen）[2]，不過只有在法文部分。或是，像《國王與我》裡的安娜（Anna de Noialles），不過僅限於蔻兒・黛博拉（Kerr Deborah）所飾演的那一位。即使我穿著老舊的毛織袍子，即使毛衣磨損的樣子展現著前蘇聯集中營時代的款式，我的鋼筆依然高貴。我的墨水是威迪文牌的黑墨水。有一回在旅行時，我只能找到藍黑色的墨水。但是，用了幾個星期之後，我覺得自己就像個苛刻的女校長。

我是在曼哈頓西四十六街上的「亞瑟・布朗與兄弟」的店買了這枝筆。老天，那時候真是難以抉擇。我有銀色、孔雀石色、玳瑁色可選；我可以趕流行而選香蕉黃色；我也可以選擇二手貨，一枝「貨真價實的古董」。我可以選擇麥管細或雪茄粗的筆桿。我必須決定筆尖的粗細：有極細、中等、粗。中等是端莊、

---

2 伊莉莎白・鮑恩（1899-1973），英裔愛爾蘭小說家，著有《最後九月》（*Last September*）、《心之死》（*The Death of the Heart*）等書。

謙遜，一個意味著「別擔心，快樂就好」的夥伴。粗筆宣示著它和我的權威。但是，我選擇了極細。它的抗拒很有意思：一點點的刮擦，稍稍不情願地往下一個字邁進，這些都提供給我一股日後看起來（雖然一直到這一刻，我才知道這個事實）有點嚴密、謹慎的味道。

在我的小房間裡，有一個筆記本專用的架子。我從它們中間選擇和內容物相得益彰的容器。選擇筆記本時，我專注的不只是分門別類的過程，還是一場地緣的回憶。不論走到世界的哪個角落，我都會買筆記本。就像每個國家有不同的美食，每個國家也有不同的筆記本文化。我那些知道我的戀物癖的朋友，也會從他們的旅途中帶筆記本回來給我。

我有三款來自法國的筆記本。一本是普魯斯特課程裡的學生給我的，它的外皮是藍綠色，寫著一派正式的書寫體：*livre de brouillon*，草稿書。內頁全白沒有行線。在這本簿子裡，我寫下每天閱讀普魯斯特的心得。

法國人特別擅長軟皮、小巧的筆記本；我上回去巴黎時，從聖米歇爾大道上一家名叫小吉爾伯（Gilbert Jeune）的巨型書店裡，替學生買了帶紅色的深藍色練習本：它們的封面宣誓著，我是征服者。在奧爾良（Orleans），我買了糖果色的筆記本：萊姆、草莓、檸檬。上面黑色的字體寫著：書法。這些溫順的可人兒，最適合旅行記事或短篇故事了。

在都柏林三一學院附近的一家雜貨鋪，我買了長型淡黃色（寫長篇虛構〔fiction〕，不是小說〔novel〕）以及正紅色（新聞寫作）的筆記本。紅色和黃色兩種封面都有一座素描的塔，還有塞爾特字體所寫的 Tara 兩字。穿過大英博物館時，我發現類似粗麻

布硬皮材質的筆記本，有藍綠色、褐紫紅色和橘色（給文學評論用）。

上回去義大利的時候，我正在冥想一部三聲部的小說。所以我幫這三個聲音各買了三種筆記本。一些在托斯卡尼的糖果店買的，有著閃亮甘草黑的封皮；一些是赤土色，就像我從窗戶看出去的屋頂一樣，這些則是在一家靠近萬神殿的文具店購得的。就在同一條街上，我買了一雙有覆盆子鑲邊、森林綠的仿麂皮手套。在特拉斯特維爾（Trastevere）靠近聖塔瑪莉亞（Santa Maria）的地方，我買了三本看起來很傳教士的筆記本，封皮是黑色紙板加上紅色鑲邊。

有一些筆記本太漂亮了，我拿它們來做令人嫌惡的修訂工作，好彌補一下工作本身的缺陷：它們有柔和的粉彩、天空藍、淺粉紅色，加上灰色裝置藝術的設計。我是在佛羅倫斯的聖羅倫佐對面的一個架子上發現它們。當時，我剛在麥迪奇小教堂（Medici Chapel）欣賞完米開朗基羅的寓意雕像，就是那些疲倦、憂傷的傑作，那些靜止或休憩的偶像。

傳說中的筆記本是瑞典式筆記本：原色配上中性邊，鈴蘭色帶淡紫，高傲又純淨的顏色。這些筆記本看起來是那麼健康、穩定，所以我用它們來書寫最無拘無束的日記：它們可以挺得住，它們會保守祕密，沒有任何東西會傷害它們，沉默是它們唯一的話語。

有一次去佛蒙特州旅行，我花了大筆銀子買了一本藍綠色皮革裝訂的手工紙筆記本。這本是用來寫那些為美麗而美麗的句子：一張手工紙頁上只有一個句子。

所以，像個無所事事的保姆一樣，在我玩弄過筆和筆記本之

後，我該做什麼呢？在我拿起紙筆之前，我閱讀。我無法一大早就讀小說，我需要信件和報刊那種更親密的聲音。從這些報刊和信件中，我抄寫某些讓我想像的東西，真的，有一些我當成是寓言，或是日常觀察。這些文句通常被裝進瑞典式日記，除了有些時候，那些獨自閃耀動人的應景句子，就放進佛特蒙手工筆記本裡。

接著，我閱讀普魯斯特；讀三頁英文，再讀同樣的三頁法文。在我的普魯斯特筆記本中，我寫下自己對那些濃厚、吃力的句子的理解。然後，我轉向日記，盡情地寫下所有在腦海裡蹦出來的自戀式胡言亂語。

我聽音樂，常常是弦樂四重奏或是鋼琴奏鳴曲。蒂納‧透納（Tina Turner）會在晚一點的時候播放。在書桌前，我需要靈魂冷靜下來。我享受這些音樂以及不花腦筋的反覆節奏。也許，也不完全是不費腦筋。我正盡情享受那些非文字的時光，享受著或快或慢的運筆速度，在潔白的紙張上留下黑色的印記。

接下來，我進入嚴肅的小說閱讀，一本我用來當做調音叉的小說，它的聲音是在我自己的小說裡需要用到的音調。閱讀詩和小說時，我無法聽音樂。在用來虛構小說的筆記本中，我抄寫幾段韻律節奏值得學習的文句。幸運的話，有時候我手的韻律就像舞蹈一樣，會開始另一種節奏，讓我忘卻我所依附的虛榮和愚蠢。

在失敗開始之前，用你的手和腕，緊握那令人喜悅的物件並細細品嘗，然後讓前輩所留下的記號重新在你歡欣愉快的筆跡下出現，這真是至高無比的享受。我們無法相信這些前輩的腦中也曾經想過失敗，或者他們也曾（像我每天早上那樣）嫉妒運煤工

人、廢棄物檢查員，或者任何有著高雅職稱的職業人士。

　　我不清楚使用電腦的人是如何開始工作的。我希望永遠不需親身體驗。

真實生活，怪異無恥的剽竊者
卡爾・海亞森

美國記者和諷刺小說家。1953年出生於南佛羅里達並在該地長大，
1974年畢業於佛羅里達大學新聞傳播學系。1976年開始在《邁阿密前
鋒報》（*Miami Herald*）擔任記者，負責每週兩次的專欄，後來加入該
報的調查報導團隊，揭發過許多政壇醜聞和當地的社會問題，包括毒
品氾濫、恐怖醫生及生態破壞等等，被許多政客視為眼中釘。1980年
代開始創作小說，1986年出版的首部小說《觀光季》（*Tourist
Season*），被《GQ》雜誌譽為「適合任何時候閱讀的十大好書之一」，
之後陸續推出多本暢銷小說，並翻譯成二十七種文字。海亞森的作品
被歸類為「環境驚悚小說」，以幽默諷刺的筆調描寫佛羅里達的種種
社會面向：貪婪的商人、腐敗的政客、胸大無腦的金髮美女、冷漠的
退休老人、智障的遊客，以及激進的生態恐怖主義等，雖然歸類為犯
罪小說，但可視為對當代生活的諷刺作品。《倫敦觀察者報》推崇海
亞森是「美國最棒的諷刺小說家」，印地安警探小說家東尼・席勒曼
稱他為「犯罪小說界的馬克・吐溫」。作品包括：《觀光季》、《禍不
單行》（*Double Whammy, 1987*）、《母語》（*Native Tongue, 1991*）、《脫
衣舞孃》（*Strip Tease, 1993*，電影《脫衣舞孃》原著小說）、《暴風天》

（*Stormy Weather*, 1995）、《算你走運》（*Lucky You*, 1997）、《生病的小狗》（*Sick Puppy*, 2000）、《貓頭鷹咕咕叫》（*Hoot*, 2002）、《裸泳》（*Skinny Dip*, 2004）等，其中《貓頭鷹咕咕叫》榮獲美國圖書館協會頒發的紐伯力青少年讀物獎（Newbery Award）。

有一次，我必須結束掉一個傢伙。

這是發生在一部小說中，但並不因為這樣就比較簡單。我的書應該要有趣，所以即便是死亡都必須伴隨機智的轉折。這樣的壓力很大。

這個主要的壞人名叫沛卓，他殘酷成性，在佛羅里達群島（Florda Keys）一家低級遊樂園當安全警衛。他有毒癮，於是成天帶著一個滾來滾去的靜脈注射器，巡邏的時候擺在身後。

在那本名為《母語》（*Native Tongue*）的小說進展到三分之二的時候，我想，該是除掉沛卓的時候了──隨著劇情發展他變得越來越下流，更糟的是，他開始分散集中在主角身上的注意力。所以，沛卓必須下場了。但是該怎麼做呢？

射殺他，很簡單；服藥過量，俐落乾脆。不過我怕讀者會不滿意。拜託，連我自己都不滿意。這下你就知道沛卓有多可惡了：他的下場一定要來點特別的。

最後，我做了千古以來所有諷刺家都做的事：我從時事竊取想法，然後加以美化套入我的劇情。

我寫那本書的時候，在我住的佛羅里達，一個有關於野生瓶鼻海豚的有趣議題正在發燒。當地的主題樂園開始跟遊客收取高出五十美元的費用，讓他們在水箱中跟光滑、雜耍的海洋哺乳類動物嬉戲。

結果事情演變成：有些海豚有牠們自己的一套玩法。牠們以一種被海洋生物學家謹慎評為「高風險動作」的方式，來迎接跳

下水的人類入侵者。通常，這個動作是十分具有性挑逗的，可以讓遊客留下真實難忘的假期經驗。

我白天在為《邁阿密前鋒報》寫專欄時，曾經報導過這個現象。就如同很多佛羅里達的真實故事一樣，這也是一則值得剪下來供日後參考的新聞。

這對我的虛構壞蛋——沛卓——來說是個壞消息。湊巧的是，小說中的低級遊樂園裡也有一隻出了名的流氓，一隻不受馴服的飛寶（Flipper）兄弟[1]。

我怎麼能阻止呢？一個漆黑的夜晚，在狹小通道上，一陣狂亂的掙扎後，一個因吸毒而神智不清的惡棍跌進了水箱，然後……馬上被海豚「迪奇」情挑致死。

我就是這樣謀殺掉這個邪惡的安全警衛。讀者似乎認同這是恰如其分的正義，雖然有很多人認為我編造了一些關於鯨類動物的黃色事件。

（我沒有。如果需證明的話，請看〈美國與海豚共游節目中瓶鼻海豚的量化行為研究〉，刊登於《海洋哺乳類科學》〔*Marine Mammal Science*〕，1995年10月。）

每個作家都從不同地方蒐集靈感，因此從新聞標題中劫掠也不是什麼可恥的事。事實上，如果要試著寫當代諷刺文學的話，這可是非常必要的。犀利的幽默必須能切入相關的時事話題。

不幸的是，對小說家來說，真實生活正變得過於可笑牽強。在邁阿密特別是如此。這裡的日常新聞好像都是由大衛‧林區（David Lynch）執筆的一樣。現實總是都比小說更顯得荒誕不

---

[1] 飛寶是美國電影中的海豚明星。

經。

　　想想那個被人發現躺在床上的老兄，他身旁有隻成年的短吻鱷，身上則有著無數個齒型大小的傷口。經過這個滿身是洞的男人的抗議，狩獵監督官才把那隻糊裡糊塗的爬蟲類趕到安全的地方。

　　當然，一場法律訴訟和長時間的監禁隨之而來。兩年後，受理上訴的法庭終於宣判那隻短吻鱷勝訴，而不是那個被咬的獵人。雖然我已經把這則新聞剪報下來（「法庭：鱷魚上床是不適合的」），我懷疑自己能不能將這篇新聞用在小說裡。因為它本身已經太絕了，沒法再美化。 ☺

　　這年頭的諷刺作家必須要更嚴格的挑剔素材和目標。即便如此，真實生活還是輕輕鬆鬆就能把你比下去。

　　有一回，我寫了一本書叫《脫衣舞孃》（Strip Tease），裡頭有一位美國國會議員十分豬哥地迷戀著一名脫衣舞孃。故事的緣起有一部分是來自我們的國會議員，賀伯特・柏克（J. Herbert Burke），這位老兄在1978年被捕，原因是他在羅德岱堡（Fort Lauderdale）的一處上空秀場中行為不檢。

　　在現實生活中，這位共和黨員柏克只是酒後對舞孃們毛手毛腳而已。在我的小說裡，我虛構的國會議員，是一位民主黨員，他則是因為淫慾而失態。（電影中這個角色是由畢・雷諾士〔Burt Reynolds〕擔綱，這個選角絕對會讓那位已經卸任、而且沒這麼瀟灑的柏克感到欣慰。）

　　1996年的某個晚上，就在電影版的《脫衣舞孃》上映前不久，一個叫甘道・寇飛（Kendall B. Coffey）的男人買了一瓶九百美元的香檳，帶著一名舞孃前往南達德（South Dade）一家叫

「口紅」的成人俱樂部，進入一處包廂。

那名叫做蒂芬妮的舞孃說，寇飛喝了太多香檳，一陣掙扎之後，使勁得咬了她的手臂。要不是那個寇飛是佛羅里達南區的聯邦檢察官，這起意外原本算不上是新聞。他是全國最有權力的檢察官之一。當他被護送離開脫衣舞廳的時候，他也向世人昭告了，他是個多麼重要的大騙子。

甘道‧寇飛拒絕談論那晚事件的始末，不過，他卻突然請辭聯邦檢察官的職務，轉入私人執業。那位舞孃上了全國性的電視節目展示他留下的齒痕。後來，她丈夫打電話給我，問我是否願意寫一本書來描述她這起驚魂記。

我跟他說，我早就寫了一本。這不是第一次我覺得被現實生活抄襲了，也不可能是最後一次。

一些小說家說他們很羨慕我們這些住在南佛羅里達的作家，因為我們的資源素材是這麼奇妙、詭異。這是真的，不過我們想像力的收入卻一天不如一天。很多時候，小說就像是微不足道的佈道團。

剽竊新聞已經不夠看了；現在我們必須和它競爭。最顯著的例子是小伊利安‧岡薩雷斯（Elián González）[2] 的奇異冒險故事，這故事剽竊了伍夫（Tom Wolfe）、馮內果（Kurt Vonnegut），甚至是馬奎斯（Gabriel García Márquez）的點子。

一個古巴小男孩跟著他的母親和其他難民搭乘一艘前往美國的小船。船沉了，他的母親死了，而這個小孩被發現在海上漂流：他的親戚後來說，他是受到友善的（但不是過度友善的）海

---

[2] 2000年古巴難民船翻覆，小伊利安‧岡薩雷斯是漂流到佛州海邊的小孩。

豚保護，所以存活下來。

這個小男孩被邁阿密流亡團體視為反卡斯楚的彌賽亞，受到聖母瑪利亞的神靈甚至是戴安‧索耶（Diane Sawyer）[3] 的眷顧，讓他上了她的頭條。此時在哈瓦那，那個小孩被歡呼為革命的失蹤士兵，一個從 T 恤和高速公路看板上對著群眾微笑的迷你版切‧格瓦拉（Che Guevara）。

伊利安的爸爸希望他回到古巴。在邁阿密的親戚卻不讓他走。就在他接受葛洛莉雅‧伊斯特芬（Gloria Estefan）[4]、安迪‧賈西亞（Andy Garcia）以及其他名人訪視的同時，示威者包圍了整棟房子，誓言阻止任何帶回小孩的動作。緊張的城市終於沉沉睡去，聯邦幹員摸黑偷走了小男孩，並把他丟回給他父親。隔天，邁阿密陣營裡出現了「第二個伊利安理論……」

我無法細數有多少人問過我：伊利安會不會在我下一本書中出現。這個挑戰太令人氣餒，不是因為真實生活的劇碼挑戰著諷刺作品。它本身就是個諷刺。

只要看看記者會上，到底是誰在疾聲呼籲：那是一群受雇來阻止伊利安的父親爭取監護權的高價律師中的一位。為什麼？他不是別人，他就是甘道‧寇飛，那個之前提到的前美國聯邦檢察官，以及被指控咬傷舞孃的人。

這真是絕妙的扭曲、絕妙的超現實！

放在以往，它可以是一部滑稽小說中的經典一景，不過現在不行了。它實在真實到不夠精采。

---

[3] 戴安‧索耶，美國 ABC 電視台頭號女主播。

[4] 葛洛莉雅‧伊斯特芬，美國拉丁流行樂壇天后。

小說幫我面對現實

艾莉絲·霍夫曼

美國暢銷小說家、電影編劇和童書作家。1952年出生於紐約勞工家庭，高中畢業後進入阿得菲大學（Adelphi University）夜間部就讀，取得學士學位，後進入史丹佛大學創意寫作中心攻讀碩士，在那裡遇見恩師亞伯特·傑拉德（Albert J. Guerard）夫婦，在他們的協助下，於《小說》（Fiction）上發表第一篇短篇故事，該篇文章隨即引起《美國評論》（American Review）知名編輯Ted Solotaroff的注意和邀稿，於是開始創作她的第一部長篇小說《所有物》（Property, 1977），並於1977年（二十五歲）正式出版。霍夫曼成名甚早，而且一直相當成功，之後陸續發表了十五本小說，一本短篇小說集，七本童書。作品不但在美國深受歡迎，經常登上《紐約時報》、《洛杉磯時報》等刊物的推薦書單，同時還翻譯成二十多國語言，暢銷名著《超異能快感》（Practical Magic, 1995）更改編成同名電影，由珊卓·布拉克和妮可·基曼主演。霍夫曼擅寫充滿神祕、魔法的奇幻故事，富有民間傳說的特質，能將神祕與現實、黑暗與樂觀巧妙地交織融合。霍夫曼深信寫作具有治療作用，長期以來她便以寫作克服其恐懼症，並在1998年罹患乳癌之後，靠著寫作度過那段與病魔奮戰的日子。除創作小說外，

霍夫曼也持續與丈夫共同編寫電影劇本。重要著作包括：小說《所有物》、《璀璨之夜》（*Illumination Night*, 1987）、《龜月》（*Turtle Moon*, 1992）、《超異能快感》（中譯本：輕舟）、《河王》（*The River King*, 2000）、《藍色日記》（*Blue Diary*, 2001）；童書《靛青》（*Indigo*, 2002）、《綠天使》（*Green Angle*, 2003）、《月狗》（*Moondog*, 2004）等。

　　七月裡一個晴朗的日子，我被告知得了癌症。那通電話響起時，我人在鱈魚角（Cape Cod），著手完成一本小說的初稿。心裡想著運氣就要轉好，一聽見話筒裡傳來醫生的聲音，我以為沒事了。因為在小說中如果是壞消息，人們總會被請到醫生的診療室深談，況且那麼美好的日子實在不適合悲劇發生。玫瑰正盛開。蜜蜂們從花粉和高溫中偷閒，在窗邊嗡嗡低語。

　　我確定我的醫生是打電話來告訴我切片檢查為陰性反應，我百分百確信，但是她卻說：「艾莉絲，我很遺憾。」從她的聲音裡，我聽見她的關心和難過，我了解到，不管被告知的場合和時間如何不一樣，有些事的真實性是不會改變的。那一刻，我熟悉的世界漸漸離我而去，把我丟在一個遙遠的星球上，沒有重力，沒有氧氣，一切都不再有意義。

　　我的家族有好幾年都不太好過。我摯愛的小姑喬安已在和腦瘤的奮戰中放棄；在一次嚴重的中風後，母親又檢查出有乳癌。我花了整整兩年照顧我幾位親人，那段期間，我只能利用連鳥兒都還睡著的清晨，偷幾小時完成我的小說《在這片土地》（Here On Earth）。就當《在這片土地》獲選為歐普拉（Oprah）圖書俱樂部的優良書籍時，我卻感到身體不適。從芝加哥回來的兩天之後，我觸摸到乳房中有硬塊。

　　在小姑喬安的病痛過程中，我一直寫著短篇故事。我需要一個虛構的世界隱身，但是卻沒有時間和精力從事較長篇的計畫。不過這些故事畢竟是出自小說家之手，他們很快就被串連起來，

傳達的是一個身陷在掙扎泥淖裡的家族——一個和我的家庭有著同樣掙扎的家族。

有好幾個月的時間，我每天都在醫院。外面的世界，外面那些擁抱夢想的人群——情侶、年輕父母、學生——比起我正在建構的小說世界更加虛幻。當喬安委託我一項令人心碎的任務——為她尋找墓地——時，我筆下〈鄉村姑娘〉（Local Girls）裡的人物雖然遠比我聰明和樂觀，但也在同一天開始同樣的旅程。坦白說，假使缺少了〈鄉村姑娘〉中那群女人的幫助，我不知道自己能否熬過那個傷心的午後。

在我的經驗中，病人會變得越來越靠近他們的真我，彷彿一旦將外在全數剝離後，就只剩下最真實核心的自我存在。以喬安為例，儘管死亡的痛苦與日俱增，她卻變得更貼心、更善良、更慈悲。我的母親是個時時刻刻擁抱生命的人，甚至在她過世的那一天，她還和十八歲的孫子一起去看《大開眼界》（Eyes Wide Shut）。我的另一個小姑，瑪麗蘭，在我之後不久也檢查出乳癌，她卻善用她的醫療知識成為一個業餘研究者，對乳癌的了解不遜於任何專家。

那麼，在血肉之下，在靈魂最深處的我是誰呢？我不如喬安善良慈悲，不如母親勇敢，也不像瑪麗蘭一般獨立優秀。當我延後手術時，答案出現了——延後手術是一件愚蠢的事，不過，我必須完成新小說的初稿。這個時候，似乎身邊所有的事都失去了控制，生命被截短，命運也顯得特別殘酷，我必須要終結某件事。既然現實生活無法提供答案，我急欲知道小說的結局。此時此刻，我是個小說家這個事實勝於一切。

除了家人和摯友外，我和所有人切斷聯絡。我幾乎沒向任何

人透露病情，而轉向我認為最具療效的事。作家不選擇他們的技藝，他們需要藉寫作來面對世界，對我而言這依然很實在。即便是現在，寫作還是一種超脫的經驗。我放了一張榻榻米在辦公室裡，在我虛弱到無法久坐時就從桌前爬到床上休息，來來回回，直到夢境和寫作中間的那條界線變成透明。

真實和幻想交織在一塊。我同時置身在真實的世界和我創造的書中世界。躺在檯子上做骨骼掃描的同時，我可以溜進荷花滿佈的河流，把腳沉入軟泥當中。在接受放射性治療的時候，我可以漫步在風雪中、月光下、玫瑰花田裡。

一位經驗老到、又具有智慧的腫瘤學家告訴我，癌症不必是一個人生命的全部，只消是一個章節。不過，小說家都知道，某些章節早已經預告了其他部分。這些生命中的篇章重擊你，教導你，使你流淚；它們邀請你走向布幔的另一邊，另一邊有著我們之中必須提早面對死亡的人。在這十個月來的化學治療和放射線治療中，我在尋找一種了解悲傷和失落的方法。

即使我的眼睛闔上，即使我只是身處於一個陰暗的房間，為了尋找美好和方向，為了了解愛的可能、永久與真實，為了看見萱草和泳池，忠誠與奉獻，我寫作。我寫作，因為這就是存在核心的真我，若是我因病情惡化而無法散步行走，我仍幸運依舊。只要坐在我的書桌前，只要我開始寫作，我依然相信任何事都有可能。

忠誠說故事者的永恆承諾

瑪琳・霍華德

美國小說家、回憶錄作家和評論家。1930 年出生於康乃迪克州的愛爾蘭家庭，曾任教於普林斯頓和耶魯等大學，並曾擔任美國國際筆會執行副主席，對提升文學發展、增進閱讀風氣及捍衛言論自由不遺餘力，目前在哥倫比亞大學教授創意寫作。共出版九本小說，包括《橋港巴士》(*Bridgeport Bus*, 1965)、《自然史》(*Nature History*, 1995)、《戀人之曆》(*A Lover's Almanac*, 1998)、《大如生命：春天的三則傳說》(*Big as Life: Three Tales for Spring*, 2001) 等；一部獲得美國國家書評獎的回憶錄《生命實況》(*The Facts of Life*, 1978)；並經常為《紐約時報》、《國家》、《華盛頓郵報》等刊物撰寫文學評論。除自身創作外，霍華德也為美國圖書館主編了《伊迪絲・華頓故事集》(*Collected Stories of Edith Wharton*, 2001)。

　　不久之前，我突然看到我的第一篇，也是唯一一篇曾經發表過的故事。它看起來並非不忍卒睹，不過我只讀了第一頁。那篇故事之後，我再也沒寫過短篇故事。小說成了我的遊戲。

　　雖然那時候我不知道作家這個職業需要什麼技能，不過當我寫那個故事時，我並不是沒有嚴肅地想過要成為一位作家。回頭看看，我不能否認那個無知、那個假設自己已經進入文字幻覺世界的女孩。現在我也許可以問她：妳到底讓自己陷入了什麼樣的情況呢？

　　在你發現自己的名字被印出來的時候，你會自戀地臉紅，不過，寫小說和初戀無關。它和熱情與堅持有關，一種經常混夾著欲望和乏味工作的矛盾組合。比較像一場歷時很久的婚姻？對，它需要不斷重新點燃心中對寫作的熱情，它要求對孤獨時刻的奉獻，你得孤獨地尋覓一個合適的字眼、語氣、風格、意義（可以這樣說嗎？），還有寫書的目的。

　　讓我們別稱它是一項專業，寫作是在見證我的時間，一段糾葛在胸口的私人與公眾的時間。我在沉靜的五○年代開始接受教育。就像很多名稱誤植的年代一樣，沉靜對五○年代來說也是個誤稱。當參議員麥卡錫（McCarthy）在我的女子大學發表沒有條理、漫無邊際的談話時，我們是有話想告訴他的（這說法有點太禮貌了）。

　　現代主義在課堂上有很高的地位。我以尊敬的心去閱讀吳爾芙（Virginia Woolf），我記下艾略特《荒原》的長段詩篇，對普

魯斯特的「創新」，以及對史坦茵（Gertrude Stein）在大學時期模仿《紐約客》的世故文法而寫成的諷刺小說，我都感到激動。在那個不是那麼落伍的五〇年代裡，偉大的美國作家：梅爾維爾（Melville）、霍桑（Hawthorne）、愛倫坡（Poe）和狄瑾遜（Emily Dickinson），他們都被新一代的學者從玻璃書櫃中拿出來，用新的觀點閱讀，其中很多人是拜退伍軍人福利法案（GI Bill）[1] 所賜。

是的，對那些認為「文學」應該要大寫的執著學生們來說，五〇年代是場盛宴。套用吳爾芙那句著名的宣言：「就在1910年12月前後，人性有了改變。」那些我所喜愛的現代主義宣言和作品，當然是比四十年前更為激進。

有些反抗是針對維多利亞式的華麗文體以及愛德華時代慰藉人心的小說道德觀而來，不過它們已經結束很久了。但是，現代主義在一次大戰前所宣示的目標和二次大戰之後那幾年是相同的。人類在冷漠的都市場景中，位置錯亂、自我迷失，這個迷失是我們在艾森豪的預言中所讀到的「軍事產業複合體」（military-industrial complex）[2]。

回顧過去的代價必定要能增強前進的能力，否則，我就必須把自己看成老古董了，就像我在路上看到的那位梳著流行高捲

---

1 退伍軍人福利法案，指1944年美國政府為二次大戰退伍美軍所頒布的各項特殊支援措施，包括：轉介工作、教育補助金、失業補助金及創業貸款等福利，其中教育補助金的部分影響最大，促成大批退伍軍人進入大學接受教育。

2 軍事產業複合體，指軍事權力機構與武器軍需製造商的結合，這是艾森豪在1961年1月離職演說中的用語，暗示這種強勢集團足以成為操縱美國經濟及外交政策的力量。

髮、畫著明亮口紅、繫著腳鏈的復古美女一樣。藉著一路前進，我知道，我的那些現代主義大家的傑作並不孤單。四面八方、隨之而來的是對六〇年代批評的頌歌，解放被壓抑的女性聲音，諷刺遊樂場（或諷刺牢籠）裡的後現代主義遊戲時間，含糊順從的極簡主義，以及包容的文學。讓我們一起祈禱這會一直持續下去。

在這篇簡述我四十年（數字正確嗎？）寫作生涯的文章中，我發覺自己同時是靜止也是移動的。就好像站在機場的旅客傳送帶上。這條軌道最終會把旅客放下，而只有我自己知道我的終點：那是一個單獨飛行的安靜工作室，在那裡，冒險犯難只是為了要找出一個中心，一個屬於我的小說的中心點，一個不會隨時空、流行而淹沒的靜止點。任何失敗都會記錄下來。就像金姐（Ginger）和佛雷（Fred）[3] 在滑冰例行賽中的慘敗，你得要自己站起來，拍拍衣服，重新開始。

我相信，我會這樣直接告訴那個迷戀明星的女孩，她用了最後一塊錢買了車票，搭車前往紐哈芬（New Haven）去聽艾略特憂鬱地朗讀〈枯船〉（The Dry Salvages）。也許那是羅柏・佛洛斯特（Robert Frost）的朗讀，他的朗讀也是憂鬱的。不過，我是在艾略特的一本散文集裡發現一封由一個名叫傑若的人寫的信，他告訴我，可以從麻薩諸塞州的北安普頓搭十一點十五發出的火車，這樣就可準時抵達德威特教堂（Dwight Chapel）。我也許是跟傑若借了回程的車錢回學校，不過，他已經消失在歷史中了。

---

[3] 金姐和佛雷，指1935年好萊塢經典歌舞片《禮帽》（Top Hat）裡的男女主角，金姐・羅潔絲（Ginger Rogers）和佛雷・亞斯坦（Fred Astaire）。

　　我承認我捏造了一些女性角色，強迫她們去跟年輕一代講授社會或私人的過去，或說歷史。我是這樣想的，要她們講述自我的目的是希望透過檢視她們所生長的時代，她們能弄清楚自己所處的環境，或甚至是她們的身分。我是在引導我自己，因為我畢竟是自己最初、也是最嚴厲的讀者。

　　是什麼時候，我第一次認知到把文稿付梓、送到工作室外的讀者手中，是一種暴露的行為呢？這不是抒情自白的回憶方式，而是用一種公然的自我呈現，呈現在句子的音律裡，段落的形狀裡，劇情的偶然轉折中，在衰亡的沙堆城市以及斷裂愛情的小說主題中暴露。

　　在所有我表演用的聲音和面具裡，存在一種與讀者間的親密關係。我們一起玩這個遊戲。閱讀，真實的閱讀，是一項費勁但愉快的接觸運動。有趣，不過這不是電視節目。珍娜特·溫德森（Jeanette Winterson）在《藝術品》（Art Objects）一書中，稱閱讀很性感。我會謹守這個聰明的想法。我會告訴我的學生，閱讀不是像約會，而是全心的承諾。

　　時間往前推進。一位非常聰明的學生上學期提出了一個問題：如果，如果你不認同那些曾經被視為嚴肅或英勇的主題呢？如果你很不安，很害羞，又重視承諾，而且從不在乎藝術呢？如果在大眾媒體和廣大機制面前，文字輸了呢？那麼，就迎合市場吧。這一點錯也沒。忘了那些可憐的、邊緣化的、執著奉獻的文學小說吧。但是記住，即使是充滿機智和有趣道理的《歡樂單身派對》（Seinfeld）[4]，也曾讓店家關門大吉。

---

[4]《歡樂單身派對》是美國描述公寓生活的電視喜劇。

　　當書本面對科技時，請期待那些等候我們的神奇和恐懼吧。手抄員因為活字印刷的發明而沒落，但是對語言的尊敬並沒消失。我現在同時希望游標的閃爍能和橫線筆記本一樣渴望我的下一個句子。文字，那是我從一團想像中所得到的唯一東西，但是仔細想想，對你們這些後輩來說，想像力會變成什麼樣子。科技會發展出新的形式，你可能在網路上變得很像古代巡迴各處的說書者，或者不論什麼稱呼。你可以隨時隨地在任何人的爐火邊胡謅個故事。

　　如果你沒小心謹慎地用詞遣字，我可能不會怪你。在〈現代小說〉（Modern Fiction）一文中，吳爾芙想像著，如果小說藝術有了生命，「她（小說藝術）肯定會要求我們粉碎她、蹂躪她，就像我們尊敬、愛戴她一樣，因為藉由這樣的舉動，她才會得到重生，她的權威也會獲得肯定。」在這裡，我又是引用我自己五〇年代少女時期的偶像，那是她發表於1919年的一篇文章。

　　至於我，我正在寫有關奧杜邦（Audubon）[5]的故事，這是我第一次嘗試歷史故事。他因為熱愛自然和科學而殺了那些鳥類。或者，我相信，他其實是為了他的藝術而如此做。

　　不過，有一天，他射傷了一隻紅結啄木鳥，並把牠活捉回工作室。在他工作時，那隻啄木鳥在牆上四處鑽洞，而這位藝術家則描摹牠身上間有白色條紋的黑羽毛，牠的尖喙、藍爪，和頂上的紅羽毛。在他所完成的《美國鳥類》（*The Birds of America*）一書中，有三隻同種啄木鳥同時棲息在松樹上，那是一種為了展現

---

[5] 奧杜邦全名John James Audubon (1785-1851)，海地出生的美國鳥類學家和藝術家，也是美國第一位通俗鳥類學作家。

這個種類全貌的做法。這樣看來，這位自然學家的目的似乎很像
小說作家的工作：他想用幻想來強調真實的紀錄。

　　在我寫作的這個時刻，世界是虛擬的，一個簡單卻又具有驚
人操控力的世界。不過，讓我告訴你奧杜邦故事最棒的部分：當
他完成著作後，他打開窗子讓他的主角自由。

煩人的主題總在你沒注意時浮現
黛安・強森

美國小說家、散文家、旅遊作家、傳記作者、短篇故事家和電影編劇。1934年出生於伊利諾州，父親是高中校長，高中畢業後進入專門培訓空姐的史蒂芬學院（Academy Stephens），1953年中途輟學，嫁給洛杉磯的一位醫學教授。這段婚姻維持了十二年，期間她生了四名子女，取得加州大學洛杉磯分校的英語博士學位，並出版了第一本小說《公平遊戲》（*Fair Game*）。離婚後持續創作小說，1968和1970年分別推出《愛上家庭主婦》（*Loving Hands at Home*）和《燃燒》（*Burning*），聲譽日隆。1972年出版傳記作品《次要人生》（*Lesser Lives*），講述英國十九世紀作家喬治・梅瑞迪斯（George Meredith）之妻瑪莉・愛倫・梅瑞迪斯（Mary Ellen Mrerdith）的一生，獲得國家書卷獎提名。1973年發表第一部短篇故事〈一顆蘋果，一粒橘子〉（An Apple, An Orange），收入一年一度的《歐亨利最佳短篇故事集》（*O. Henry collection of Best Short Stories*）。1974年出版小說《影子知道》（*Shadow Knows*），廣受各方好評，名導演史丹利・庫柏利克（Stanley Kubrick）驚豔於強森對心理懸疑劇情的描繪技巧，特邀她擔任其新作《閃靈》（*The Shinning*）的編劇，該片如今已成為驚悚片的經典。1978年推出

新小說《低躺》(*Lying Low*)，並與第二任醫生丈夫在伊朗住了三個月，1982和1983年分別出版了文集《恐怖分子與小說家》(*Terrorists and Novelists*) 以及傳記《戴許‧漢米特的一生》(*Dashiell Hammett: A Life*)。1987年根據她的伊朗經驗出版了小說《波斯夜譚》(*Persian Nights*)，透過一名典型的美國家庭主婦的觀點陳述即將崩潰的巴勒維政權。1990年出版了與其丈夫的醫療背景有關的小說《健康快樂》(*Health and Happiness*)，描寫大醫院裡的種種運作內幕；1993年出版帶有些許自傳性質的短篇故事集《天然鴉片：旅行者的故事》(*Natural Opium: Some Travelers' Tales*)。之後強森旅居法國多年，除暑假三個月固定回舊金山度假外，其餘九個月都住在巴黎，1997年以她對兩地文化的了解，推出暢銷小說《離婚》(*Le Divorce*)，描寫兩個加州姊妹在法國所碰到的一連串感情問題與文化衝擊，該書後改編成電影《戀戀巴黎》；2000年又出版了以巴黎為背景的喜劇小說《結婚》(*Le Mariage*)，再次以犀利的筆觸和見解，呈現了巴黎美國人的種種。

在我最新小說（《結婚》）的巡迴發表會上，我常常被問到與這主題有關的奇怪問題。剛開始，這類問題讓我不知所措。小說家本人也許是最後一個知道小說主題的人，或可以說她甚至拒絕去細想，免得像快樂這樣的東西會因細微的檢視而告消失，或薄弱到無法存在。

在西雅圖時有個人問我，書中被拯救的貓和狗到底代表什麼意思。我需要想一想這個問題，因為我真的沒注意到它們的存在。佛洛伊德會說這些貓狗代表小孩，不過對我而言，這似乎不太恰當。

每部小說一定都要有個主題嗎？假如真是如此，誰來決定這主題呢？

令人不禁懷疑的是，難道每個小說家都有特定的主題，難道這些主題除了專屬於那部作品之外也同樣專屬於那位作家？我曾經有這樣的經驗：讀者認為我的書中到處都是逃離現況的絕望女人，這使得身為安逸家庭主婦的我感到十分震驚。我從來沒這樣認定過這些角色。對我而言，我的女主角是反映現實的主體，透過她們，可以觀察到她們外在的世界——不論是在伊朗、在加州，或在法國。

我曾經在別處談過「可信賴的女性敘事者」的困境，這角色也許是現代的新發明，因為文學傳統中的女性只不過是被擺佈的花瓶罷了。我的朋友拜德（Max Byrd）[1] 認為，所有的小說最終

---

1 拜德，美國暢銷歷史小說家。

都可劃歸為兩類情節：其一，一個陌生人來到小鎮，其二，某個人的某次旅行。我的小說屬於後者，描述的是發生和注定會發生在旅人身上的事，僅此而已。

但是，這裡的問題不止如此。假使我沒有誤解「主題」（theme）這個字的意義，任何一部小說都有很多主題。這個字就像是從高中英文課上傳下來的遺留物，非常適合用來討論小說，但不代表它和小說的寫作過程絕對相關。它有某種非常接近「論題」（thesis）的意思。對一個喜歡想像她正在觀察生活行為，未曾帶有教化意味，以及不願用計畫限制角色的小說家而言，企圖先設定某個概念的想法簡直是個詛咒。

當然，就像其他人一樣，作家會有一套大概的想法：人對人的殘酷，生命是一種掙扎，或者，自然是美好的。例如那些用來討論蘭德（Ayn Rand）或艾略特或龐德（Pound）的觀點，這些想法有些是既定的，有些很有原創性，很特出，或甚至是質疑。總體來說，不管這個作家是誰，她或他的主題常被拿來代表她或他本人，除非能像百變天才莎士比亞，才有辦法藏身在一堆稠密的矛盾中，難以捉摸。

我想，一部作品中最重要的主題是所有想法的總合。這觀點隱隱出現在網路上關於合成小說（Merged Novels）的笑話比賽中。這個比賽裡，網友們把兩本書裡的要素拼湊在一起，例如「馬爾他的福克納」（The Maltese Faulkner）（「那隻黑鳥是山姆挑戰種族和家庭的痛苦象徵嗎？或者，它只不過是一隻烏鴉，在嘲笑他想要深究的企圖？還是，它值整整一密爾嗎[2]？」）。或是像

---

[2] 密爾（mil），以色列青銅幣，等於千分之一塞浦路斯鎊。

「麥田裡的矛盾」（Catch-22 in the Rye）（「荷登了解到，假使你精神不正常，你可能會被踢出大學預備學校；但是，若你被開除，你不一定是精神異常」）。

可是，就如同佛斯特（E. M. Forster）所言，每部小說都是一塊「蘊含豐盛的大地」（spongy tract），是一連串緊緻多元的概念，無法徹底抽絲剝繭。

小說中有太多的主題了，小說家幾乎是冒著淪為「概念小說」（novel of ideas）的危險，這是一個暗指保守的專有名詞。「概念小說」這名詞是從已經過時的類型學中擷取而來，這種類型學將小說依其大體風格分類為「概念型」、風尚喜劇、劇情型、羅曼史等。這些詞語也是說明嚴肅、無趣、幽默、悲痛、情史等等的代名詞。

雖然這些名詞有可能將主題清楚歸類，但是「小說中的概念」（ideas in novels）這想法依然頗受抗拒。我經驗中的兩個例子如下：

《離婚》（Le Divorce）是一本關於一位年輕女人來到巴黎這個花花世界的小說。其中有一章提到，約莫在1995年，巴黎的美國人為了越戰這個話題陷入嚴重爭執，這話題即便在三十年後也還是會撕裂我們。英國出版商將這段全部刪除，因為他們認為這議題引不起英國讀者的興趣。如今讀者質疑我為何對這樣的刪改輕易屈服。我的答案是，我不知道。也許是我對那個主題還不太有把握吧。

另一回，一位法國譯者將我那本討論伊朗革命前的政治情況的小說，《波斯夜譚》（Persian Nights），譯成一種十分受到法國人歡迎的英雄救美式的言情小說。因此，他省略了女主角的所有

政治觀察，轉而強調她的個人危機，特別是遭受強暴的危險（事實上，強暴從來沒在書中發生）。這一次，我的確提出抗議，後來這個問題才稍稍得到改善。

最近有幾位書評家在談論蘇珊・桑塔格（Susan Sontag）的新作《在美國》（*In America*）時，用了「概念小說」這樣的詞彙，也許是因為書中的角色具有傅立葉式（Fourier）的烏托邦主義或行動方式。然而，你能想像一本沒有概念的小說會是什麼樣子嗎？比方說，佛斯特的《印度之旅》（*A Passage to India*）當中有一個想法或主題是：不同文化背景的人幾乎無法互相了解。假使《印度之旅》被化約成這樣一本概念小說，那麼很多小說家的作品，包括我的《結婚》在內，都是企圖表達和《印度之旅》同樣的主題。

當然，細部上來說，《印度之旅》完全不同於其他任何小說。它究竟是一本概念小說或風尚喜劇呢？劇中人物討論到哲學。印度的高寶博士對費爾丁說：「當邪惡浮現，它會迅速瀰漫整個宇宙。」當進一步被問及他是否認為善、惡是相同的東西，博士答道：「不、不、不……正如它們的名稱所指，善與惡不同。但是我個人認為，兩者同屬於上帝的不同面向。」然而對費爾丁而言，善與惡似乎都表達了宇宙的無情。佛斯特本人對這兩種不同觀點又有什麼看法呢？他有特定的立場嗎？

小說家有辦法完全掌握她文本裡的概念，或者藏身於這些概念當中嗎？作家一定很熟悉這種現象：一旦劇中人物被賦予了思想，他們的行為言詞就會超出作家的預期。寫作本身就具有碟仙般的意志。

另一方面，作家的性格——例如個人的喜好——卻也會悄悄

地參與其中，不論你如何開場，你的個人特質注定會成就一本只有你寫得出來的作品。（這兩者顯然是相輔相成的，因為意外是從自我中較無意識的領域中蹦出來的。）另外還有年齡、出生排行、地理環境等因素。民族性當然是我們本質中的部分驅力，它不受控制，卻早就控制了我們。

你自己理所當然會隨時間和生活境遇而改變。然而我常常感到自己要和某種天生的性格掙扎，不管我多麼想寫一部嚴肅、感人的心理小說，結局總是我又完成了一本人稱「風尚型」的某類喜劇或悲喜劇。但是真的，這的確反映了我對風俗民情的興趣——人的行為舉止，尤其是人在自己的文化影響下如何行為，或是人在異國文化中會如何反應。

小說的意義從來就不等同小說的內容；換句話說，還有更深、更廣的意義存在。在作者能和作品保持客觀距離之前，她也不太能認清這一點。在寫作之初或甚至結束之時，小說的架構很少是清晰可見的。只有在作者找出小說的意義，並企圖去了解、深入或加強已經完成的文字時，架構才會出現。這就是找出主題。

如果作者是最後才能確定主題的人，或許身為讀者的我們在閱讀時也無法清楚說出主題為何。當有人詢問我們某本書的內容時，我們很容易著重在劇情中的某些元素，例如，「這是敘述一位在印度洞穴中受到或未受到性侵犯的女子」，或是「一個需要在一處偏遠瘋狂的家庭裡擔任女家庭教師的孤兒」。

我們緊捉住劇情裡的主要特徵。但是我們從書中得到的卻是某個教訓或是主題：例如表現在《簡愛》（以及所有其他夏洛特・勃朗特〔Charlotte Brontë〕的作品）裡的勇氣和人類靈魂的

堅強，以及《印度之旅》裡的正直和自尊，特別是展現在社會邊
緣人的部分。這些深層的涵義是促使我們尊敬一部作品的充分條
件。

　　一本書如果內含邪惡或虛誇的旨趣，我們可能會否定它、質
疑它，也或者在某方面來說，會覺得它具顛覆性。或者，也有可
能我們輕易就被矇騙了。歷史上充斥著「危險的」書籍，雖然它
們從未流行普及，但是想要壓制它們的企圖最終也會以兩敗俱傷
收場。關於書本的道德志業一直都是難以掌握的。

從小說家變成劇作家
瓦德‧賈斯特

美國短篇故事家和小說家。1935 年出生於伊利諾州沃基根,父親是
《沃基根太陽報》(*Waukegan News-Sun*)的老闆。記者出身,最初在自
家報紙任職,後來陸續進入《新聞週刊》和《華盛頓郵報》工作。擔
任《郵報》駐越南戰地特派員期間,經常冒險跟隨士兵深入火線,作
出許多精采的一手報導,某次採訪途中遭到重傷,但他拒絕享有特
權,堅持等其他受傷士兵都安全後送之後才肯登上救護直升機的表
現,在麥克‧郝爾(Michael Herr)的越戰經典名著《派遣》
(*Dispatches*)中深獲推崇。1968 年出版其越戰報導《伊於胡底》(*To
What End*),1970 年出版了關於美國軍事的長篇報導《軍人》(*Military
Men*)。任職《郵報》期間,賈斯特也開始撰寫短篇故事,其中有許多
收錄於 1974 年出版的《喜歡福婁拜的國會議員和其他華盛頓故事》
(*The Congressman Who Loved Flaubert & Other Washington Stories*)。為了
專心從事創作,賈斯特離開《郵報》,陸續推出十幾本深獲推崇的傑
出小說,包括入圍 1997 年國家書卷獎決選名單的《回聲之屋》(*Echo
House*),以及入選 1999 年國際筆會海明威獎決選名單的小說《危險的
朋友》(*A Dangerous Friend*)。賈斯特擅於把美國歷史和政治織入他的

小說當中，被譽為華盛頓政治競技場的記錄大師，反諷而冷靜的文風，經常被評論家拿來與亨利・詹姆斯（Henry James）相提並論，2001 年獲得美國歷史學會頒發的詹姆士・庫柏獎（James Fenimore Cooper Prize）。近年來賈斯特與妻子在美國與歐洲之間往返居住，1999 年成為柏林美國學會（American Academy in Berlin）研究員，2002 年出版的最新小說《柏林的天氣》（The Weather of Berlin），呈現了海外美國人的各種心態與面向。其他重要作品還包括：《美國大使》（American Ambassador, 1987）、《傑克・岡斯》（Jack Gance, 1989）、《翻譯者》（Translator, 1991）、《洛威・林匹特》（Lowell Limpett and Two Stories, 2001）等。

　　我從來就不認為寫小說是件苦差事。苦差事指的是像在新貝德福（New Bedford）或格洛斯特（Gloucester）尋找商機，或者像是駕駛十六輪卡車這樣的事。小說比較和欲望有關──把欲望翻譯成文字──是一種能夠忍受長時間專注的個性，換句話說，是一種能夠日復一日獨坐一處的能力。

　　寫小說和美國職業高爾夫球巡迴賽的高差點纏鬥有些相似（事實上是十分相似），在幾個下午的神奇沙坑球後，往往是幾個平淡無奇或糟糕透頂的下午，這時還得時時刻刻提醒自己得自信揮杆。

　　去年5月，當克雷格‧史達勒（Craig Stadler）[1] 輸球時，觀看這場休士頓公開賽的中年高爾夫玩家們個個神色黯然，因為四十六歲的史達勒從開球到果嶺，一路表現精采，沒想到卻在四洞延長賽中錯失幾個短桿，因而將寶座拱手讓給未滿三十歲的羅伯‧艾倫比（Robert Allenby）。艾倫特打得並不好，但是果嶺的佳績卻讓他贏得最後勝利。

　　我心裡很同情史達勒──他頭髮半白、漲紅著臉、疲倦又急躁，如此急切地想把比賽結束。四天的比賽下來，他已經耗盡了所有的專注力。他需要一些滑稽或緊張的事來轉移一下注意力，什麼都可以，只要能將他從眼下的任務中抽離並好好思考就行了。他的五呎推桿已變成一種殘虐的行為了（而五呎推桿本身就

---

[1] 克雷格‧史達勒，美國高爾夫球的長春明星。

像是一個章節中的結語）。

　　我真希望當時能來場暴風雨，這樣史達勒就能離開球場，睡一場好覺，第二天早上再繼續出賽。反觀同一時刻的艾倫比，卻像個節拍器般，不疾不徐、信心十足地打完比賽──簡直就是亨利・詹姆斯晚期的慢動作一樣。

　　有好幾年的時間，我都在尋找一項適合的娛樂，一件比興趣更像副業，一件不太難、不太殘虐自己、不用花太多時間的差事。當文字開始逃離掌控，我才可能有另一個出口，這對我而言就像史達勒所需要的一夜安眠，只不過我可能需要睡上好幾個星期。當然，不管這差事為何，它都得有些金錢報償才行。

　　我幾乎願意嘗試所有事情。事實上，我認為這個活動就像是在賽馬場耗上一天。假使你摒除直覺，假如你好好研究，每一場比賽都下注，你至少贏得一場的機率就很大。也許，如果你夠聰明的話，你一天可以贏上一場或甚至兩場。

　　我的孩子們形容這是爸爸的快速致富之夢。不過，我只是想逃離辦公室罷了。

　　有很長一段時間，我認為我也可以從事配音工作，就像大衛・麥可洛夫（David McCullough）[2] 替《美國經驗》（The American Experience）[3] 做旁白一樣。我自認有一副抑揚頓挫的低嗓音，也許有點滄桑粗糙，但是頗有磁性。我可以想像人們會說：「這聲音，這聲音聽起來好熟悉啊！」我問了一個朋友要如

---

[2] 大衛・麥可洛夫，美國歷史學家，曾兩次獲得美國國家書卷獎、普立茲獎等。擅長傳記和歷史敘述。

[3] 《美國經驗》，美國 PBS 電視台製播的長壽歷史節目，1988 年首播，目前已進入第十六季，內容介紹與美國歷史有關的重要人物和故事。

何發揮我這項不為人知的天賦,她聽了錄音帶之後說:試試廣告,類似關節炎治療、胃痛或焦慮之類的。她加了一句,麥可洛夫的聲音真是棒呆了。

1991年2月,這樣的想法把我帶到巴黎。那是一個漫長、灰濛濛的冬天,美金貶值。我和妻子從租金過高的公寓搬到他處。當時我已經完成了手邊的一本小說,對於馬上著手新作感到意興闌珊。

找副業的念頭又在蠢動,但沒任何實質結果。我把時間都花在收看波灣戰爭的電視報導還有逛美術館,也沒忘了每天晚餐享用美食。有一回,兩位德國友人建議我們去愛貝托藝術劇院(Theatre des Arts-Hebertot)欣賞徐四金的《低音大提琴》(*La Contrebasse*)。他們一位是外交官,另一位是歷史學家,都是那位劇作家的朋友。

我非常景仰徐四金的小說《香水》(*Perfume*),在正常情況下我會馬上答應邀約。作家轉換角色總是十分有趣的事:從詩人成為小說家,或從小說家變成劇作家。然而現在的情況不太一樣,《低音大提琴》是用法文演出,而我不會說法文。我太太會說法文。她負責打理水電工、鉛管工、醫生和《世界報》(*Le Monde*)。我是那種坐在咖啡館時,一邊聽著他人對話,一邊自己胡亂翻譯的人。

外交官說,別擔心,我們會幫你翻譯。

史學家也附議。

我太太堅稱,我懂得法文比我想像的還多,而且,en tout cas(無論如何),大家都會即時提示我關鍵字詞。

我心裡想,那麼那些坐在我們身邊的人可樂了!但是我沒說

出口。

　　因此我們就去愛貝托藝術劇院看了徐四金的《低音大提琴》。這是一部敘述一位音樂家和他的低音大提琴的獨腳戲。我對劇情掌握得很好，直到大約十五分鐘，敘述突然崩潰了。我完全弄不懂那名演員，賈各‧維拉（Jacques Villeret）[4] 在說寫什麼。

　　我猜想他和他的低音大提琴曾有段極端複雜的關係，而且發展得不太順利。這點可以從那位音樂家的公寓看出來，那棟公寓位在巴黎的波西米亞區，也許是瑪黑（Marais），或是蒙帕那斯（Montparnasse）。

　　觀眾笑聲不斷；我太太和那兩位德國朋友也陶醉其中。所以，先前說過要提示關鍵字的事也被忘了。這漫長的分分秒秒對我來說是無止境的單調，一直到我的思緒突然同時進入另一個境界。就像我在咖啡館那樣，我開始製造自己的翻譯。突然間，音樂家和他的低音大提琴消失了。取而代之的是一位報社記者和他的打字機。

　　那位報社記者跟音樂家一樣是中年人；而與那把低音大提琴如出一轍的是一台打字機，十分老舊但充滿魔力。記者似乎和那機器有很深厚的關係，而他的事業正面臨困境。

　　場景仍然維持原狀：一張沙發、一個譜架、兩張桌子、到處擺放的椅子，和一個書櫥。但是巴黎轉換成了辛辛那提，因為在我腦海裡，我看見掛在我位於聖父街（rue des Saints-Peres）辦公室牆上的海報：艾德華‧哈波（Edward Hopper）[5] 的《格洛斯特

---

4 賈各‧維拉，歐洲喜劇泰斗，主演過《客人變成豬》（*The Dinner Game*）。

5 艾德華‧哈波（1882-1967），美國寫實主義畫家，擅長表達孤獨、空虛、寂寥的城市生活。

街景》（*Street Scene, Gloucester*），來自辛辛那提藝術博物館。

　　我的報社記者五十五歲。他是個獨行俠（獨奏家），對群體（樂團）感到不屑。他努力不懈地取得了普立茲獎，但又不太認為自己夠格。布幕升起，第一幕第一景，他在舞台上咆哮，就像賈各‧維拉一樣。

　　我不清楚那位音樂家為何煩躁，不過，那位記者剛從一位同事的喪禮回來，並且很有理由的懷疑編輯想要炒他魷魚。假使我的記者曾想像自己是位音樂家，他會選擇節拍精確、表達嚴謹的巴哈。但既然他想像自己是位藝術家，他相信總有一天他會趕上哈波。不過他的編輯偏好李奇登斯坦（Roy Lichtenstein）[6]，所以他就被晾在架上。

　　感覺如何？我太太在《低音大提琴》散場後問我。

　　棒透了，我回答。

　　你懂？

　　全部，我說，不懂。

　　《洛威‧林匹特》（*Lowell Limpett*）花了我四天時間完成。真的，我所做的就只是把在劇院裡那九十分鐘白日夢所浮現的文字謄寫出來。這回我沒有下注，所以這部作品是一場嬉戲，就好像我決定寫封長信給某個友人，或是為我孫兒寫一篇床邊故事。

　　藉由幾十年前的報社經歷，我把我所知所聞有關資老年深記者的事全部放進故事裡，有人稱這是另類歷史。我的角色比徐四金的音樂家更為壓抑，至少也和賈各‧維拉所扮演的那位音樂家一樣壓抑。不過，他的低音提琴和我的打字機有異曲同工之妙，

---

6 李奇登斯坦，美國普普藝術家。

我仍記得那深不可測、連珠砲似的法文變成美國俚語，還有謝幕時觀眾如雷掌聲所帶給我的驚喜。

寫這個劇本帶給我很大的愉悅，我認為我已經找到了副業，除了我不敢奢望有人會冒險演出它。所以這是一份無償的副業，帶著一些虛榮心作祟。

《洛威・林匹特》1991年3月在巴黎首演：在一間起居室裡，滿屋子的嘉賓；開幕前大家都喝了不少；一位《紐約時報》的記者亞倫・賴丁（Alan Riding）擔任主角。曾有一捲實況錄影帶存留了下來，但是可能因為不小心，或者因為大家都喝太多葡萄酒了，或是機器故障，總之錄影帶沒有錄到聲音。不過，由於在場人士都是新聞從業人員，所以都玩得很盡興。大家都認為它是有商業價值的。多棒的一齣戲啊！真是有趣！

那年夏天，我將稿子送了出去，先是交給在劇場界的朋友，後來又給了朋友的朋友，最後到了戲劇公司手上。但是你也知道。這是一個老套、缺乏潛力的故事，所有悲傷的戲劇故事都是同一個調調。而每齣喜劇故事卻都有其新意。我把《洛威・林匹特》擺到丟棄的資料夾內並逐漸淡忘，除了在我瞥見辦公室牆上哈波的畫作時會偶然想起。

事情就在那兒擱了八年。我們回到了新英格蘭。我出版了四本小說，做了一次配音工作，持續和高爾夫奮戰，以及不斷尋找一份適合的副業。

幾個月前，我接到劇作家韋樂（Michael Weller）的電話。他在1991年讀了《洛威・林匹特》的稿子而且很喜歡，現在他建議我加入訓練新秀劇作家的培育計畫，地點在曼哈頓的櫻桃巷另類劇院（Cherry Lane Alternative Theater），這個計畫裡有個指導老

師會幫你潤飾修改作品中粗糙的部分，並且保證在櫻桃巷另類劇
院中演出十天。

　假如我有任何疑問──我會有什麼疑問呢？──當我得知指
導老師的身分時，疑問就消失了。她是溫蒂・瓦瑟史丹（Wendy
Wasserstein）[7]，擁有一座普立茲獎，就像林匹特一樣。和林匹特
不同的是，她年紀輕得都可以當我女兒了。

　徒弟，她說，並且咯咯笑了起來。

　我會有什麼好處？我問道。

　這是一個快速致富的方法啊，她回答，又大笑了起來。

7　溫蒂・瓦瑟史丹，1955 年生，美國知名劇作家。

生命中不斷回響的文字

牙買加・琴凱德

享譽歐美文壇的後殖民小說家。本名伊蓮・帕特・理查森（Elaine Potter Richardson），1949 年出生於加勒比海英屬島國安地卡—巴布達（Antiqua and Barbuda），在該地完成中學教育，1965 年被送往紐約的富裕人家擔任女僕。離開幫傭家庭之後，曾在紐約大學學習攝影，並在新罕普夏修習了一年的大學課程。返回紐約後開始為《村聲》及《純真少女》（Ingenue）雜誌撰稿，1973 年因為家人不贊同她的寫作，改名牙買加・琴凱德，1976 年在友人的引薦下，成為《紐約客》的專欄作家，直到 1995 年。1983 年出版首部小說《河底》（At the Bottom of the River），立刻引起評論家的注意及讚賞，並獲得美國國家文藝學會頒發的 Morton Dauwen Zabekl 獎。琴凱德的小說充滿自傳風格，文筆鏗鏘犀利，對殖民者的偽善與被殖民者的怨哀都有毫不留情的批判，知名評論家蘇珊・桑塔格形容她的文字是「充滿情緒的真實坦誠」。1992 年獲邀至哈佛大學任教，2004 年獲選為美國國家文藝學會會員。著作包括：《安妮・強的烈焰青春》（Annie John, 1985／中譯本：女書文化）、《小地方》（A Small Place, 1988）、《露西》（Lucy, 1990）、《我母親的自傳》（Autobiography of My Mother, 1996／中譯本：大塊）、

《我的兄弟》（*My Brother*, 1997）、《我的花園》（*My Garden*, 1999）、《波特先生》（*Mr. Potter*, 2002）等。

　　我如何寫作？我為何寫作？我寫些什麼？這就是我正在寫的：我正在寫《波特先生》（Mr. Potter）。它是這樣開始的，開場白是這樣的：「波特先生是我父親，我的父親叫波特。」這個句子包含了很多東西；在我寫出這十五個字前發生了很多事。

　　在寫作的小房間裡，我來回踱步，從房裡的椅子上坐下又站起來，我想去浴室。在浴室裡，波特先生從我的腦海中消失。我檢視著在我跟前的地板磁磚，發現它們醜陋、老舊。

　　我看著面前的水龍頭和水槽，沒太靠近；我沒有檢查它們。沖了馬桶，我想：水管會不會現在阻塞？這些穢物需不需要通一下？我該不該打給艾倫先生？艾倫先生的名字不是艾倫。他的真名和這個名字差很多。他的名字是像克里斯帝安先生或詹尼斯先生之類的，雖然我沒記得很清楚。他自稱艾倫只是為了能在電話簿裡「化糞池清潔」的黃頁中排在第一位。我走回來，又看著波特先生。

　　「波特先生，」我寫著，接著幫他著裝，即便我沒看過他的裸體，因為他是我父親，而且此刻他還沒過世。他是個年輕小夥子，而我還沒出生。噢！我想我把他當成一個小男孩；一個小男孩穿著衣服，但沒穿鞋。我會幫他穿上鞋的，等他長到……我還沒決定什麼時機讓他穿上鞋子。

　　之後又如此這般反反覆覆地過了一段日子，確定我不一定要繼續發展這個句子，我寫下「波特先生是我父親，我父親叫波特。」有好長一段日子甚至到今天，波特先生仍然是我父親，而

波特先生仍是我父親的名字。

　　接下來呢？我漸漸厭煩了那個句子，厭煩那十一個字孤零零地躺在紙上，尾隨的是一大片空白。我覺得糟透了，眼見那個句子，那十一個字就躺在那兒，之後是空白、空白、還是空白。過了一段日子，眼界所及除了那個句子，除了那十一個字外只有空白、空白、還是空白，這讓我感到驚恐。「說些什麼吧，」我跟波特先生這樣說。而對自己，我無話可說。

　　停止對波特先生說話，停止跟我自己談波特先生的話題後，我清晨五點起床，五點半和梅格，同一位叫丹尼斯‧莫瑞的男人去慢跑。丹尼斯在佛蒙特州（Vermont）的班寧頓城蓋各樣的房子。

　　一日早晨，當我們經過大街上的瑪哈殯儀館時，我告訴丹尼斯，「我父親死了。」我從來不會想在殯儀館前說話。我鄙視死亡，認為它是一種羞辱，而且在任何場合都不合宜，因此我決定永遠不提起這件事，並且永遠不和它扯上關係，因為死亡是具有傳染性的。我注意到，當你知道某人死去了，你會被傳染而且最後也死去。

　　「我父親死了，」我告訴丹尼斯，但是他沒聽見，因為他超前我很多。他跑得比我快，而且他認為我是在回應他之前所敘述的周末假期：他和他的一個朋友，我不記得叫什麼了，他們去森林健行，宿營，釣魚，然後捉了很多鱒魚，然後煮了它們，吃了它們，然後下起了傾盆大雨，於是他們就進帳篷裡睡，接著第二天一早醒來，享用最棒的煎餅，然後又釣魚，然後又把所有的活動像之前一樣完整地重覆了一遍，最後回到深愛他的老婆的身邊。

　　丹尼斯的完美生活敘事並沒有因為接近或遠離瑪哈殯儀館而受到影響然後中斷。他的敘述也沒讓我忌妒，也沒讓我哀悼波特先生的生命仍然冰封在墓穴當中——那是以「波特先生」為名的墓穴和以「我的父親」為名的墓穴。

　　日子快速地變成濃稠的黑暗，間有亮光（秋天）；接著整天都是紮實的黑，偶有斑駁的光線（冬天）；黑暗漸漸淡出（春天）；然後，光展現無法抵抗的明亮就如黑有無可抗拒的暗一樣（夏天）。如同夜是黑的，除非月光盈盈；白天則是光亮的，除非烏雲遮日。波特先生仍是我的父親，我的父親依舊叫做波特先生，這樣又持續了很久。

　　某一天當我猶豫不決該先穿哪一隻襪子時，我先生對我說，「S太太，S太太，你好嗎？」還有「你還好吧？」他們家的姓第一個字母是S。我們的小孩每天搭一個叫薇塔的女人開的黃色大巴士去上學。一位名叫史威特先生的男人會來我們家清理垃圾。

　　我們像美國人一樣有很多的垃圾，而史威特先生有重聽。就如同例行公事一樣，我見到他，對他說，「嗨，史威特先生。」因為他聽不見我的話——他聾了——他看著我然後把耳朵向前挪，用手掌把耳朵括成杯狀彷彿花托一般，他希望因此能接收到我發出的聲音。

　　「什麼？」史威特先生回答。「嗨，」我又說了一次，史威特先生打從心裡是個好人。然後，他問我能不能付給他八個星期來撿垃圾的工資。

　　「不行耶，」我跟他說，然後我解釋我不被允許使用支票的原因，因為我總是把支出金額和收入金額搞混，家裡的帳目也因此被我弄得亂七八糟。史威特先生回答，「好，好，」然後說下

星期見。史威特先生不認識波特先生，不認識我筆下的波特，也不知道波特本人。

　　有一天，在所有精采和有趣事情之後（特別對我來說有趣），波特先生騎著一輛摩托車，打扮得像有錢人家一樣。當然，波特先生可以很適切地模仿有錢人家的衣著，因為若是少了波特先生和他的同類人——高勞動低報酬的勞工——有錢人是不可能存在的。身為波特先生的女兒，這一點我很清楚。

　　不過，那個「有一天」使我筋疲力盡感到空虛；但是在與我生命中某個面向持續碰觸的過程中，那個「有一天」就是我想要的。

　　接著，那一天，當波特先生的生命有了進展，開始在紙頁上拓展開來之後的那一天，我需要吃午餐。可是我任何東西都不能吃多，甚至只是青菜葉。任何東西我都只能吃一點點，因為我想穿上一件優雅藍色的（偏淡紫色）塔夫絲綢裙子，一件有方型褶襉的裙子。我非常喜愛我的優雅藍色的（偏淡紫色）塔夫絲綢裙子，有著方型褶襉。因此，任何東西我都不吃太多，即便只是青菜葉，因為我穿起那件裙子來很漂亮。獨自在房間裡的時後，是我穿著它看起來最棒的時候，就自己一個人和鏡中的影像，沒有人盯著我看。

　　中午過後不久，我剛吃完午餐，我用我的方式注視著波特先生，一種想像的方式，一種最真實的方式。（他的真名是羅德瑞克‧波特。他真的是我父親。）他無法回頭看我，除非我讓他這樣做，但我不會。

　　電話響了，我沒接。電話響了，我沒接。電話響了，我接了起來，電話另一頭是我某位債權人的僱員，要求我還債。我答應

他再一段時間，但是我沒有錢。我喜歡口袋空空。我不喜歡口袋空空。我只喜歡輕視那些家財萬貫卻還心情鬱卒的人，或是輕視那些用令我不齒的方式擁抱金錢的富翁。

我駛過一個寫著「投降」（Yield）的告示，經過一位牙醫的住家，經過一棟我常見到的脊椎按摩師所住的房子。迅速地，我通過一處濕地斜坡，那兒在春天時滿滿都是立金花。迅速地，我經過教養院。迅速地，我前往等待小孩從薇塔的車子上下來。我的小孩很快地就會下校車，一輛塗著刺目黃顏色，由薇塔所駕駛的校車。「蕭先生，」我對我自己說，因為我獨自在車上，車又開得快。我說，「蕭先生。」因為我想我已經幫波特先生搭上這號人物，蕭先生。蕭先生是一位商人，一位平凡的商人，沒有特別精通什麼東西；他什麼都賣。蕭先生什麼都賣。蕭先生可能出賣波特先生。反之，他的底線可能就是不能出賣波特先生。因此，我把波特先生和蕭先生湊在一塊。

波特先生不懂這個世界的規則。他是這個世界製造出來的，但是卻對它不熟悉。他不懂它的分寸。波特先生是我父親，我父親名叫波特先生。我的小孩從巴士上傾巢而出。我的女兒（十四歲）對我的兒子（十歲）口出惡言。他小小的自我（肉眼看不見的自我）碎裂在地上，我趕緊迎上前去將他的自我——肉眼不見但已經跌落在地上的自我——拼回到我眼前的這個肉體自我。

我看著她，看著我女兒。我該怎麼做？因為她的自我（一個、兩個、三個或更多）也不統合，不連繫。

「蕭先生，」我對自己說，因為身在公車站牌我沒有對象可以傾訴我腦中的想法。「蕭先生，」我說。我該如何跟波特先生描述蕭先生呢？要從哪裡著手？

　　「蕭先生！」我對波特先生大吼，但是波特先生聽不見我。我把他留在家裡的稿紙上了，和蕭先生在一塊。「蕭先生，」我會這樣寫，「蕭先生，」我會告訴波特先生，「蕭先生從黎巴嫩來。」

眾人熟悉的禁地

芭芭拉·金索佛

美國小說家、記者和人權鬥士。1955年出生於馬里蘭州,在肯塔基的「紫花苜蓿田中」長大。七歲時跟隨父母在剛果住了兩年,自此對種族問題抱持高度關注。高中畢業後進入印第安那州德堡大學（DePauw University）攻讀生物,並修了一門寫作課程,同時積極投入各項與社會正義有關的組織活動,1977年取得學士學位,1981年取得亞利桑那大學生態及演化生物學碩士。大學畢業前後,金索佛曾在歐洲各地居住並累積了五花八門的工作經驗,包括擔任考古人員、排字工人、放射線技師、生物學研究員、編輯和醫學技術文件翻譯員等。研究所畢業後在母校擔任科學寫作員,並開始為北美及海外的雜誌及報紙撰寫專題報導。1985年改當自由記者,白天寫報導文章,晚上創作小說,1988年出版第一本小說《豆子樹》（The Bean Trees）,評論界一片好評,並為她在海內外贏得眾多讀者。對金索佛而言,小說也是一種政治介入的方式,英國女小說家萊辛（Doris Lessing）的《暴力之子》（Children of Violence）讓她體驗到,這個世界的種種問題也可用如此動人而優美的方式傳達出來,而她自身也的確在強烈的社會意識和溫暖的筆觸之間取得漂亮的平衡。繼《豆子樹》後,陸續出版了口述歷史

《堅守陣線：1983年亞利桑那礦工大罷工中的婦女》（*Holding the Line: Women in the Great Arizona Mine Strike of 1983, 1989*），短篇故事集《故鄉和其他故事》（*Homeland and Other Stories, 1989*），小說《動物夢》（*Animal Dreams, 1990*）、《天堂裡的豬》（*Pigs in Heaven, 1993*），暢銷文集《土桑高潮》（*High Tide in Tucson, 1995*），獲得南非國家書卷獎以及入圍普立茲獎和國際筆會福克納獎的小說《毒木聖經》（*The Poisonwood Bible, 1998*），小說《揮霍之夏》（*Prodigal Summer, 2000*），以及文集《小小驚奇》（*Small Wonder, 2002*）。2000年獲頒美國文藝界最高榮譽「國家人文獎章」。目前全職寫作，並持續參與和人權、社會責任及環保有關的各項活動。

　　讀者，請聽我告解：我正在寫一部淫蕩的小說。這有點令人吃驚，甚至對我來說也是。在之前的著作裡，我大部分使用「分段留白」來描寫性愛。一位書評家聲稱：我寫了英語語言中最短的性愛場景。我知道他指的是哪一景：一位主角注意到另一個角色襯衫口袋裡的手機響了，就在此時情節轉了個彎，她宣稱，如果他口袋裡同時有一個保險套，那麼今天就是她的幸運日。這個場景繼續推進，全部也就只是：

　　他帶了。這是個幸運日。（分段留白！）

　　從大專選擇我的書當教材，以及那些聲稱和女兒一同分享我的作品的母親們看來，我覺得我的讀者信任我會提供他們某種矜持。不過，他們這次應該會感到詫異。我一直告訴自己，性愛不是不必要的。從生物觀點來說，這本小說寫的是生活：那些聯結、分裂和主宰生物的所有規則，包括他們對生殖繁衍永無止境的悔恨。

　　這個故事從第六頁開始，鳥兒性交，香菇性交，人也性交。我現在對於這段寫作經驗淨是美好回憶。當時我總沾沾自喜於成功地完成了一件游走法律邊緣的事，為生活創造了夢幻。不過，如今這卻變成一件不折不扣的醜事。早上我把小孩送去上學後，我倉皇地跑進工作室，關上門，呼！夥伴們！狂歡的時間到了[1]！

　　雖然現在我仍在和初稿掙扎，不過，我已經開始想像那一群

人很快就會在家裡，在飛機上，或在地鐵，手中捧著這本書。很大的一群人。例如，我的母親。

我的作家朋友南茜——一位道道地地的新英格蘭人——這樣安慰我：

「芭芭拉，妳已經四十好幾了，也已經是兩個孩子的媽。妳媽媽知道妳知道。」

好吧！她是知道。可是我請一位農業推廣服務部的男人幫我校對書裡的農村場景，他知道嗎？我該怎麼把手稿交給他呢？還有，那些英國文學老師知道嗎？我不在乎他們是不是知道我知道的事，或者是不是知道我在某些非經驗論的情況下所想像的事。拜託，誰沒有這種經驗呢？我所認識的大部分人都沒法子製造出可以拯救自己靈魂的劇情，不過，我懷疑，他們能、也真的實際想像過詳細的性愛劇情，（假如是女性的話）還包括對白和地點氣氛。

不過看在老天的份上，他們並沒有將他們的想像到處傳閱。我的擔憂在於，讀者會把我的作品歸於非文學，把我歸為非嚴肅作家。有時鑽牛角尖，我會開始在書架上搜尋同伴。

的確，在我之前已經有為數不少的作家將性愛場景明確地放進文學中。大衛・古特森（David Guterson）的《雪覆西杉》（*Snow Falling on Cedars*）[2] 有一場特別美好的性愛；約翰・厄文（John Irving）也有一些十分有趣的性愛場景；當然我們還可以在約翰・厄普戴克（John Updike）、菲利浦・羅斯（Philip Roth）和

---

[1] 原文為法文，les bons temps roulent!
[2] 電影《愛在冰雪紛飛時》原著小說。

亨利‧米勒（Henry Miller）的作品中看到。（請注意，在這名單上，女性作家的芳蹤渺渺。）甚至是像十八世紀的紳士，如班‧富蘭克林（Ben Franklin）以及強納森‧史威夫特（Jonathan Swift），他們的散文中也不乏偶爾的性愛。

一個潮濕的午後，我把書本從架上抽下來，一一尋找那些在我記憶裡烙下痕跡的性愛情節，但是我卻驚訝地發現，它們多半都是暗示的情節，而非巨細靡遺地條列。換句話說，它們根本就是大量地使用分段留白的寫作方式。

《查泰萊夫人的情人》（*Lady Chatterley's Lover*）中的一段情節我已經記著好多年了，不過事實上它卻是我自己創造出來的，而非勞倫斯本人（D. H. Lawrence）。（假定勞倫斯的性愛知識是從女性觀點出發，豈不是很妙嗎？）假使書架上的文學小說真切地反映人類經驗的話，就實際的字數來說，人類似乎把他們約略一半的時間花在探討生命真理的對話上，百分之一的時間用來進行或冥想性交。

但很抱歉，我不這樣認為。

為何文學作家們迴避這麼重要的事？其他人卻不會如此。假使我們根據電視、雜誌封面和廣告來量化人類的經驗，我們必然會下這樣一個結論：人們花在交配的時間比睡覺、吃飯及打理夏季最新行頭所有加起來的時間還要多（甚至可能比互相槍擊的時間還來得多，雖然這不太可能）。電影製片和導演不會因為他們用了性愛的內容就會背負被歸為非嚴肅導演的危險；事實上，如果他們不用，反倒有此可能。

然而，嚴肅的文學似乎不這樣認為，它們可以處理所有其他的主題而免受責罰。我自己寫過所有糟糕的事，舉凡小孩的死亡

到政治謀殺的倫理等，從來也沒有覺得懦弱膽小過。到底是什麼使我對於描寫性愛感到臉色發白？當然，有一種說法認為，公開談論性慾的女人其實是在表達異議，不過這種說法也被用來形容女強人，而我無法想像自己因為這種廢話而打退堂鼓。

　　對任一性別的正人君子而言，我們的文化在形式上和合法性上都認為性是私生活，而這個觀念的確是我的問題的一部分。如同新戀情、家庭紛爭、信仰等私事，它們一旦被搬上公開場合，很快就會變得低俗，令人厭惡。不過，假使這些議題（新戀情、家庭口角、信仰）能好好地處理，它們卻是文學的寶穴。作家不會因為一件事的重要性來選擇或放棄它，相反地，作家把深入剖析個人的小事，把將個別性轉化為普遍性這件事當成自己的責任。畢竟世上沒有比一個人的內心世界更為私密的事了，而這也正是小說打從第一頁開始就吸引我們的地方。對一部好小說而言，沒有什麼主題是太過私密的，只要它能處理得體，並且被賦予意義。

　　這也許就是難題所在。得體處理並不是一件簡單的小事。我認為，性交的語言早就被偷走了，或說，就像撲克牌的籌碼一樣，已經被黃色書刊、消費主義、醫藥等牌搭子瓜分了。這些牌搭子沒有一個是關心美學的，於是那些語言的籌碼就因為和它們有所牽扯而變得醜陋。「陰道」不幸地和「擴張器」配成一對。任何你可以用來稱呼男性生殖器官或是生殖器動作的字眼，似乎都是佛林特（Larry Flynt）[3]的財產。甚至一個十分契合適用的

---

3 電影《一九九七情色風暴》（*The People vs. Larry Flynt*）的故事主人翁。他所發行的《好色客》（*Hustler*）雜誌因過分煽情淫蕩引來美國衛道人士抨擊。而他和有關當局的官司最終竟演變成美國憲法對保障言論自由、公民自由的爭論。

字，如nut（睪丸），當由一位成人的口中說出時，也會使六年級的小男孩嘩然。

我的文書處理系統中的同義字檢字功能對性愛的字眼也是敬謝不敏：它超然地避免一切和做愛有關的字彙。「交媾」（coitus），比方說，沒找到，接著這個系統害羞地建議最接近的可替換字彙為：「相同一致」（coincide with）？它同時辯稱它對「陰莖」（penis）一無所知，然後建議用「筆友」（pen friend）做為替換？一個沒事做的作家整天都可以被逗得很開心。

我理解到在這個領域，語言美學也許不是微軟的專長，它的媽媽可能比較在行。《羅傑特同義字字典》（Roget's Thesaurus）就稱職多了。這證實了我的信念：書本比電腦有用多了（或者至少勇敢得多）。我那本聖馬丁的《羅傑特同義字字典》稱職地提供了十五個「交媾」的同義字——雖然有些字很曖昧，像「性結合」（couplement）——還有二十八個令人印象深刻的「生殖器」意符，縱然其中有一些字還是有點詭異。有一個場景中，男莖（lingam，印度教男性生殖器）碰上陰戶（yoni，印度教陰戶符號），我甚至都不確定我在為誰加油了。

然而，語言之所以迷人，是因為那是我們的語言。小說作家曾找到很有品味的描述法來描述其他星球上、或是擁擠的住宅區、或是大象部落裡的生活，他們發明所需的文字來引導先前我們的語言未曾標明的航道。我們通常不會因為語言障礙而停止遊戲。當我寫到陰戶（yoni）的性結合（couplement）時，我認為殘障的其實是我們的文化。

我們所居住的地方是一塊奇怪的土地，在這裡，商人可以用年輕模特兒脊柱前彎的姿勢（lordotic，查查看這是什麼意思）[4]

來販賣牛仔褲和酒精飲料，但是，當人類繁殖的基本常識在中學自然課上討論時，卻免不了激起父母的怒火。順帶一提，同樣的事也發生在「生物演化」的議題上，我想道理是相同的：我們的傳統竭盡所能地去否認我們和自然界的其他生物息息相關的聯繫，我們不是來自自然，也不是她的一部份，我們擁有自然。

　　要我們承認我們受生物法則的約束，在神學和物質的層面上都嚴重地衝擊到我們的意識形態。性是動物最根本的需求，我們不可能擺脫得了。我們越是努力想否認它的合法地位，它越是以庸俗、羞人的姿態彰顯自己。這就造成了我們今日的結果：現代美國人的腦子沉醉在唾手可得的情色畫面，但是我們的腳卻根植於清教徒的傳統，任何一位想要著墨在繁殖或脊柱前彎姿勢等議題的小說家，都必須與這兩個極端的領域協商。藝術中的偉大性愛比現實生活中要少得多，因為在藝術中它更難實現。

　　想要全然地書寫性愛，我們必須要威嚇住那副禮教的偽裝——性對我們一點也不重要；並且認知到在衡量過所有的事情之後，沒有什麼比它更重要的了。在寫作室的靜謐中，我們必須要捕捉這匹野獸，並且設法講述它的可怕與美麗。我們必須坦白它的嚴重性。同時我們也必須接受一種與我們讀者之間的尷尬親密，一種因為承認「是的，我們都做過這件事」的尷尬。在書出版之前，我們要先知會我們的母親。我們也必須接受一個經濟現實：這樣的書不可能成為英國文學史課程綱要的重心。

　　然而，無論如何，我決心要書寫人類生命中的生物需求，而

---

4 lordotic，動物學名詞，很多雌性動物在性興奮的狀態下會有脊柱前彎的姿勢出現。

除了從這個佈滿地雷與寶藏的港灣出發，我還有更好的選擇嗎？

這將是我必須承擔的風險。

　　讀者啊，別害羞，我知道你知道。

用隱蔽的方式喚醒神祕和悲劇

漢斯‧康寧

荷裔美籍的小說家、文論家、記者、自由鬥士和反戰主義者。原名漢斯‧康寧斯伯根（Hand Koningsbergen），1972 年改名，出生於阿姆斯特丹，二戰期間曾是英國陸軍最年輕的士官之一，1951 年從印尼遷至美國定居，曾任《紐約客》和《大西洋月刊》（*The Atlantic Monthly*）記者。1958 年出版首部小說《緋聞》（*The Affairs*），開始受到文壇注意，作品結合了卓越的敘述技巧和濃烈的歷史感。除小說之外，也撰寫歷史、遊記、劇本和童書，多部作品曾改編成電影。重要著作包括：小說《與愛、死偕行》（*A Walk with Love and Death*, 1961）、《聖彼得堡—坎城快車》（*The Petersburg-Cannes Express*, 1975）、《美國製造了我》（*America Made Me*, 1979）、《追蹤歷史關鍵時刻的一名女子》（*Pursuit of a Woman on the Hinge of History*, 1998）等；非文學類作品包括《愛恨中國》（*Love and Hate in China*, 1966）、《一個紐約客在埃及》（*A New Yorker in Egypt*, 1976）、《1968：個人報導》（*Nineteen Sixty-Eight, A Personal Report*, 1987）、《哥倫布：戳破其冒險神話》（*Columbus: His Enterprise: Exploding the Myth*, 1976）、《征服美洲：印地安人如何失去他們的土地》（*The Conquest of America: How the Indian Nations Lost their Continent*, 1993）等。

　　我是搭乘一架荷蘭運輸機到這個國家的，它花了一個月的時間才把我從新加坡送到洛杉磯的機場，聖佩朵（San Pedro）。在聖佩朵的電車車站，他們還必須幫我打開十字旋轉門，因為當初建造的時候，並沒想到有旅客會攜帶大型的行李箱進出。那時是1951年冬天。我待在印尼一年當電台記者，但是我一直都把自己視為嚴肅小說家：第一本小說早就在我腦裡計畫好了。

　　這第一本小說將由第一人稱敘述，讀者只能從主角對於人類世界的抽象想法以及他身在其中的生命來了解他。這是對於被我私下喚為「兩指寬的威士忌寫作法」的反動。主張這種寫作法的人認為，描寫現實世界就是應該在書頁上用最仔細的方式寫出它的各種樣貌，就好像主角將他的玻璃杯裝滿兩指寬的威士忌，加上一點蘇打水、一片檸檬和兩塊冰（和之前我遇見的大部分年輕作家不同的是，我一點也不喜歡海明威）。

　　當我著手第一本小說的時候，我當然發現到，純粹的想法必須經過相當程度的稀釋才行，否則只會變成令人筋疲力盡的花招。不過，我還是花了好幾年的時間才讓那本小說得以出版。

　　經過第二次或第三次的投遞，它最後到了亨利‧羅賓斯（Henry Robbins）手中，他當時是阿佛雷‧科諾夫（Alfred A. Knopf）手下的副主編，他簽下了那本書（阿佛雷‧科諾夫答應給他自主權，因此未加阻止；不過阿佛雷在銷售發表會上坦言：他討厭那本書）。那本書就是《緋聞》（The Affair），而且受到很多書評家的討論。我當時並不清楚，對處女作來說這很不尋常。

　　荷蘭文是我的母語，不過我曾在英國軍隊待過，也早就開始用英文思考和做夢。荷蘭文和英文有一度是近親。《坎特伯里故事集》（*The Canterbury Tales*）常常唸起來很像荷蘭文。英文後來當然變得更為豐富，它除了隨心所欲地運用日耳曼語系之外，也採用了拉丁語的字源。

　　我的英文還不錯，甚至當時一些在家工作、替紐約的出版社當學術文字編輯和自由專欄作家的威徹斯特女士們（Westchester ladies），也不太有意見。（這樣說吧，我常常覺得，從語言的邊緣出發其實是塞翁失馬焉知非福，就因為這樣，你能夠知道本國母語者所不知道的文字意義。像哈克〔Huckleberry Finn〕[1]這樣的母語者可能沒想過，諸如「手套」〔glove〕這樣的字，只是指涉關於那個東西的眾多字彙中的一個，他們只會認為那個字就是那個東西本身。）

　　我的小說中有一股刻意加進去的明顯歐洲性，這股特質一直跟隨著我自始至今的十二本小說。在一些編輯和書評家眼中，這看起來很歐洲，不過我一點也不這樣認為。我的想法是，小說應該要傾力以赴（committed to），也就是法文所說的積極投入（engagé）[2]。

　　事實上在英文裡，「積極投入」這觀念是由一個奇怪的字committed來表示，這說明了在美國的寫作場域中，這是一個不受重視的條件。然而對我而言，如果你想要寫一本嚴肅小說，你不但要能娛樂讀者，同時也要暗中反映出世界的公平與不義，希

1　哈克（Huckleberry Finn），馬克・吐溫《哈克歷險記》裡的主人翁。

2　engagé，這個字在法文裡特別指作家和藝術家對當代問題的表態或行動。

望與幻象。

　　特普洛（Anthony Trollope）和王爾德（Oscar Wilde）在這點上會同意我的看法，更別說布萊希特（Brecht）或加西亞・洛爾卡（Federico García Lorca）了。但是，這樣的想法讓很多書評家緊張。他們認為這樣會使小說政治化，在他們的術語裡就是會具有某種傾向。一些編輯和後來的代理人（今日他們經常佔據了編輯們一度害怕進駐的領域）告訴我，這會對銷售成績造成不好的影響，還建議我最好換「一個商業核心」。

　　當然，危險一直都存在；你的熱情會使你的小說變成冗長的政令宣傳冊子，然後讓你的讀者感到無聊，接著你會失去他們。不過，這個危機是對寫作的挑戰，而不是針對你的想法。要讓小說積極投入當代世局，並不一定需要處理一個重大的主題。小說不一定要關於戰爭與和平，愛與死。它也可以處理布魯克林的一場樂透詐騙，或者一個性生活不如意的郊區教授。

　　我認為小說所需要的是實證，是作者在認知人類的情況、知道它的喜劇和鬧劇、它的神祕與悲劇之後的實證。這種認知可以替我們想要訴說的陳年往事描繪出一個重要的面向，不是嗎？這不是依附在某種政治意識形態裡的認知，也不是什麼歐洲特有的東西，除非「真正的藝術是超越政治的」這個論點，確實是像那麼多美國評論家所解讀的那樣，事實上，這句話本來的意思是（雖然他們不會這麼說）：藝術必須對現狀有擔當。

　　沒有作者可以置身在這場戰爭之外；總是會有某種關聯存在。喬伊斯的《尤里西斯》和馬鈴薯大饑荒有關。亨利・詹姆斯的男女主角和他們的社會基層也有關；假如他們必須從事朝九晚五的工作的話，故事就會失去大部分的文學趣味。甚至林布蘭的

肖像也和荷蘭東印度公司對印度地區的劫掠相關。要超脫政治
（最廣義的政治）對我來說似乎並不值得嘉許。只有透過對世界
全然地冷漠或是不解，人類才有可能超脫政治。

當我用**嚴肅寫作**（serious writing）一詞時，我並不是在做價
值判斷。我知道非嚴肅小說的作家常常以超凡的專業達到他們所
設下的目標。嚴肅寫作並非比較優良，但它的源頭不同。那是一
種書寫你必須寫的東西，書寫你在心理聽到的聲音。

在那個時刻，你不會顧慮暢不暢銷。你不會擔心編輯或書評
家喜不喜歡（那都是後來的事）。你不會唸某個章節給朋友聽，
或給長期受折磨的先生或太太聽，就只為了要得到一個獨立的判
斷。你自己的判斷就是獨立的判斷。除非是犯了某個事實上或文
法上的錯誤，否則你不接受任何更動的建議。這些年來，我的座
右銘一直都是：「一個逗點都不改。」

請不要想像我是那種人，認為珍‧奧斯汀應該把拿破崙戰爭
或蘭開郡織工罷工事件放進小說裡。奧斯汀生長的那個年代，就
像桑茹斯（Saint-Just）[3] 所說的，人類的快樂是被發明出來的，
她是在描寫那些剛認知到他們獨特命運的男人女人，也是在為他
們而寫，這就是為什麼我們仍然對她筆下女主角的婚姻問題感到
興趣的原因。對個體的崇拜是她那個時代的本質，比起她去煩惱
拿破崙的事，她對那個世界的投入其實更為強烈。不過，我們的
時代不一樣了。也許我們時代的本質在於：我們必須學著去放遠
目光、超乎個人。

對我而言，我持續朝著純粹小說邁進，那是一種真的小說，

---

3 桑茹斯，法國大革命時期的激進革命分子，號稱「死亡大天使」。

但是一本屬於我們時代的小說，它用一種隱蔽、小心的方式討論一個主題，一個像是躲在草叢裡的蛇一樣的訊息——這是特普洛所說的。就像是，小男孩遇不到怪手，教授也鮮少會碰見大二學生一樣。

讀者（還有書評家）準備接受多少東西，就應該能在書中發現多少東西。也許直到某個晚上，當某個讀者，比方說我的《可利柏飛行》（*Kleber Flight*）的讀者，在失眠的時候，蛇就會突然間探出頭來，而他或她會開始懷疑，書中的英雄（或反英雄）駕著小吹笛手戰斧飛機進行那場毀滅性的飛行，究竟有沒有意義？或者，我希望他們會這樣。

類型小說的天才

大衛·馬密

美國知名劇作家、電影編劇、導演。1947年出生於芝加哥,曾就讀於高達學院(Goddar College)和紐約鄰區戲院劇場學校(Neighborhood Playhouse School of Theater),大學期間便組劇團巡迴表演。最初以演員和導演身分進入職業劇場界,但持續寫作劇本,1976年以三部外外百老匯劇作《鴨之變奏》(*The Duck Variations*)、《芝加哥性變態》(*Sexual Perversity in Chicag*)和《美國野牛》(*American Buffalo*)奠定名聲。馬密的劇作以強力割裂的語言風格及獨樹一幟的「馬密式用語」著稱,筆下的主角多是強悍、粗魯、滿口街頭黑話的男性,處理的主題往往是無感無知的荒涼世界裡的道德墮落問題。1984年以劇作《大亨遊戲》(*Glengarry Glen Ross*)獲得普立茲獎,1992年的《奧利安娜》(*Oleanna*)被譽為九〇年代美國最出色也最具爭議性的劇作。1981年推出第一部改編電影劇本《郵差總按兩次鈴》,大獲成功,之後陸續編寫了包括《大審判》(*The Verdict*, 1982)、《鐵面無私》(*The Untouchables*, 1987)、《桃色風雲:搖擺狗》(*Wag the Dog*, 1998)、《沉默的羔羊2》(*Hannibal*, 2001)等電影,並多次入圍奧斯卡最佳改編劇本獎。除編劇外,馬密也嘗試導演工作,1987年自編自導的處女

作《賭場》（*House of Games*），獲得威尼斯影展最佳原著劇本獎，其他執導作品還包括《西班牙囚犯》（*Spanish Prisoner, 1997*）、《豪門風雲》（*The Winslow Boy, 1999*）、《慾望小鎮》（*State and Main, 2000*）、《各懷鬼胎》（*Heist, 2001*）、《斯巴達人》（*Spartan, 2004*）等。馬密也出版了兩本小說《小村》（*The Village, 1994*）和《老宗教》（*The Old Religion, 1997*）；童書《亨妮葉塔》（*Henrietta, 1999*）；詩集《中國佬》（*Chinaman, 1999*）；以及論著《導演功課》（*On Directing Film, 1991／*中譯本：遠流）等。

　　過去三十年來最偉大的英文小說家一直都是類型作家：約翰‧勒卡雷（John le Carré）、喬治‧西金斯（George Higgins）、派翠克‧歐布萊恩（Patrick O'Brian）[1]。

　　每年輿論界都會發現某位作家的風格、來頭和主題惹人喜愛。這些通常是漂亮纖弱的大開本書籍，對於生活的繁複和藝術的臭名都表達出一種愁悶和孤芳自賞式的疑惑。不過類型小說的作者卻不多愁善感，他們的文筆精準、敏銳。在他們的書中，讀者看到的是他們所呈現的生活，而不是作者的「技巧」。

　　去他媽的這個討人厭的、卑劣的多愁善感吧。勒卡雷以前當過間諜，西金斯曾是個執業律師，同時也是地方檢察官，而老天才知道八十幾歲高齡的歐布萊恩還有什麼事沒幹過。

　　最近，我讀完歐布萊恩的航海小說《愛奧尼亞任務》（*The Ionian Mission*），我對妻子說，「這傢伙創造的人物和故事是我生命中的一部分。」

　　她說：「寫封信給他啊。他已經八十幾歲了。寫信謝謝他。等你到英國的時候，去拜訪他，親自謝謝他。」

　　她說：「多棒啊！你在他還在世的時候活著。想像一下，如果你活在1890年代，因而有機會和柯南‧道爾（Conan Doyle）說上話！」

---

[1] 約翰‧勒卡雷，英國間諜小說名家。喬治‧西金斯（1939-1999），美國犯罪和法律小說名家。派翠克‧歐布萊恩（1914-2000），英國航海歷史小說名家。

　　對啊，我看見自己跟歐布萊恩對話。「長官，」我會這樣說，「多不幸啊，巴瑞特‧邦登死了。」（舵手邦登把受傷的船長歐伯瑞從下沉的海盜船甲板上拖走：「長官，當這艘船航向天國時，我們最好回到三桅帆船裡。」這是小說的結語。）

　　「長官，」我會這樣說，「我已經讀過您的歐伯瑞—馬杜林（Aubrey-Maturin）[2] 系列三、四遍了。我年輕的時候看不起那些維多利亞時代人物的故事，覺得那些人活著只是為了等待下一期的《河濱雜誌》（Strand）[3] 和福爾摩斯的下一個故事；我也嘲笑那些怪罪柯南沒讓福爾摩斯在萊興河（Reichenbach）瀑布死去的成年男女。但是，我滿慶幸在我的世代裡有一批同樣令人肅然起敬的英雄，您的劇中人已經成為我生命中的一部分。」

　　「您的那些配角，」我會這樣說，「對我來說特別親切：那位發瘋、笨拙的戴維斯；外行間諜費爾丁太太；怯懦的波士頓保守黨員老席拉佩斯先生；英勇的法國艦長克李斯堤—帕力業；當然還有歐伯瑞船長的舵手巴瑞特‧邦登。」但我不會跟他說我有沒有為邦登的死亡哭泣。

　　「還有，長官，」我可能會繼續說，「我希望自己沒太過火，但是你的文章真是清楚精簡，像馬克‧吐溫一樣諷刺……」我希望我能克制自己，不要一直用書迷那種令人生厭、無謂的解讀來打擾他；我希望能用直接明瞭的謝詞來報答他。

---

2 歐伯瑞—馬杜林，歐布萊恩最著名的系列小說的兩位主角，船長傑克‧奧伯瑞以及船上軍醫史蒂芬‧馬杜林。電影《怒海爭鋒》就是根據該系列小說中的《主人與指揮官》（Master and Commander）改編而成。

3 《河濱雜誌》，以大眾家庭讀者為目標的英國文學雜誌，福爾摩斯的故事於1891年開始在該雜誌連載出版，風行一時。

當然，最好的方法不是見個面，而是一封精確的短緘。

於是我在早餐桌上寫我的短緘，一邊瀏覽著報紙，沒想到卻在此時讀到派翠克‧歐布萊恩的死訊。

他的歐伯瑞—馬杜林系列——二十本關於拿破崙戰爭時期英國皇家海軍的小說——堪稱經典傑作。他將會超越現今大部分的人氣作者，就像福爾摩斯超越了布沃‧李頓（Edward Bulwer-Lytton）[4]，馬克‧吐溫超越了查爾斯‧瑞德（Charles Reade）[5]。上帝保佑這位直率的作家，上帝保佑那些有能力讓人娛樂、啟發、驚訝、驚嚇、發毛的作家。

文學的目的在於使人「愉悅」。為了建立或取悅「學術」是膽小鬼的想法。學術也許可以製造低層次的自我滿足，但怎麼比得上偉大通俗的作品帶給我們的喜悅？又如何能比得上我們在簡單直率的作品裡所發現的樂趣呢？這是沙文主義嗎？這個詞的用法是和權威者、評論人和編輯站在同一邊的。學院人士在學校的表現已經夠差勁了；我寧可把他從我的書架上排除。

《亨利‧埃士蒙》（*Henry Esmond*）[6]是一部類型作品，韋弗利（Waverly）小說[7]、《石上暗影》（*Shadows on the Rock*）[8]也

---

[4] 布沃‧李頓（1803-1873），英國維多利亞時代作家，首創以描寫上流社會為主的小說，並首開犯罪與偵探小說的先河。

[5] 查爾斯‧瑞德（1814-1884），英國小說家及劇作家，作品擅於替不幸的人辯護並抨擊社會邪惡。

[6] 《亨利‧埃士蒙》，英國小說家威廉‧薩克萊（William Thackeray）的著名作品，被譽為英語世界最棒的小說之一。

[7] 韋弗利小說，指史考特爵士（Sir Walter Scott）1814至31年間所寫的一系列散文體長篇小說，首部作品即《韋弗利》，由於史考特至1927年才使用真實姓名發表作品，因此在那之前，讀者都以「韋弗利小說的作者」稱呼他。

是，如果你還要的話，還有《唐吉訶德》以及《戰爭與和平》。

伊萬・奧布賴特（Ivan Albright）[9] 的《我該做而沒做的事》（*That Which I should Have Done I Did Not Do*）是一幅類型繪畫：頹廢、古怪的門上，掛著一個喪禮花圈。我小時候常常在芝加哥藝術學院望著這幅畫。「就是這樣，」我會跟我自己說，「啊哈！對，我懂了。」

我當時並不懂。但是我現在懂了。

謝爾・希爾弗斯坦（Shel Silverstein）[10] 說過，有些作家的書會讓人想擁入懷中，而且心存感激，但是在某方面，那個作品已經結束了，而我卻一點辦法也沒有。

特洛普（Trollope）寫道，他想像中的巴塞特郡（Barsetshire）對他而言就像英國的任何地方一樣真實，他不願意離該那個地方，但是故事已經結束了。[11]

派翠克・歐布萊恩，安息吧。

---

8 《石上暗影》，美國女小說家凱塞（Willa Cather, 1875-1947）的名作。

9 伊萬・奧布賴特（1897-1983），美國魔幻寫實主義畫家，文中所提的畫可參見 http://www.cegur.com/ Albright/TheDoor.html 。

10 謝爾・希爾弗斯坦（1930-1999），美國著名的童書作家和插畫家。

11 指特洛普所寫的《巴塞特郡紀事》（*The Chronicles of Barsetshire*）。

她是金髮美女。
她遇上麻煩。
她每個字值三分錢。
艾德‧麥可班恩

美國警探小說翹楚。本名伊凡‧韓特（Evan Hunter），1926年出生於紐約。二次大戰期間服役於美國海軍，之後以優異成績畢業於紐約杭特大學（Hunter University）。畢業後當過幾個月的高中代課老師，接著進入紐約一家版權代理公司任職，並開始利用晚上和週末創作小說。1954年出版少年犯罪小說《黑板森林》（*The Blackboard Jungle*），開始長達五十幾年的寫作生涯，先後以不同筆名發表了八十幾本小說。其中最膾炙人口的首推以麥可‧班恩為筆名的「第87分局警探」系列小說，該系列作品打破當時推理小說的窠臼，開創出以警探為破案功臣的類型，堪稱是「警探小說」的始祖，四十年來，深受全球推理小說迷的熱愛，並為他贏得多項大獎，包括代表英美兩國推理小說最高榮譽的美國推理作家協會「推理大師獎」（Grand Master Award）及英國犯罪寫作協會「鑽石匕首獎」（Diamond Dagger）——他是美國第一位榮獲此獎的作家。除犯罪小說外，也創作短篇故事、童書、電視劇和電影劇本，名導演黑澤明的《天堂與地獄》以及希區考克的《鳥》，皆是出自其手。其警探小說有多部譯為中文，包括：《恨警察的人》（*Cop Hater*, 1956）、《莎迪她死時》（*Sadie When She Died*, 1972）

（以上中譯本：遠流）；《毒販之死》（*The Pusher*, 1956）、《怪盜克里夫》（*The Mugger*, 1956）、《異鄉祕密客》（*He Who Hesitates*, 1965）、《血腥遊戲》（*Shotgun*, 1969）、《驚魂24小時》（*Hail, Hail, The Gang's All Here*, 1971）、《貪婪之火》（*Bread*, 1974）、《盲目的殺意》（*Long Time No See*, 1977）、《罪惡之城》（*The Big Bad City*, 1999）（以上中譯本：小知堂）等。

　　曾經有一段時期，一個人可以靠寫犯罪小說過活。那時候，一個認真的人可以寫一篇短篇故事，一個字賺兩分錢。如果他特別優秀的話，一個字可以值三分錢。這收入還勝過洗痰盂呢！除此之外，它很有趣。

　　那時候，開始寫犯罪小說就像把手伸進巧克力糖果盒裡，然後驚喜地發現裡面包了夾心、焦糖或是花生。犯罪故事裡有很多瘋子（nuts，是花生nut的雙關語），不過一直到故事在紙張上開始成形之前，你從不知道這個機器所製造的故事會是什麼樣子。就像爵士鋼琴演奏家一樣，優秀的短篇犯罪小說家並不認為他知道自己在做什麼，除了他能在十二個琴鍵上即興演奏。在同一個主題上敲出各種不同的變化，讓這個工作變得異常有趣。

　　對我來說，私家偵探故事是這裡面最容易寫的。你所要做的事就是撇嘴說話，然後跟警察惹上麻煩。那時候的私家偵探故事裡，條子總是一群惡棍。要不是那些警察，私家偵探早就在十秒內破了一樁謀殺案——任何謀殺案都沒問題。條子總是把私家偵探拖回警局，然後指控他謀殺了某個人，只因為在任何人到達之前他剛好在犯罪現場。去他的！

　　我總是用一個穿著亮麗緊身洋裝的金髮美女來做私家偵探故事的開場。她翹二郎腿的時候，你可以看見鏤空絲襪和吊襪帶緊貼著乳白色的肉體，好傢伙。通常，她想要尋找她的丈夫或是某個人。通常，故事結尾時，那個私家偵探會愛上她，不過他必須十分小心，因為你不能信任一個會翹二郎腿、露出吊襪帶的女

孩。私家偵探是一個帶著軟呢帽的「超人」。

業餘偵探是沒有執照的私家偵探。來找業餘偵探的人通常都是他們的朋友或是親戚，這些人從沒想過要找警察解決問題，但又負擔不起專業私家偵探的費用。所以，自然而然地，他們就找上了業餘的。他們會打電話給某個猶太拉比、某個牧師、某個花園俱樂部的老闆娘、某個養貓人，或某個在德拉瓦州拉卡瓦納騎摩托車的傢伙，然後跟他們解釋某個人失蹤了或死了，能不能拜託這些忙碌的業餘偵探幫幫忙？

理所當然，那個修車技工，或是魔術師，或是電梯技工，他們會放下手邊的工作趕去協助他們的朋友或姨媽。那位業餘偵探不管是比起私家偵探或是比起條子，都要來得聰明，因為偵查犯罪不是他平常的工作，但是你瞧瞧，他可真是在行！寫一篇業餘偵探的故事滿有趣的，因為你不必知道任何關於犯罪偵查的事。你只需要知道德拉瓦州拉卡瓦納那裡所有車站的名稱。

更有趣的是寫無辜旁觀者的故事。關於這樣一個故事，你完全不需要知道任何事。一篇無辜旁觀者的故事是關於任何一個人，目擊一件他不該看見的犯罪事件。通常，這應該是一件謀殺案，但也有可能是一起綁架或持槍搶劫，或甚至是隨地吐痰，吐痰不是重大罪行，不過可能是一件小犯罪，去查查看吧。當你寫一篇無辜旁觀者的故事的時候，你不需要查閱每件事情。你就只要從目擊一起犯罪事件展開。

我的好友奧圖‧潘資樂（Otto Penzler）[1]，他是一位傑出的

---

1 奧圖‧潘資樂，記者出身，曾編過第一本推理偵探百科 *Encyclopedia of Mystery and Detection*，並在曼哈頓開了一家推理小說專賣店。

推裡小說行家，他堅稱，不管任何一本書、電影、戲劇或詩有任何以犯罪為中心的劇情，它必然就是犯罪故事。這樣說，《哈姆雷特》就是犯罪故事囉。《馬克白》也是。事實上，這會讓莎士比亞成為歷史上最偉大的犯罪作家。但如果奧圖的假設是真的，那麼隨地吐痰也是一件值得被無辜旁觀者目擊的犯罪事件。

好吧，那位無辜的旁觀者看到一位身材魁梧的男士在路邊清他的喉嚨，然後吐在人行道上。旁觀者咕噥地說了句類似「噁心！」的話。說時遲那時快，一大群穿黑外套、操著中歐口音的人開始追逐他，想把他殺掉，把他弄殘或者更糟。根據故事的長短，警察會在某個時刻加進來，然後指控那位無辜的旁觀者其實才是最早在人行道上吐痰的那個人。然後，一個穿著閃亮洋裝和鏤空吊帶絲襪的金髮美女登場，她清了清喉嚨，並用八種不同的語言流暢地將來龍去脈一一解釋清楚，澄清所有誤會，結婚的鐘聲也在此刻響了起來。

比起跑路的男人和身處險境的女人來說，當個無辜的旁觀者要好多了，雖說這三種類型的犯罪小說關係密切。它們的共通點是：每個類型中的主角都是無辜的笨蛋。無辜旁觀者當然是無辜的，否則他就是個有罪的旁觀者。但是，身處險境的女人通常也是無辜的。她的問題在於某個人想要對她做出可怕的傷害，但是我們不知道為什麼。或者，假使我們知道原因的話，我們也知道那是一個天大的錯誤，因為她是無辜的，難道你看不出來她是無辜的嗎？只要我們能將她的無辜告訴那位日夜追逐她、想要嚴重傷害她的殺人瘋子就解決了。

嗯，好吧，在某些故事裡，她也不全然是無辜的。有時候，她曾經犯過罪，但不很嚴重，而且她已經深感後悔，但這個瘋子

卻把這件事搞得天翻地覆，變成了一起聯邦案件，他追殺這個美女，想要勒死她和所有東西。不過，最好還是把她塑造成完全無辜的小東西，根本不了解那個瘋子為何拚命想要殺她。她可以有任何顏色的頭髮，就是不要金色。犯罪小說裡沒有無辜的金髮美女。

跑路的男人也是無辜的，但是，警方（又是那群傢伙）卻不這樣認為。事實上，他們認為他做了某件很糟的事，所以要追捕他。他們想要讓那男人坐上電椅或是將他終生監禁。因此，想當然爾，他就得跑路了。我們不知道他是否真的有罪。雖然因為一直在跑路的關係，所以那男人有一點滿身大汗，不過我們當然希望他不是壞人，因為他看起來再平凡也不過了。

話說回來，也許他真的有罪，誰知道呢？或許那些條子──那些爛人──正好洗心革面了。唯一可以確定的是，這個男人在跑路。跑得很快。快到我們幾乎沒時間懷疑他有罪與否，他是無辜的嗎？還是他在跑馬拉松？作家唯一需要記住的一件事就是：在那個男人停止跑路之前，他必須要捉到那個讓這名男子成為代罪羔羊的真兇。以一個字三分錢來說，他跑得越久，作家的日子就越好過。

警察故事。

我一開始寫警察故事的時候，我只知道一件關於警察的事：他們是沒人性的野獸。這類故事的最大問題在於，要怎樣把他們變成討喜又有同情心的人類。答案很簡單。就讓他們得個傷風感冒吧。還有，給他一個教名。然後讓他們親切的對話而且健談。說話自然、流鼻水以及有教名的人，至少就有點像你我一樣的人類。只要牢牢記住這些，要寫一篇富有同情心的警察故事就很簡

單。

　　「早，傅拉赫提太太，這裡就是你先生的耳朵被冰鑽刺穿後倒下去的位置嗎？」

　　「是的，那是我最親愛的喬治。」

　　「抱歉，夫人，我必須要擤一下鼻涕。」

　　「請便，探員先生。」

　　「你何時感冒的呢，哈利？」

　　「已經一個禮拜了，戴夫。」

　　「很多人都感冒了。」

　　「躺在這兒的喬治，我先生，也得了重感冒。這大概就是他拿冰鑽鑽進耳朵的原因。」

　　「感冒的話你都怎麼辦？哈利。」

　　「我老婆會幫我煮些雞湯，戴夫。」

　　「對啊，雞湯對感冒總是很有效。」

　　「噢，老天，瞧瞧這血。」

　　「真是壯觀啊，夫人。」

　　「真不敢相信一個人可以從耳朵裡流出那麼多血，你相信嗎？」

　　「是的，夫人，我的確不相信。」

　　「夫人，小心妳的腳，妳就要踏到了。」

　　「天哪。」

　　「熱牛奶和奶油應該也會有效。」

　　「哈利，法醫應該很快就到了，也許他可以給你一些建議。」

　　「我真懷念他。」

　　一旦你將條子人性化，大家都可以精確地了解到他們是多麼善良與高尚，剩下的部分就容易了。

　　最難寫的是自食惡果的小說。就如它的名稱所言，故事裡的加害者在不知不覺中變成了受害者。比方說，我策劃了一起精密的計畫要射殺你，但是當我打開臥室的門時，你卻站在那兒，手裡拿著一把槍，然後你射殺了我。惡人自有惡人磨。

　　關於自食惡果的小說，我曾經有過一個很棒的想法：有個作家不斷投稿給同一位編輯，這位編輯痛恨他的作品，總是隨便用些「需要再加強」的小紙條來回絕他。於是那位作家寫了一篇名叫「需要再加強」的故事，把它放進牛皮紙信封，並偷偷附上一枚郵件炸彈，然後把這東西寄給那個討人厭的編輯，他希望在隔天的報紙上讀到那位編輯被炸成碎片的消息。可是編輯沒死，反倒是那位作家的信箱裡有一封那位編輯寄來的信，當作家拆開信封時，它爆炸了。

　　我知道。

　　這故事需要再加強。

虛擬真實：
在小說中追尋小說家真實身影的危險

蘇‧米勒

美國小說家。1943 年出生於芝加哥中產階級家庭，哈佛大學畢業後旋即結婚，1971 年離婚後隻身撫養小孩，一邊在托兒所工作，一邊學琴，一邊寫作。1981 年發表第一篇短篇故事，之後在波士頓地區的多個寫作課程中任教。1986 年出版第一部小說《女兒與情人》（*The Good Mother*／中譯本：皇冠），登上暢銷排行榜，隨即又出版了短篇小說集《愛的祕密》（*Inventing the Abbotts*, 1987）、小說《家庭圖像》（*Family Pictures*, 1990）、《為了愛》（*For Love*, 1993）、《貴賓》（*The Distinguished Guest*, 1995）、《當我走時》（*While I was Gone*, 1999）、《塵世下》（*The World Below*, 2001），以及描寫其父親罹患阿茲海默症的回憶錄《我父親的故事》（*The Story of My Father*, 2003）。米勒的小說多半以描寫家庭的罪與罰為主題，其中《女兒與情人》和《愛的祕密》分別在 1988 年和 1997 年改編成電影。

在我出發進行最近一次的新書巡迴發表會之前，我從約翰‧奇佛（John Cheever）[1] 的一篇專訪中背了一段語錄，它是這樣開始的：「似乎對我來說，任何混淆自傳和小說的行為都會貶低小說本身。」我如此這般地武裝自己，期望將那位坐在第三排等著問「妳的作品中有多少自傳成分？」的提問者永遠消音。

我會接著說：「自傳之於小說就如同現實生活之於夢境一樣。當你夢見你在船上時，你也許認識那艘船，但你正航向一個相當奇怪的海岸；你穿著奇異的衣著，身邊人所使用的語言你一無所知，不過在你左邊的女人正是你老婆。」

接招吧！

只是這招一點也行不通。我說來說去還是脫離不了之前的老套：「好吧，當然。但是說真的，有多少呢？」還不止這樣，有一位參加某場新書朗讀會的朋友告訴我，我一直很不友善，我看起來像是在藐視那位只不過是好奇的提問者。這事讓我感到奇怪：為什麼這個重複出現的問題會如此困擾我？這個困擾甚至遠超過另一個有關我寫作習慣的問題，或是遠超過另一個有關我有沒有使用電腦的問題。

我是這樣想的：這問題困擾我，因為我在那裡面嗅到一股潛在的貶抑——對，貶抑——貶低我的創作。某個程度上，那位提

---

[1] 約翰‧奇佛（1912-1982），美國短篇故事家和小說家，有「郊區的契訶夫」之稱，作品主要描述美國郊區中產階級的生活方式以及他們在精神與情緒上的空洞，經常以他的家人做為寫作素材。

問者似乎暗示著，我的作品可能充其量也不過就是直接將生活中的片段串聯起來罷了，是從我的生活，或從某些我所認識的迷人人物的生活中所擷取的片段。

　　每位作家都曾經在派對上遇到這樣一號人物，他說，要是他有時間的話，他也想寫一本小說，因為他有個很棒的故事可以寫。對我來說，似乎這號人物就跟問「小說有多少自傳成分」的老兄是同一位。也許這就是為什麼這個問題常常會被提起。因為那位老兄真的想知道如何把他的故事說出來，如何將發生在他身上的有趣的、痛苦的、驚恐的事情寫成小說。

　　有一種情況，讀者會在這件事上受到作家的鼓勵，這些作家是經驗派的擁護者。經驗派認為，作家為了要擁有值得寫作的題材，他們需要親身經歷某種大膽、投入的生活，出去冒險犯難……總之，就是得去做點這或那的。那麼，什麼是值得寫的題材？嗯，比方說，戰爭。海上冒險、公路冒險，或河川冒險都好。或是巴黎的下層生活、紐約的吸毒日子。這也難怪，任何跟這些沾上一點點邊的人，都合理地認為自己的身體裡一定有個故事。就在某個地方。

　　然而，假使經驗就是全部的話，我們每個人都會有一本書。就如歐康納（Flannery O'Connor）所言，任何一個從幼年期存活下來的人，都擁有足夠的題材可以寫出無以計數的故事。事實是，你可以把任何事、所有的事都變成故事。故事的難處——不過也正是有趣的地方——不在於故事的內容，而是構成內容的東西。當然，還有「構成」這件事本身。不過寫一篇故事倒不必非得體驗過某種生活，或非要親眼目睹什麼才行。亨利‧詹姆斯談到小說的題材時說：「為何是……冒險，而不是……婚姻，單

身，傳宗接代，或霍亂？」

女人似乎比男人更了解這些，也許是因為她們一直到最近才從壓抑的生活和局限的世界中出發，開始寫作。事實上，大致來說，她們的世界就是婚姻、單身、傳宗接代的世界。她們必須學習去注意每一件事，學習小題大作。對有些評論家來說，這太枝微末節了。比方說，不論男女，沒有任何一個以家庭為題材的作家能夠討好湯姆‧伍夫（Tom Wolfe）[2]。當我讀到奇佛對當代小說的建言時，我記得他哀嘆自己與貝婁（Saul Bellow）的才能相比簡直微不足道，他羞赧於他平凡的題材，並期望能擁有像《阿奇正傳》（*The Adventures of Augie March*）或《雨王韓德森》（*Henderson the Rain King*）的成功[3]。

那麼，小說家生活的樣貌就是小說的樣貌嗎？小說都是自傳性質的嗎？難道這就是困擾奇佛的事嗎？難道我所寫的內容就只是我扮演的角色嗎，因為我的主要生活和工作就是小孩和家庭？難道我們沒有其他選擇，就只能重複那些發生在我們或身邊人物的事嗎？難道我們這群作家最後仍需脫去浴袍，心不甘情不願地離開我們的理論走進大太陽下，找份像工人、保險業務員、醫生、模特兒或皮條客的工作，只為了要有更狂野、更刺激、更貼近當代生活的寫作題材嗎？

當然不是。作家的當然工作是將他想寫作的世界寫得適恰得宜。要怎麼做呢？寫得適當、謹慎和有力。你可以使用奇佛式的幽默，或是歐康納式的暴力，或契訶夫（Chekhov）一樣的懊

---

[2] 湯姆‧伍夫，美國作家和記者，1960年代的著名人物之一。
[3]《阿奇正傳》和《雨王韓德森》皆為貝婁的作品。

悔。用這些來讓作家的想像世界令人信服並引起共鳴。不論這個想像世界跟作家的實際生活貼得多近或離得多遠，這些方法都一樣適用。

　　有時候，作家的現實生活和小說世界的距離很小，小到會使小說變成一生的痛苦：比方說，使用虛構的第二自我，或是將現實的情節人物幾乎不加更動的搬進書裡，讓它們看起來就像是某種殘酷的笑話。有時候，家人或朋友會有被踐踏的感覺，這種情形特別容易發生在所謂的家庭小說（domestic fiction）上──諸如厄普戴克（John Updike）、蒙羅（H. H. Munro）、羅斯（Philp Roth）、福特（Ford Madox Ford）、卡佛（Raymond Carver）、麥德莫（Alice McDermott）的作品。當然，一定有些作家是近乎故意地以這種方式來挑弄刺激，例如火燒橋藝術學派（burning-bridges school of art）。

　　對真正的作家來說，不管小說中的事件多貼近他的生活，總還會有某種距離存在，那種距離是為了讓作品能夠塑形。而塑形，正是小說的一切。每位讀者都能感受到下面這兩類作家的不同，一類是透過題材故事體現意義的作家，另一類純粹只是陷入故事泥淖無法自拔。就是這股對意義的追求，讓作家逃離真實世間的恐怖統治，進而開始幻想他的小說夢境。

　　至於在夢境中、在故事裡到底發生了什麼事，這麼說吧：我們都有各自偏好的事件種類，不過可以確定的是，這關乎的純粹是偏好而非價值。你認為那個尋找白鯨的故事具現了人類對控制、對全然（wholeness）的奮鬥嗎？很好。對我來說，一個優秀作家筆下的日常生活似乎同樣也充滿意義。當我寫作時，我希望能把那種責任和那種意義，帶進所謂的「家庭」題材裡。行了

吧？

　　所以啦，拜託，真的，有多少是自傳性質呢？

　　全都是。全都不是。

致作家：脆弱的想法需要每天灌溉
華特‧莫斯利

美國非裔推理小說家、文論家和行動主義者。1952 年出生於洛杉磯，
父親是出生路易斯安那州的黑人，母親為波蘭猶太移民。高中畢業後
過了一段波希米亞式的生活，然後進入佛蒙特州高達學院修習政治
學。畢業後做了十年的電腦程式設計師，一直到三十九歲才出版第一
部作品《藍衣魔鬼》（*Devil in a Bule Dress, 1990*），塑造出新一代的洛
杉磯黑人私家偵探「易老林」（East Rawlins），該書出版後佳評如潮，
被拿來與推理大師雷蒙‧錢德勒（Raymond Chandler）並稱，且獲得
該年度「愛倫坡獎」（Adgar Allen Poe Award，推理小說的諾貝爾獎）
的提名。之後陸續推出系列作品《紅之死》（*A Red Death, 1991*）、《白
蝴蝶》（*White Butterfly, 1992*）、《黑貝蒂》（*Black Betty, 1994*）、《小黃
狗》（*A Little Yellow Dog, 1996*）、《無望之釣》（*Gone Fishin', 1997*，前
傳）、《壞男孩布朗》（*Bad Boy Brawlyn Brown, 1998*）、《六易篇》（*Six
Easy Pieces, 2003*）、《小紅髮》（*Little Scarlet, 2004*）等。由於柯林頓總
統在 1992 年將莫斯利列為他最喜愛的作家之一，使他備受媒體關注，
加上 1995 年《藍衣魔鬼》改編成電影，更使他聲名大噪，成為國際級
作家，作品翻譯成二十多國語言。2001 年莫斯利推出新的推理系列

「無畏瓊斯」（Fearless Jones），以二手書商巴黎・明頓（Paris Minton）和他的朋友無畏瓊斯為主角，目前共推出兩本：《無畏瓊斯》及《恐懼本身》（*Fear Itself*, 2003）。除推理小說外，莫斯利也出版了三部文學小說《藍調傳奇羅伯・強森之夢》（*RL's Dream*, 1995）、《兄弟總是太少，槍總是不夠》（*Always Outnumbered, Always Outgunned*, 1997）、《溜狗》（*Walkin' the Dog*, 2000）；兩本科幻小說《藍光》（*Blue Light*, 1998）、《未來之地》（*Futureland*, 2001）；和兩本討論非裔美人的非文學論著《手鐐腳銬的奴工：擺脫歷史的陰魂》（*Workin' on the Chain Gang: Shaking Off the Dead Hand of History*, 2000）、《下一步：邁向世界和平的備忘錄》（*What Next: A Memoir Toward World Peace*, 2003）。寫作之餘，莫斯利也很關注與非裔美人有關的各種活動，並積極推動非裔美人以及其他少數族裔的出版事業。

　　假如你想成為作家，你每天都必須寫作。統一、單調、確定、變異和熱情，全都含括在這件每天的例行公事中。

　　你不能偶爾才去井邊提水，而要每天都去。你不會忘了小孩的早餐，也不會在早晨忘記起床。周公每天都會來拜訪你，繆思女神也是如此。

　　她的腳步輕柔安靜，會走到你左耳後面或隔壁房間的一個角落。她的話聲悄悄，她的點子是瞬息萬變的各種可能性，即便這些可能性早已在你腦中重複發生不下一千遍，但還是無解。她（或是祂）是記憶的總合，一個不完全屬於你的記憶。

　　這些往事會在夢中浮現，或經由你不斷經歷的味道和刺激、失敗與希望而提升成一種抽象觀念。這些想法不具實體。它們是縹緲的概念，隨時可能因為輕微的騷擾而告消失。鬧鈴或電話聲會驅走一個新角色；接一通電話也可能把一個章節從世界上抹去。

　　我們最寶貴的能力——創造的本領——也是我們最稍縱即逝的資源，最可能在功利社會裡萎縮的能力。

　　當我必須工作、必須煮飯、必須反省我做錯了什麼以致朋友再也不打電話來時，我該如何創造呢？又假使我真的東拼西湊找到了一段時間——比方說，在深山裡待一個週末——在這個世界挾帶警報、噪音和電視節目大舉回擊之前，我又該如何將所有該說的話全部說完？

　　「我知道我心裡有一部小說，」我常常聽到人家這麼說。

「可是，我要怎樣才能將它說出來呢？」

千篇一律的答案就是：天天練習。

作家或任何藝術家的夢想都是脆弱無形的東西。某一個夜晚，你可能突然想起一位流浪漢，他穿的衣服聞起來有腐臭果皮的味道，你曾和他在紐約某處的街角並肩而立。記憶變成了白日夢，在夢境之中你問了他故鄉在何處。他帶著很重的口音告訴你，他在匈牙利出生，曾經是個自由鬥士，但在美國這裡，他的自由卻落難成為無家可歸。

你在日記中寫下幾句話，然後嘆息。這個嘆息不表示筋疲力竭，而是對一個精采故事的期待，一個呈現你未完成想法的故事。

一天又一天過去。下個週末你會發現自己坐在同一張椅子上，在同一個時刻，跟你之前寫流浪漢時一模一樣。你翻開日記本，看看自己寫了些什麼。你每一件事都記得清清楚楚，但不知怎麼的，其中已沒有了生命。文字已失去魔力，你再也記不起那股味道。原先的想法似乎微弱不堪，它已經消散了，像煙一樣。

這是作家首先必須學會的第一堂重要課程。寫小說就像收集煙霧。是進入構想蒼穹的短程旅行。沒有時間可以浪費。你必須盡可能地和那構想一起寫作，隨時記下它的口氣和對話。

你想在一天裡的哪個時刻寫作都無所謂，但你必須每天寫，因為創意就像生命一樣，總是不斷從你身邊溜走。你必須每天寫，但沒限制每天必須寫多久。

有一天，你可能仔細讀了先前寫下的東西，並認真思考了一會兒。然後你拿起鉛筆或打開電腦，但寫不出隻字片語。那沒關係。有時你就是無法往前推進。這時就改改錯字，把不太好懂的

句子再讀一遍，這樣就行了。你已經重新進入過寫作之夢，這樣就足以讓那篇故事繼續保持二十四小時的活力。

　　隔天，你也許能寫上好幾個小時，這種事沒什麼道理可言。持續寫作的目的並不是一定要寫上多少字或多少時間。這麼做只是要讓你的心智隨時保持在可運作狀態。

　　我們所創造的東西最初都不是渾然天成的。這些創造也許只是永遠無解的謎團。不過每天的耕耘會使氛圍增強、意象出現、關係建立。但若是你荒廢超過一天，即使再清晰的點子也會因而模糊。

　　現實和你的夢想在搏鬥，它想要拒絕任何的創造與改變。這世界希望你成為已知的人，一位思想固著的人，而不是縹緲雲煙。只要一天的時間，現實就會開始破壞你的想法；兩天之後，它就會把它們全部驅離。

　　寫作是一種游擊戰：沒有假期，不能離開，不能輪班。而且實際的勝算很小。你害怕自己就像那個流浪漢一樣，極有可能被自己最熱愛的夢想擊敗。

　　不過新的一天又來了，那些字句正等著你。在涼爽幻化的晨霧中，你從先前打住的地方重新開始。

鼓動文學的心靈，邁開文學的步伐
喬伊絲・卡蘿・歐慈

美國最多產的全方位作家之一，曾兩度獲諾貝爾文學獎提名。1938年出生於紐約上城，敘拉古大學學士，威斯康辛大學碩士，1968年開始在威斯康辛大學任教，1978年移居紐澤西，轉往普林斯頓大學教授創意寫作，現為該校的傑出人文教授。歐慈至今共出版了近百本作品，類型包括小說、短篇故事、劇本、詩集、文學評論、童書等等，得獎無數，名小說家約翰・嘉德納（John Gardner）稱她為「我們這個時代最偉大的作家之一」。歐慈以嚴肅作家自居，總是不斷挖掘人類心靈的黑暗面，擅以精準無比的文字描繪出幽微隱晦的心理運作，並能讓筆下主角的個人經驗與美國的現實生活相互輝映。作品經常觸及到美國當代最具爭議性的根本課題，例如以1960年代種族衝突不斷的底特律為背景的《他們》（*Them*, 1969／中文版：爾雅，後改名《雲泥》），以不同族裔的青少年戀愛為主題的《因為它是苦的，因為它是我的心》（*Because It Is Bitter, and Because It Is My Heart*, 1990），以甘迺迪查巴基迪克醜聞為基礎的《黑水》（*Black Water*, 1992），以美國人最崇拜的偶像瑪麗蓮夢露為主角的暢銷小說《金髮美女》（*Blonde*, 2000）等。重要的近作還包括《我們都是穆維妮》（*We Were the Mulvaneys*,

1996）、《野獸》（*Beats, 2001*／中譯本：二魚）、《中年：羅曼史》
（*Middle-Age: A Romance, 2001*）、《大嘴巴和醜女孩》（*Big Mouth and Ugly Girl, 2002*）、《強暴：愛的故事》（*Rape: A Love Story, 2003*）、
《刺青女孩》（*The Tattooed Girl, 2003*）和《瀑布》（*The Falls, 2004*）
等。

　　跑步吧！我實在想不出還有什麼比跑步更愉快、更令人興奮、更能滋養想像力的活動了。跑步的時候，心靈和身體一起飛翔；盛開的語言似乎在腦裡跳動，和著我們腳和臂膀揮動的節奏。最理想的狀況是，身為作家的慢跑者正跑在他小說中的風景和城市裡，就像個真實世界中的幽靈。

　　跑步和作夢之間必定有某些類同。作夢的心靈通常是沒有身體的，而有一種特別的移動能量，至少根據我的經驗，它常常沿著土地或在空中或跑、或滑、或飛行。（請將那個認為夢是補償作用的理論擺在一邊：它認為你在夢境裡飛翔是因為你在現實生活中連爬都爬不動；你在睡夢中衝得比別人高是因為在現實生活中其他人都贏過你。）

　　這些運動的神奇好處有可能是隔代遺傳的殘留物，是對久遠祖先的幻覺記憶，對這位祖先來說，人的肉體在危急時刻受制於腎上腺素，肉體是處在靈魂和智能之間的。跑步的時候，「靈魂」似乎瀰漫著整個身體；就像音樂家能夠神奇地在他們的指間劃過一連串記憶一樣，慢跑者似乎也可以在他們的腳步、肺部和加快的心跳中，經歷一種想像的自我延伸。

　　我在漫長、混亂、疲乏和沮喪的晨間工作時為自己設下的寫作結構問題，通常可以藉由下午的慢跑來解開。

　　有一天要是我不能跑了，我將不再能感覺到「我自己」；不論我感覺到的是哪個「自己」，我都無法像喜愛那個跑步中的自己那樣喜歡它。寫作也將因此停留在無止境修改的混亂當中。

作家和詩人都出了名地喜歡運動。假如不是慢跑，就是健行；假如不是健行，就是散步。（散步，即便是疾走，還是不如跑步，所有慢跑者都知道，在膝蓋彎曲時，我們依靠的是什麼。不過，那至少是個選項。）

不管天氣如何，英國浪漫時期的作家顯然從他們的長時間散步中得到不少靈感：比方說渥滋華斯（Wordsworth）和柯立芝（Coleridge）在他們田園般的湖區漫步；雪萊（「我一直走直到我被攔阻但我從沒被攔下來」）在他熱情的義大利生活中行走四年。新英格蘭的超驗主義者（最有名的是梭羅）全都是永不停息的步行者。梭羅宣稱他的「足跡幾乎踏遍了康科特」。他在一篇頗具說服力的散文〈散步〉中表示，他每天待在戶外運動的時間不能少於四小時，否則他會覺得自己「彷彿犯了某種罪行需要救贖」。

關於這個主題，我最喜歡的文章是狄更斯的〈夜行〉（Night Walks），這是在他遭受嚴重失眠之苦因而被迫走入夜晚的倫敦街道之後那幾年寫的。文章中充滿狄更斯一貫的智慧，這篇令人難忘的散文似乎比字面上更有深義。他把糟糕的夜不安枕和所謂的「無家可歸」連結在一起。他被迫承受在夜晚啪搭啪搭的雨中走路，走路，不斷地走路（沒有人懂得那份孤寂的浪漫，接近瘋癲的狂喜，因此總是把狄更斯誤解成一個通俗、善心故事的施與者）。

如果說惠特曼（Walt Whitman）曾經浪跡過一段驚人的距離，這事大概不令人意外，因為你可以從他那有點窒息、咒語般的詩作中，感受到一個步行者的脈動。不過，若是說亨利・詹姆斯也喜歡在倫敦走上幾哩路，這倒是很令人吃驚，因為他的風格

比較像有著複雜裝飾的針織品而非流暢的運動。

　　同樣的，幾年前我也常在倫敦走上（和跑上）幾哩路。大部分是在海德公園。不畏風雨。我先生是位英文教授，在他休假那年，我和他住在可以俯瞰演說角（Speaker's Corner）的一處轉角，位於梅菲爾（Mayfair）。我對美國和底特律有著嚴重鄉愁，我非得跑步不可。這不是為了紓解書寫的緊張，而是一種書寫的運作。

　　當我跑步時，我是跑在底特律城裡，我可以清楚地想像那座城市的公園和街道、馬路和高速公路，就好像親眼所見一樣。當我回到我們的公寓，開始在我的小說《任你宰割》（*Do With Me What You Will*）裡重新創造底特律時，只需把腦中的文字謄寫下來即可，而且這個在倫敦重造的底特律，就跟我還住在底特律時在書中重造的那個底特律如出一轍。

　　這是多奇妙的經驗啊！若是少了其中任何一回跑步，我不認為我可以完成那部小說。不過，別人一定在想，多怪啊，明明住在世界最漂亮的城市之一——倫敦，我竟幻想著世界上最有問題的城市之一——底特律。當然啦，在讀者還沒注意到「作家談寫作」這個豐富多元、特質互異的系列之前，作家的確是瘋子。

　　我們喜歡這麼想，我們每個人都擁有自己獨一無二的思考方式。

　　跑步和寫作都是十分容易上癮的活動。對我來說，兩者都和意識脫離不了關係。在我的記憶中，沒有什麼時候沒跑步，也沒有什麼時候沒寫作。

　　（在我能用英文寫出所謂的人類話語之前，我急著想用鉛筆塗鴉趕上大人的字跡。我的第一本「小說」——我很害怕我那念

舊的父母還把它們保留在我們位於紐約米勒斯波特〔Millersport〕老農莊的某個皮箱或抽屜裡——是一張張鬼畫符的小卡片，還有用線條勾勒的雞、馬以及高貴的貓咪。因為我還沒能掌握較困難的人形，我那時的年齡遠比能掌控人類心理的年齡要小得多。）

我記憶中最早的戶外經驗，是在我們家的桃子園和蘋果園裡奔跑和健行，是沿著農夫的小徑，穿過窸窸窣窣、比我個頭還高的小麥田，還有在湯那彎達溪（Tonawanda Creek）的陡岸上。我的整個童年都在健行、漫步，精力充沛地探索鄉村地區，包括鄰近的農田、老舊穀倉裡的寶藏、廢棄的房子以及各種禁止進入的地方。它們當中有些地方想必是危險的，像是只用木板隨便蓋起來的貯水槽和水井。

這些活動和說故事有著密不可分的關係，因為在這樣的環境中，總是會有一個幽靈自我，一個「虛擬的」自我。因為這個原因，我相信任何藝術形式都是一種探索和越界的活動。（每一塊「不許超過」的標誌，都會激起我反叛的血液。這類盡職地貼在樹上和籬笆上的標誌，同樣也像是在嚷嚷著：「趕快進來吧！」）

只要是為了紀念，寫作就會侵入別人的空間。寫作會招惹那些不寫作者的憤怒批評，或是惹惱那些和你用不同方式寫作的人，因為對他們來說，你似乎就是個威脅。藝術天生就是種越界的行為，而藝術家必須為此接受懲罰。他們的藝術越是原創、越是令人不安，懲罰就越具毀滅性。

假如寫作和懲罰相關的話，至少對我們一些人來說，跑步的這個動作甚至在成年之後也會引發我們的痛苦回憶，回憶起很久以前還是小孩時被痛苦的事物追趕。（有哪個成年人沒有這類回憶？有哪個成年女性沒遭過任何形式的性騷擾或威脅？）那股腎

上腺素的刺激，就像打了一劑強心針一樣。

　　我就讀的學校是一所只有一個房間的鄉下校舍，那裡有八個非常分散的年級，全部由一位超時工作的女性照顧。所有在校舍庇護所之外的嘲笑、挨扁、擰捏、拳打、粗暴、腳踢和粗話，我們都只能默默忍受，因為當時並沒有保護法來對抗這些虐待。那是一個放任的時代，男人可以把他的老婆孩子打到眼冒金星，而警察幾乎不會干涉，除非有重大傷亡發生。

　　當我在最田園式的風景中跑步時，我經常會想起多年前驚恐的兒時奔跑。我是那些不幸小孩當中的一個，我沒兄姊可以保護我對抗凶暴的高年級學長，因此是個可以恣意欺負的對象。我不認為我是刻意被挑出來欺負的（因為，比方說，我的成績很不錯），而且我發現幾年後這樣的虐待仍然很常見，它並不是針對個人。這種現象一定普遍流行在各種動物身上，它可以讓我們看透其他人的經驗，讓我們真切地感受到持續的驚恐、受困、掙扎和絕望。性虐待似乎是最令人厭惡的一種虐待，而且它無法忘懷只會加深記憶。

　　在我書中的每一行文字背後，都有著場景的影子，我在這些場景裡想像一本書，少了它們，書也不可能存在。比方說，1985年的某一天，我正沿著賓州雅德利（Yardley）南邊的德拉瓦河（Delaware）跑步，我向上瞥了一眼，看見一座鐵路橋樑的廢墟，接著一道靈光，一份鮮活、發自內心的記憶出現了。我想起十二到十四歲時我常經過的一座人行橋，就在紐約路格坡提市（Lockport）的伊利運河上方，一部小說的靈感就此浮現。那本小說就是《你一定要記住》（*You Must Remember This*），場景在紐約市北部的一個虛構地區，跟原來的很像。

　　然而，也常常發生相反的事：我發現自己跑在一個令人迷惑的地方，或是在住家之間，或是在住宅的後方，這十分神祕，我注定要書寫這些所見，並在小說中（就像平常所說的）賦予它們生命。我是一個完全被地點迷惑的作家；我的很多作品都是紓解思鄉病的方式，而我的角色們所居住的場景，不論對我或對那些角色都是同等重要的。如果我沒有栩栩如生地「看見」角色們所看見的東西，我甚至沒辦法寫一篇很短的小說。

　　故事找上我們就像鬼影需要精實的肉身一樣。在理想狀態下，跑步似乎是一種意識的擴張，我可以在其中把我正在寫的東西想像成一部電影或夢境。我幾乎不在打字機上虛構，而是召回我曾經歷過的東西。我不使用文書處理器，我只用手寫。（我知道，作家是瘋子。）

　　在我用打字機正式將我的作品打出來之前，我已經重複不斷地想像過了。我從來不認為寫作只是一種紙上的文字排列組合，它是一種企圖要將靈視（vision）實體化的過程，其中包含複雜的情緒以及活生生的經驗。

　　偉大藝術的成就在於：它們能激發出讀者或觀者對這份成就的適當情緒。跑步是一種冥想；更實際點來說，它讓我可以用我的心靈之眼，把剛寫完的東西順過一遍，校出錯誤，並予以加強。

　　我的方式是不斷修改。寫長篇小說時，為了要保持語調的統一、流暢，每天我都會繞回去修改先前的幾個段落。當我開始撰寫小說最後那兩三章時，我也同時會開始修改最初那一兩章。如果一切順利的話，這本小說就會像河流一樣均勻流動，每一個段落都能環環相扣。

　　我的最新小說光手稿就有一千兩百頁，也就是說，打字頁數會更多。這得跑多少哩路才行呢？我不敢想像！

　　夢境可能是突然發了瘋的飛行，根據我們所不知道的神經生理學規則，夢境讓我們遠離真正的瘋狂。因此同樣地，跑步和寫作這一對分不開的活動，也能幫助作家保持合理的神智清晰，同時還能擁抱虛幻或是稍縱即逝的希望。

正義與人性的界線：說書者的抉擇

莎拉‧派芮絲姬

美國知名犯罪小說家。1947年出生於愛荷華州，在堪薩斯長大，擁有堪薩斯大學歷史博士和芝加哥大學財經MBA學位。1960年代末移居芝加哥，在金恩（Martin Luther King）博士籌組民權運動的所在地從事社區工作，同時在保險公司擔任行銷經理。1982年出版第一本犯罪小說《唯一補償》（*Indemnity Only*），打造出知名的冷硬派同性戀女偵探V. I. 沃蕭斯基（V. I. Warshawski），立刻引起偵探迷的廣大回響，並於1988年以同系列小說《血彈》（*Blood Shot*，英國版*Toxic Shot*）贏得英國犯罪寫作協會的銀匕首獎，作品暢銷世界二十一國。派芮絲姬對於獎勵學子不遺餘力，曾在堪薩斯創立兩個獎學金，並在芝加哥內城的市立學校獎助同儕指導，1986年與友人共同創立了犯罪寫作姊妹會（Sisters in Crime），幫助其他有志寫作的女性，並出任第一任會長，該協會目前在全世界擁有三千多名會員。1996年，因她對中西部文學的傑出貢獻贏得馬克‧吐溫獎。除犯罪小說外，也撰寫短篇故事和散文，目前專職寫作。其他重要作品包括：沃蕭斯基系列的《僵局》（*Deadlock*, 1984）、《格殺令》（*Killing Orders*, 1985）、《苦藥》（*Bitter Medicine*, 1987）、《烙印》（*Burn Marks*, 1990）、《風城藍調》（*Windy*

City Blues, 1991）、《守護神》（Guardian Angel, 1992）、《隧道幻影》（Tunnel Vision, 1994）、《苦日子》（Hard Time, 1999）、《全面召回》（Total Recall, 2000）、《黑名單》（Blacklist, 2003）；小說《排成一列》（String Out, 1997）、《鬼鄉》（Ghost Country, 1998）等。

　　幾個月前，我收到一封讀者來信，她憤怒地寫滿四張信紙，質問我為什麼我的書裡「寄生了」政治議題。她這樣寫著：「當我買推理小說時，我要的是娛樂。但是在妳加入有關遊民的議題之後，妳並沒娛樂我。」

　　我想要回信跟她說，推理小說是很政治的。彼特・溫西爵爺（Lord Peter Wimsey）[1]堅定地捍衛著英國這塊土地，確保每一個人都能安居樂業。菲力浦・馬羅（Philip Marlowe）和山姆・史培德（Sam Spade）[2]活在一個充滿性政治的世界裡。如同馬羅在《小妹》（*The Little Sister*）中抱怨的：雷蒙・錢德勒（Raymond Chandler）筆下的女人都有性的臭味；達許・漢密特（Dashiell Hammett）筆下的女人，例如布麗姬・歐香尼西（Brigid O'Shaughnessy），則都會引誘好男孩做壞事。但是馬羅和史培德對這些女人來說都太教條了。

　　推理小說就像警察故事一樣，恰好就處在人性最原始的根本需求與法律和正義的交界之處。推理小說在定義上是很政治的。這也是我喜歡書寫和閱讀它們的理由之一。

　　不過呢，由於這問題實在一言難盡，所以到最後，我還是像平常對付憤怒的讀者那樣，把那本書的錢寄還給那位女士，然後

---

[1] 彼特・溫西爵爺，英國推理小說家桃樂西・賽兒絲（Dorothy L. Sayers）筆下的末代貴族業餘神探。

[2] 馬羅是美國推理作家雷蒙・錢德勒筆下的偵探；史培德是美國推理作家達許・漢密特所創造。

繼續我的工作，也就是做一個說故事者，一個作家，她的故事是發生在法律、正義和社會的世界裡。

後來，當我在芝加哥紐波瑞圖書館（Newberry Library）辦讀書會時，我又想起了這位來函讀者。當時有一群女士，總共九位，在其他人都離開會場之後還留了下來。然後她們告訴我，她們嫁給煉鋼工人，他們的男人已經失業十多年了，因為全球化經濟把所有的工作機會都往國外送。這些女人每人得兼兩份差以維持生計。那些都不是什麼偉大的工作。一個失業率高達百分之五十的地區，哪會有什麼偉大的工作。她們有的是便利商店的收銀員，或是小餐廳的女侍。她們告訴我，自從高中畢業以後，她們就沒讀過什麼書，一直到她們當中有個人從收音機裡聽到，我的偵探小說的女主角，V. I. 沃蕭斯基（V. I. Warshawski），也是來自她們那個街區，南芝加哥。V. I.也是在鋼鐵工廠的陰影下長大。雖然她是個藍領階級的女孩，但她拿到獎學金進了芝加哥大學。這些女士們說，在她們讀到我的書之前，她們從沒想過居然會在某本書中看到她們自己的生活。「我們都買精裝本，」其中一位這樣說。「V. I.幫助我們面對發生在我們身上的可怕事情。」

我的第一個衝動是想說：不要，不要把妳們辛苦賺來的錢花在精裝本上。但是幸好，感謝上帝，我沒有脫口而出，因為我看得出來，買書是一個重要而有形的試金石。

我的第二個比較下流的衝動是：回去寫信給那位來函的女士，我想告訴她，看吧，這就是重點：我是一個說故事者，我是一個表演者，但是我訴說的故事一直都是屬於那些沉默的人群，而非權勢者。這些南芝加哥的女士們從中得到了娛樂，因為她們可以從無止境的工作、從家事、從憤怒沮喪的先生、從失業的青

春期兒子、從早婚卻無謀生能力的女兒身上，逃開幾個小時。我的書娛樂了她們，同時也給了她們勇氣。

我不喜歡社會政治小說，寫那些書只是為了要證明四條腿的比兩條腿來得要優秀，或者，男性都是受睪丸素制約的壞蛋，或者女性一貫地用身體來推翻男性道德觀。有一個原因可以解釋為什麼史達林時期的蘇聯作家最為人所知的是巴斯特納克（Boris L. Pasternak）和安娜·阿赫瑪托娃（Anna Akhmatova），而不是哥禮巴契夫（Gribachev），他是《勝利集中農場之春》（*Spring in the Victory Collective Farm*）的作者。巴斯特納克可能想要點出一個最廣為人知的重點，那就是有關人類自由，有關個人在社會變遷中所感受到的迷惑，以及該如何應對這些迷惑有多困難。但他想要描寫的對象是紅塵中的人類，而不是理想的政治典型。

我不會坐下來寫社會或政治評論的書。身為讀者和作家，我是跟著故事走，而不是跟著意識形態跑；我在周圍人物的故事中看見這個世界。只不過，最能吸引我的故事，正是那些無法為自己說話的人，就像那群來自南芝加哥的女士。可能所有作家在寫作時都是因著一股邊緣人的感覺，一種想以局外人的觀點看待並了解這個世界的感覺。的確，這對說故事大師狄更斯和艾略特來說，也是如此，而我應該也是。

我生長在五〇年代的東堪薩斯，一個被當代道德家指為美國黃金時期的時空，那是在越戰、毒品、女性主義，以及黑人力量動盪世界之前。

那時候，我們女孩子知道婚姻是我們不可避免的命運，當時只有壞女孩才會未婚生子。我是一家子男生中唯一的女生，我的父母——只要一提到宗教或是公民權利的事，他們就成了這塊基

督教和共和黨土地上古怪的局外人——嚴格地遵守他們的性別政治。家庭對我個人來說尤其是這樣一個地方，在那裡，我的價值只存在家事和照顧小孩之中，教育是屬於男孩的，與我無關。成長的過程中，我幾乎都是用低於耳語的音量說話，非常害怕我的所言所行會引來任何批評。同時，為了我所創造的女主角以及我所讀到的故事，我很早就鑽進故事的世界，進入公主王子從此過著幸福快樂生活的世界。

　　我第一次逃脫那個環境是在六〇年代晚期，我來到芝加哥。那年夏天在芝加哥，受人尊敬的金恩博士為了開放住宅和同工同酬的理念而推動組織。我在這個城市的南邊從事社區服務工作。當時他正在組織的地區，很靠近我被派去的那個藍領街區，裡面住的幾乎都是立陶宛人和波蘭人。

　　那年夏天，該區居民的恐懼轉變成憤恨，他們在馬奎公園（Marquette Park）裡丟瓶子和燒車子，讓白人因此賤價售出他們的五房住家、倉皇逃到西部郊區，不管當時或現在，我都不曾為那股恐懼做過辯護。但即便是在我只有十九歲的時候，我也看得出來，無論是銀行、房地產仲介公司或是市政府，全都毫不關心聚集在那些狹小平房裡的夢想或恐懼。我四周的每個人都感到無力，黑人拒絕工作和體面的住宅，剛躋身到經濟階梯中上層的白人，則驚慌地緊抱住這個階梯不放。

　　那年夏天，我感受到一種迫切的需要，想寫下那些無聲之人的生活。那年夏天過後，我不再想像從此過著幸福快樂日子的公主。我開始寫那些平常人，他們的生活像我的日子一樣充滿混亂失落，因為他們沒有聲音沒有力量。即便如此，當時的我仍覺得我是不該發聲的，我又花了十二年的時間，才試著賣出我的作

品：我是如此受到堪薩斯那段孩童時期的教化所影響，我無法想像我能摒除那個家庭的影響而從事寫作，也無法想像我的文字能和其他人溝通。

狄更斯從最遙遠的邊緣——債務人監獄——移往維多利亞時期的中心，然後成為當時最傑出的人。豪宅、僕役、貴客、高價巡迴演講和五位數的合約，這些從來沒給過他安全感。它們也沒為他模糊掉維多利亞富庶的基礎，那份富庶是建立在一大堆營養不良、缺乏教育的流浪小孩和血汗工廠上面，因為最卑微的貧窮壓力導致犯罪率節節升高。

狄更斯將窮人的美德傳奇化，但他並不為他們的貧窮景況感傷。就如同我那位來函讀者所寫的，他的書寄生了很多社會政治，但是數以千計的人仍在波士頓的碼頭邊排隊，等待那艘運來他的連載作品的船隻入港。

一百五十年後的今天，我們仍過著富足的生活，而且清楚地知道有一大群無家可歸的孩子正在我們眼前遭受營養不良和教育不足之苦：那頭大象就在客廳而我們都裝做沒看見。在我的祖父母一起替國際婦女服裝工人工會走上街頭示威的一百年後，就在我們這塊偉大的土地上，仍然有血汗工廠存在。我們還是有犯罪，有無家可歸的人，有為了一點錢賣掉自己小孩的父母，還有一大堆的不幸。如果像狄更斯那樣的說故事大師都是在他的環境中找到最令人注目的故事，我又有什麼資格可以對它掉頭不顧？

生命的詩與文：啟發靈感的組合

瑪姬‧皮爾西

美國女性主義詩人及小說家。1936 年出生於底特律，母親及外婆為猶太人，從小在各種猶太故事中長大，1957 年密西根大學畢業，1958 年取得西北大學碩士學位。畢業後以各種兼職工作維持寫作生涯，包括祕書、配電盤操作員、百貨公司銷售員、藝術模特兒等，並積極投入風起雲湧的社會及政治運動，例如反越戰、女性主義、種族平等等。1968 年出版第一部作品，詩集《破壞營》（*Breaking Camp*），之後陸續推出了十五本小說及十五本詩集，內容涵括了歷史、政治、當代生活、情慾主義、女性主義、猶太主義等等。皮爾西致力於從馬克思主義、女性主義和環境主義的角度去探索意識形態與美學的間隙，其小說《小改變》（*Small Changes, 1973*）和《時間邊緣上的女性》（*Woman on the Edge of Time, 1976*）等書，一直是女性主義課堂上的教材。除小說和詩外，也撰寫詩評、劇本和散文，重要作品包括詩集《月亮永遠是女性》（*The Moon Is Always Female, 1980*）、《水面迴旋》（*Circles on the Water, 1982*）、《火星和她的子女》（*Mars and Her Children, 1992*）、《大女孩是什麼做的？》（*What Are Big Girls Made Of?, 1997*）、《日禱的藝術：猶太主題的詩》（*The Art of Blessing the*

Day: Poems with a Jewish Theme, 1999)、《顏色穿越我們》（*Colors Passing Through Us,* 2003）；小說《迅速下降》（*Going Down Fast,* 1969)、《逃離家庭》（*Flying Away Home,* 1985）、《他、她和它》（*He, She and It,* 1991）、《女性的渴望》（*The Longings of Women,* 1994）、《城市之暗、城市之光》（*City of Darkness, City of Lights,* 1996）、《三女人》（*Three Women,* 1999）等。

　　不論什麼時候，每當我面對一群對我的作品稍有認識的觀眾，總是會被問到這兩個問題：「妳為什麼同時寫詩又寫小說？」、「寫小說和寫詩有何不同？」

　　我從逐漸無法思考的腦子裡，鞭策出各種圓滑的答案。我提到，可能是男性比較少跨越文類的分野，不過有些作家，像理查‧普萊斯（Richard Price）也是同時寫小說和電影劇本。然而，很多女性作家都不止創作一種文類，我接著快速背出一串名字：瑪格麗特‧愛特伍（Margaret Atwood）、艾瑞卡‧張（Erica Jong）、雅德安‧瑞琪（Adrienne Rich）、愛莉絲‧華克（Alice Walker）、麗塔‧達芙（Rita Dove）、柯琳‧麥克埃洛伊（Colleen McElroy）、妮基‧喬凡尼（Nikki Giovanni）、瓊‧狄蒂安（Joan Didion）、莉莉安‧海爾曼（Lillian Hellman）、琳達‧哈根（Linda Hogan）；而且這種情形很普遍。

　　有時候我會回答說，如果一位作家創作多於一種以上的文類，他碰到障礙的機率就會大大減少。假如我卡在小說中一個困難的段落，我可以跳到一個比較順暢的地方，我也可以停下來，然後花一段時間寫詩。當我對某個文類沒什麼想法時，我通常會在另一個文類裡慢慢醞釀它們。

　　我一直這樣來來去去。很少有一段時間只奉獻給其中一個。除非是我正為了截稿而修改一本小說，每天工作直到眼睛和背脊都累壞了；還有就是當集結一本詩集時，我需要把近幾年的詩作整理、修改成一個連貫的加工品。

　　我發現這篇文章提供了一個機會，讓我可以用比較犀利的方式詢問自己有關寫詩和寫小說的問題。當我在處理很私人的題材時，詩往往讓我覺得能夠超越自己。除了冥想之外，比起任何其他時刻，在我非常投入地寫作一首詩時，那個「我」是比較不具侵略性，也比較不存在的。不過寫詩時的專注和冥想時的專注是非常不一樣的，因為寫詩的心靈是忙碌、開放的，而不是清淨的。冥思者所棄絕的雜影雜思，對詩來說是非常豐富有用的資源。每一個不相關的小煩躁，都可能變成那首詩的主題。

　　感謝上帝保佑，或是受到繆思女神、ha-Shem[1] 或是牙齒仙子的指引，有些詩能夠一氣呵成。它們就是一次全蹦了出來。可能很重要，也可能毫無價值。我和學生討論靈感時，其中有些人一直過分強調靈感的自發性（spontaneous），我跟他們說了一個老掉牙的波士頓上流人士的故事。這個人半夜從一個關於人類關係的天啟中醒來，他寫下了令人敬畏的字句，等到早上一看，上面寫的是：「Higgamous piggamous，男人是一夫多妻的；hoggamous poggamous，女人是一夫一妻的。」

　　詩是從後腦勺裡的一個小文句、一個影像、一個想法、一個節奏開始成形。我曾經因為聽錯了大衛‧拜恩（David Byrne）一首歌的歌詞而寫下一首詩，而且我喜歡自己的讀法。對於作者和讀者來說，有些詩是一趟探索的旅程。當我終於抵達時我找到了我所追尋的方向，雖然那可能要花上好幾年的工夫。

　　詩是從記憶、幻想中孵化出來，是一種想和生活、死者及未

---

[1] ha-Shem 在猶太神話裡意思為「那名字」（The Name），用來指稱上帝，因為直接呼喚上帝是不敬的。

出生者溝通的需求。詩直接來自日常生活、花園、貓咪、報紙、朋友的生活、爭執、美夢或噩夢、煮飯、寫作本身、災難和麻煩、禮物和慶祝。它們也會回到日常生活當中：人們在婚喪場合上，朗讀詩、獻詩給他們的愛人、即將分手的戀人，或是他們所愛慕的人，他們把詩貼在冰箱或電腦上，用詩來教育或敦促，發洩喜悅或悲傷。

心靈緊緊包裹住一首詩。詩幾乎是感官的，尤其當你用電腦工作時，你可以把詩反轉過來、左右相反、上下顛倒，你可以和詩一起跳一種雙蛇交纏的波麗露舞蹈，直到那首詩找到自己最正確適合的形狀。

在這令人著迷的活動中，有某種東西同時是極度私我卻也極度非我。寫詩的時候，我可能正在處理我的憤怒、我的羞辱、我的熱情、我的愉快；然而一旦我將它放進一首詩中，它就變成融化的礦砂。它變成了「非我」。接下來，處理它的人不是那個平常的我。它沒有性別、沒有恥辱、沒有抱負、沒有本質。它啃食著沉默。我無法久待在那個狂熱興奮的地方，但當我在那裡的時候，其他一切都消失了。平凡生活中的熟悉和繁瑣都不見了，甚至那首詩的題材也一樣消失無蹤。它如此地遙遠，彷彿我是一位考古學家正在研究一座四千年前古城中的廚房遺跡。

散文比較簡單。這裡沒有雄心大志的語言。寫散文和寫作小說的欲望來自我靈魂的同一個部分：在機場、在餐廳、在超市，我都會忍不住偷聽陌生人的談話。我是個好管閒事的人。我母親是位令人驚訝的傾訴對象，她散發著某種氣質甚至可以讓巴士上的陌生人坐下來，跟她訴說他們生命中的故事或煩惱。我非常控制我自己的這個部分。但我仍然是個優秀的採訪者和聆聽者，因

為我非常好奇別人的生活是什麼樣子，他們自己覺得如何，他們會說些什麼，還有他們的沉默。

我總是迫不及待地想要聽到故事的結局，接下來會發生什麼，作家把這樣一種基本的欲望帶進小說，而這也是讓讀者一直讀下去的魅力所在。促使作家寫故事的另一個動力是，我想要把隨機的、混亂的、痛苦的、嚇人的、駭人的生活事件整理出頭緒。我們希望其中有各種宏偉的模式。我們希望這些事件能有一些意義，即便那個意義沒人管理，一片混沌；一切都是一場幻覺，或是一場古怪無謂的笑話。每一本好的小說都有它預見的世界，這個世界告訴它什麼該納入、什麼該摒除。

我寫作以人物為主的小說，意思是說，它幾乎沒什麼高深的概念，而且我的劇情既不緊湊也不巧妙。在我下筆之前，我必須非常了解我的主要角色。小說中所發生的事情泰半都只是跟隨著一個角色和另一個角色，跟隨著他們的環境，他們的歷史，他們的情況。

身為小說家，我有一部分的訓練是來自傾聽長輩們說話，大部分是女性長輩，偷聽八卦和醜聞。我母親會看手相，常偷偷免費地給人建議，因為若是讓我父親知道的話，他一定會發脾氣。他不喜歡迷信。我會在旁邊偷聽，並且想著：G太太在她妹妹和她先生之間發現了什麼？為什麼A先生中了樂透之後就不見了呢？為什麼我母親每次提到隔壁的年輕女士就嘆氣？

我的另一個早期訓練是觀點的培養。我的祖母漢娜每年都會跟我們住上一段時間。在我們的小房子裡，她和我睡同一張床，她是位具有猶太村落氣質（shtetl）[2]的說故事者。她告訴我一些關於活泥人、李莉斯、惡靈和飛天拉比的傳說，還有我們那個大

家族的故事。我母親也會講那些故事，但是內容差很多。蘿絲阿
姨的年紀介於我和我媽之間，比起其他阿姨，她比較像我朋友。
假使我也從她那裡聽到同一個故事，那麼那個故事就會有三個版
本：一個是精神和道德層面的，一個是感官和戲劇性的，還有一
個是實際發生的事實版。

　　對我而言，作家的天賦是同理心和想像力。我進入我的角色
當中，並試著學習他們的世界觀、他們移動的方式、他們的信仰
以及自我欺騙的謊言、他們的熱情和厭惡，甚至是他們思考說話
的語言：這些也就是他們生命的本質。想像力可以讓這些角色在
事件中穿梭，進入另一個時空，不論是最近的過去或是三、五百
年以前，地點在布拉格或巴黎或倫敦或紐約或太平洋上的小島。
想像力可以改變一些可變因素，可以帶我們前往想像出來的未來
世界。不過與此同時，我們必須牢牢記住角色的意義，這樣才能
同時說服不同背景文化的讀者。

　　文類有沒有彼此重疊的時候？很奇怪的是，當我為小說蒐集
資料時，小說和詩是最靠近彼此的。我的詩集《現場光》
（*Available Light*）裡，有一系列詩作的靈感是來自於書寫小說《從
軍》（*Gone to Soldiers*）時的事前研究，當時是為了尋找二次大戰
某些事件的精確事發地點。

　　為了要進入角色的過去或現在，地點的感覺對我來說非常重
要。我不用在一個城市或一個環境中待上很長一段時間，只需要
幾個小時或是幾天就可以。但是一旦少了那種融入，寫作就變得
很困難。經歷這些旅行，詩就浮現出來，有時候，我在曲折的黑

---

2 Shtetl指的是東歐的小型猶太市鎮或村落。

山伐木道路中尋找德軍和猶太軍隊交戰的正確地點，這時詩直接就從心情的殘留物中蹦出來；有時候，就像我在艾格莫特（Aigues-Mortes）堡壘外遇到一隻餓狗，我逗牠，給了牠一塊法國麵包，牠對這塊麵包感到的喜悅和驕傲讓我臉紅，而詩就這樣意外地出現了。

寫詩的靈感任何時候都會出現，但是修改詩的想法就不是如此。修改詩和修改小說的過程是不一樣的，這是我在騎腳踏車的時候想出來的，雖然我無法想像我真的想過要在腳踏車上修改詩作。在我改寫一首詩時，我會回到那首詩的時空中然後沉思它。我會將它大聲唸出來。另一個修改時機是在我第一次或第二次將它讀給觀眾聽的時候，在那一刻，所有微弱和不連貫的部分會突然自行顯露，彷彿是寫在佈告欄上一樣。

至於小說，因為我常沉浸在一部小說的世界長達兩到三年，所以當我完成的那一天，問題同時也跟著消失。靈感通常會在夜晚、在澡缸裡、在飛機上、在用餐的時候出現。我在床頭櫃上放了一本筆記本，以便我在凌晨兩點有個想法蹦出來時，不用起床開電腦。我學習冥思的理由之一，就是為了要控制我的小說想像，以及防止角色反過來控制我。除了需要捉住乍現的靈光之外，學習「放下」也很重要，尤其是為了要保持理智以及其他真實的人際關係。

最後，我會定期公開地朗誦我的詩作，並因此享受著跟音樂家同等的回饋：掌聲、情緒反應，還有著迷觀眾所釋放出的熱力。小說方面，我則依賴著書迷來函和評論文章。雖然一直有人要求我寫一本有關於他們生活的小說，但我從來不曾被誘惑。至於詩嘛，就像大部分的詩人一樣，我也會為某些場合寫詩。我曾

寫過祈禱文讓重建派（Reconstructionist）和改革派（Reform）的
猶太教會使用，也替唯一神教派（Unitarian）寫作表演用的詩
歌。我想，比起小說，詩最終是一個比較公眾的活動，不過我對
兩者的喜愛不分軒輊。

靈感何處尋？看看庭園舊貨拍賣會吧！

安妮·普魯勒

美國小說家。1935 年出生於康乃狄克州，1969 年佛蒙特大學學士，1973 年蒙特婁喬治威廉斯大學（Sir George Williams University）碩士。畢業後以記者為業，在許多刊物上發表過非文學類的文章，並出版過數本「how-to」類的著作，直到五十幾歲才開始從事小說創作，1988 年的短篇故事集《心之歌》（*Heart Songs and Other Stories*）和 1992 年的長篇小說《明信片》（*Postcards*），贏得評論界的一致讚賞，後者榮獲 1993 年的國際筆會福克納獎，是有史以來第一位獲得該獎的女性作家。1993 年的小說《海角家園》（*Shipping News* ／中譯本：麥田，後改名《真情快遞》），更為她贏得普立茲小說和國家書卷等大獎，並在 2002 年改編成電影《真情快遞》，翻譯成多國文字。普魯勒的小說很多都是從男性的觀點著眼，筆下的世界經常是荒無貧瘠的大地，行文當中充滿冷調子的幽默。1995 年移居懷俄明州，開始撰寫以美國大西部為背景的作品，包括小說《手風琴犯罪》（*Accordion Crimes*, 1996）、《最後老王牌》（*That Old Ace in the Hole*, 2002）；短篇故事集《近距離》（*Close Range: Wyoming Stories*, 1999）和《爛污》（*Bad Dirt: Wyoming Stories*, 2004）。

愛爾蘭歌手克莉斯絲・摩爾（Christy Moore）敲打出〈別忘了你的鏟子〉，我不只因為這首歌的流暢節奏和社會評論而喜歡它，還因為它對世界探索者所提出的建議而喜愛它，因為我就是其中的一分子。

「鏟子」是我珍藏的工具中的一部分，而且對我來說，探索研究是書寫遊戲裡最棒的一環。幾年前，在一次釣魚旅行的回程中，我被赤楊木刮傷，又累又餓，正當我開過緬因州時，人行道邊的一陣騷動引起了我的注意：一群人正在一場庭園舊貨拍賣會前推擠。我停下來，去看拍賣會。

真是值回票價。我發現《新韋氏國際字典》很棒的完整第二版，裡面有豐富的定義和幾百幅精緻小圖示。在旁邊不穩的牌桌上立著《哈波氏古典及古代文學字典》（*Harper's Dictionary of Classical Literature and Antiquities*）、《牛津英國文學指南》（*The Oxford Companion to English Literature*），還有其他重量級的參考書，這些從地方圖書館丟出來的東西，成了我這趟旅行最棒的收穫。

我是一個經常購買關於任何主題的有用書籍的消費者。收藏家會放棄貼有藏書票的書籍，不過我需要閱讀用的副本。因為我常常在書頁上折角，在邊緣塗鴉，所以最好讓我遠離新書。

在家裡零亂的書架上，我可以找到如何替換壞掉的煙斗柄的指南、玉米穀倉的歷史、豬肉罐頭食譜的小冊子、1925 年版的《一次大戰中的動物英雄》（*Animal Heroes of the Great War*，大部

分是狗，也有些駱駝）；俚語字典、方言字典、地方英文字典；
一堆1920年代的小藍皮書（Little Blue Books）[1]（沒有一本是藍
的[2]），名稱像是《如何當一個不速之客》（*How to Be a Gate-
Crasher*）以及《從臉看個性》（*Character Reading From the Face*）。
其中有一本是《語言的趣味》（*Curiosities of Language*），介紹一些
老一輩會認為瘋狂的扭曲拼字法：

> 有一位年輕人，是陸軍上校（colonel），
>
> 他自願（volonel）走在微風裡；
>
> 他散步於由楓樹（maisles）
>
> 製成的走道（aisles），
>
> 然後，回來，讀他的雜誌（jolonel）。[3]

　　這樣的探索工作還不只限定在書本中。我得知道哪一種蘑菇
聞起來像黑櫻桃、哪一種像死老鼠；得去注意一隻飛行中的喜鵲
有點像木頭湯匙；得要能認出垂直受限壓縮的背風波浪雲。這麼
多的研究都是來自於四度空間的觀察和紀錄。這些筆記就散亂地

---

[1] 指1919年由堪薩斯出版人E. Haldeman-Julius出版的一系列口袋書，Haldeman-
Julius是個左派理想家，希望藉由這種人人負擔得起的廉價版本，讓美國的中
下階層也能閱讀到高品質的文學和各類作品。1923年後，全美各地到處都有販
售小藍皮書的書店，內容從莎士比亞到果醬製作包羅萬象。

[2] 藍（blue）在英文中是指黃色書刊。在這裡，作者用藍色這個雙關語來說明小
藍皮書不是黃色書刊。

[3] Volonel是volunteer（自願）的誤拼；maisles是maples（楓樹）的誤植，字幹
與aisles近音；jolonel是journal（雜誌）的誤寫，和volonel一樣與colonel音相
似。

記在便宜的記事本裡，更常是出現在信封的背面和報紙的白邊上，然後堆放在推車的地板上，或一堆傳真和帳單上方的階梯上。

求知的需求引領著我從煤坑到火警守望塔，到密布瑪瑙的山坡，到拖上岸的鯨魚骨骸，到浮冰的受光面，到獨木舟和風車的博物館，到沾有睫毛的石灰死人面具，到造船廠和原木場，到老舊的軍事碉堡、鬼火、刻有文字的石塊，到險惡的海域和生鏽的沉船，到岩石雕刻和探勘者的挖掘，到傾圮的軋棉場，到死火山的火山口，然後有一或三次在半路上看見像鼻子一樣的龍捲風。

在酒吧和咖啡館裡我會仔細聆聽，站在櫃檯排隊付帳時，我會注意特別的發音和土腔的節奏，對話中的鮮明轉折，以及無趣的生活對話。在墨爾本，我付錢給街頭詩歌朗誦者，要他朗誦〈育空河的魔力〉（The Spell of the Yukon）；在倫敦，我聆聽一位計程車司機說他在巴黎患有精神病弟弟的故事；在一次越洋飛行時，我從一位紐西蘭工程師那兒聽到穿過新幾內亞[4]建造輸油管的特殊經歷。

不過最重要的探索場地還是二手書店。我的每一次旅行總是以運回一箱箱的書做為結束，比方說討論違法事業或是德州舞蹈指導的塵封老舊手冊，它們上面還有指印和虛線劃過書頁。但是書店在改變。最近，一家位於丹佛市、我最喜愛的書店，我把它的門閂弄得嘎嘎響，直到我看見一張告示寫著：書店已停止營業，但存貨可以在網路上「取得」。另一個商人，一位地方史的專家，在他家客廳裡經營二手書店也有好幾年了，他不時會出版一些有趣的書目。如今，那些書目和他的書架也已經成為過去

---

4 新幾內亞（New Guinea）是澳洲北方的一個小島。

式，它們都因冰冷的網路清單而變成回憶。

　　我幾乎不用網路作研究，因為我發現那個過程複雜又令人討厭。網路上得到的資訊常常都不值得信任，而且都附著在惡劣的文章中。更令人不悅的是：坐在閃動的螢幕前，不時受到病毒干擾、運輸中斷、遲鈍搜尋、系統當機、缺少人與人的對話，一切都在欺騙和緊急的氣氛中進行。

　　近來，我也不太到圖書館作研究，雖然我一度常常造訪那些書架。圖書館已經變了。圖書館不再安靜，成了吵雜的地方，人們聚集在那兒交換謀殺懸疑小說。天氣不好的時候，臭味四散的流浪漢會在書桌上打瞌睡。有人插隊用電腦，那裡也沒有很多台電腦，大部分的螢幕都被弄髒、弄糊了，運轉著老朽的軟體。

　　我為消失的紙卡目錄哀悼，這不是因為我是盧德分子（Luddite）[5]，而是因為在過去的歲月裡，橡木製的文件盒藉由鄰近的卡片能夠同時提供研究者隨機利用的好處和驚喜，這些意外的資訊與電腦縱橫交錯但卻死板的秩序不同。

　　這個國家汎泳在迷人的傳單小冊當中。在新墨西哥的一家廉價飯館裡，我撿到一張傳單，上面為了髮型、衣著和女人等議題，嚴厲地指責聖保羅（「短褲、迷你裙、露背裝、比基尼等等都沒關係。你不必聽保羅的……上帝希望女人看起來美好、流行。至於男人，耶穌也留長髮。保羅一定是個宗教盲從者」）。一百哩之後，我讀到一張窄箋上面有針對遇到一隻野生獅子時的建議（「不要有直接的眼神接觸……試著讓自己看起來越大越

---

[5] 盧德分子，工業革命期間，英國的搗毀機器分子，主要為受到機器生產影響的手工業工匠，引申為強烈反對機械化或自動化的人。

好」）。

　　食物和地方美食是重要的研究主題。有一些你在餐廳就點得到，但有一些只存留在絕版的食譜上，因而一定得自己做。比方說，在西瓜裡烤一隻鴨，這道菜叫做搖籃裡的天使；或者另一道叫亞特蘭大特餐，菜名聽起來像一列火車，不過材料單上的第一項就是：「一隻海狸（8到10磅重）」。

　　我喜歡在西部開車，在硝石和石礫路面漂流，將音樂轉到最大（這也是一種研究），通常是些隱含有地方意義的另類音樂。其中有兩首是我百聽不厭的：格林‧歐爾林（Glenn Ohrlin），他用雙聲調所唱的〈水手，跟屁蟲比爾〉（Barnacle Bill, the Sailor）；還有德州老小子，西部鄉村約德爾調歌手，唐‧瓦瑟（Don Walser），他與克羅諾斯四重奏（Kronos Quartet）令人心碎的〈蘿絲‧瑪莉〉（Rose Marie）直奔向我而來。

　　卡車漫遊在糾結魚線般錯綜複雜的道路上。有時候，地形地圖、指南針或是太陽的方位，都比指示標誌更能指引方向。那些指示標誌通常不見了，或是被子彈炸得無法辨識。公路漫遊的規則很簡單：總是選岔路走，常常停下來，下車聆聽，到處走一走，看看眼睛所及的事物。而眼睛所及的範圍淨是符號，不是方向標示而是其他的東西，是個人的訊息。我們活在符號的世界。

　　我很驚訝人們會對於失去連環公路廣告（Burma Shave jingles）[6] 感到失落。更好的東西都還留在我們身邊，在公共廁所裡、電話亭裡、石頭上、貼在話筒上、立在草坪中。我記得有一

---

6 連環公路廣告，指公路上幾個連續的告示牌，所有的告示文字總合起來成為一
　個單一意思。

個大型廣告板立在科羅拉多州的偏遠鄉下已經有很多年了。那個社區把它視為一種巨大的歡迎卡片，用來迎接從海軍休假回鄉的兒子，用來慶賀一個小孩的五歲生日，用來邀請鄰居參加派對。

城市乞丐手中的標示，則似乎暗示著他們當中有很多人都修過創意寫作課。他們的訊息總是用清楚的大寫字寫著：「願意為食物殺人」，「大笨蛋醜八怪流浪漢需要你的幫忙」，「我媽愛我，但是她已經走了」。

這樣的探索永遠不會停止，因為鏟子探索著生命。想要全部挖掘出來，甚或是挖出大部分的東西，都是不可能的事，但我依然盡我所能地從一團混亂的群眾當中、從孤獨的行人和健談的談話者身上、從知名寂寞的歌手身上、從那些寫下訊息給我閱讀的人們當中，不斷地探索蒐集。

如果你創造了故事，
你就是第一個知道結局的人

蘿珊娜・羅賓森

美國小說家、傳記作家和園藝作家。出生於肯塔基州，在賓州長大，密西根大學英文系畢業。曾在南印地安那、衛理和休斯頓等大學教授創意寫作。羅賓森出版了三本小說《夏光》（*Summer Light, 1987*）、《這是我女兒》（*This is My Daughter, 1998*）、《甜水》（*Sweetwater, 2003*）和兩本短篇故事集《一瞥猩紅》（*A Glimpse of Scarlet and Other Sorties,* 1991）、《請求愛》（*Asking for Love, 1996*），作品頗受好評，被譽為可與約翰・奇佛（John Cheever）和伊迪絲・華頓（Edith Wharton）相媲美。除小說外，羅賓森也是藝術史學者和傳記作家，專精十九世紀到二十世紀初的美國藝術，藝評類的文章發表於《藝術》（*Arts*）、《藝術新聞》（*ARTnews*）和《藝術和古董》（*Art & Antiques*）等雜誌，並經常為大都會博物館等機構編寫展覽目錄。她為美國女畫家喬治亞・歐姬芙（Georgia O'Keeffe）所做的《喬治亞・歐姬芙傳》（*Georgia O'Keeffe: A Life, 1989*），公認是「有關歐姬芙的最佳作品」。此外，羅賓森也是位園藝家和園藝作家，經常在《園藝》（*Horticulture*）和《家庭與花園》（*House and Garden*）雜誌發表相關文章。

　　一天下午，我正沿著我住的那條泥濘小路開車。前方有一輛紅色小車，前座坐了兩個人。你無法在泥濘路上開快，所以我們就一起慢慢前進。我一邊開，一邊觀察著前面那輛車。開車的是一位戴眼鏡的中年男人，他旁邊坐了一位金色波浪長捲髮的女人。

　　我可以看見那個男人的臉，因為他一直轉頭跟那個女人說話。但是我無法看見那位女士的臉，因為她從來沒有轉頭看他或回答他。

　　我們一直開著，那個男人一次又一次地轉頭跟那女人說話。他的頭髮稀疏，有一張和善的臉。有關他的每一件事，他的動作，他說話的樣子，似乎都是友善的、充滿感情的：他靠近她，微笑。不過她卻坐著一動也不動，也沒反應，直直地看著前方。她從沒往他的方向看去，我很好奇到底為什麼。

　　當然，我假設他們在爭吵。那位金髮女人應該是個美麗或是令人仰慕的女人，而她也習以為常。我想，她大概是驕傲、蠻橫、鐵石心腸，像任何因美貌而被寵壞的女人那樣。我想，那個男人可能是她先生，或她的情人，他正在懇求她。我想，她正在跟他冷戰；也許她提出分手，而他試著要挽回她。我為那個男人感到難過，他那麼努力想接近她，想挽回一切。

　　我們一起慢了下來，通過一座小石橋，一通過，他立刻又轉向她。我懷疑我是不是弄錯了。那男人肯定是中年人，但那女人又長又密的金髮則是屬於年輕人的。也許那個男的不是她丈夫，

而是她父親。

　　也許他在懇求她其他的事：比方說，也許事關於她對母親的態度，或者是她的成績，或許是她在學校的態度。也許她正憂鬱地坐著，而不是冷酷。也許是其他表情：也許她不是繃著臉，不是倔強或憂愁，而是痛苦。也許她正在哭泣，因此不能看著她父親。也許他正試圖安慰她某個年輕男子的殘酷，或是其他青少年的失落問題。

　　我很仔細地看著他，試著要找出那個故事。那個男人轉向她，微笑，撒嬌地側了側他的頭。她還是沒有看他。我同情那個男人，同情他做了這麼多溫柔和奉獻的努力；我也同情那個女人，同情她被困在這樣一個癱瘓和痛苦的情況。

　　我們開到聖山路尾的一個站牌，那個男人又一次轉向那個女人。這回，終於，她轉向了他。她傾身過去舔了他的鼻子。她是一位金髮獵人。

　　說這個故事是為了要給你一點概念，知道作家是什麼樣子。多奇怪的一個職業啊，多麼無法預測，又多麼卑微低下！

　　我常常被問到我是何時開始寫作的。不過重要的問題不是作家何時開始寫作，而是為何開始寫作。

　　我之所以寫作，之所以把故事付諸文字的理由，有一大部分是自私的。每一個故事——每一樣我寫的東西——都只是試著為我自己找出一點東西。和你，讀者，一點關係也沒有。總之，這是我的私事。

　　我書寫那些惱人的事。我書寫那些讓我心神不寧的事，那些不放過我的事，那些在凌晨三點蠶食我大腦的事，那些打亂我世界平衡的事。有時候，這些事是我做過或說過的；有時，它們只

是我聽到或看到的。有時，它們只是句子；有時，是場景；有時，是完整的故事。我帶著它們在我的腦海裡到處跑，直到我被迫要將它們寫下來以便擺脫。我坐下來，然後開工。

我知道我的目的地：我正在前往那個擾人的時刻，那個不可饒恕的狀態，那個已經啃食我很久而且不可逆轉的動作。那就是故事的結局，而我的工作就是勇往直前，寫到它對我全盤托出的時刻。如果我可以記下這些時刻，將它們放在同一個上下文，這個上下文可以解釋場景、解釋我角色的行為，那麼這些時刻對我來說就是可以理解的。當我了解它們時，它們就會失去騷擾我的力量。然後，焦慮退去，我也可以安眠。我真的是為了解放自己而寫作的。

你可以從那個金髮獵人的敘述中發現，我認為最能持續勾住人心的是關於家庭的故事。家庭是我們情緒生活的核心。它是熱力的所在，強烈感覺的來源。

家庭關係——家長子女之間、兄弟姊妹之間、夫妻之間——構成了我們所知最強韌的關係。比起世界上任何人，這些人更容易讓我們快樂、生氣。而且這些關係是不可毀滅的：你可以拒絕你的家人，你可以從此以後不再見他們，但是他們還是你的親人。你永遠是他們的一部分，不管你選擇保有或放棄。家人一直在塑造你。那就是你的童年，不管你要或不要。

即使你否認他們，你對你家人的感情仍然是強烈的。就算在你二十歲的時候選擇不再跟你母親說話，就算你四十年不見她，她還是你的母親。她仍然一直是你感情世界的關鍵部分。

當你在四十年後意外看見她，你一定會的，當你在某人的喪禮上瞥見她的身影，不穩地站在墳場的斜坡上，用你記憶中的方

式嚴肅地抓著她的皮夾子；或者，如果你最後下定決心刻意去造訪她，在她打開門的第一時間，她一動也不動地站在門口，沉默，彷彿她不認識你一樣。那一刻，那些令你在許久之前決定不見她的感覺，將會重新在你心裡沸騰。

你不能逃避：即使你無法承受，這些早年的感覺還是會在妳的一生裡急速爆發。即使你拒絕承認它們，它們還是在那裡，在深層跳動、奔馳，在沉靜與黑暗中，像一條地底的河流。它們強力支配著我們的外在生活，程度遠超過我們的認知。而且不管任何時刻，它們都會從黑暗中湧到眼前，爆發成為泡沫和狂潮。

也許，和家庭有關的這些事情當中，最好的一點就是所有情感都是依附在愛上面，愛是最強大的。所有較黑暗的情感——憤怒、憎恨和怨懟——都是因為愛的缺席或保留，但愛是首要動力。而且愛是任何情感方程式的一部分，這個事實說明了，情緒生活一直都在流動，一直都在變動的狀態下：假使愛在最後關頭出現了，四十年的怨恨便會就此結束，完全舒緩。

當然，如果愛被保留了四十年，想要它無償付出的機會是很渺茫的。很可能到最後，你父親寧可轉頭對著牆壁死去，也不願和你說話。但是某種程度的改善還是有可能發生。他可能會說話。或你最後會了解到，為什麼他無法跟你說話，並進而原諒他。你也許會感受到你一直錯過的愛，即便他已經無法體會了。

做為寫作的主題，家庭是取之不竭的。托爾斯泰錯了：所有快樂的家庭都不一樣。事實上，沒有完全相像的兩個家庭，不論是快樂或不快樂的。每個家庭，就像每個指紋一樣，都有屬於自己獨特的紋路，自己的衝突、信仰和同盟模式。每個家庭都受到各種條件的形塑——階級、教育、語言和遺傳等等。然而我們都

是在自己的家庭裡長大，我們都認為我們的經驗和家庭的行為是
理所當然的。

　　我們會認為星期天的時候父親總是第一個起床，穿著睡袍下
樓，幫大家弄早餐。或者，母親從來不帶寵物去看獸醫，因為她
聞到那個味道會吐。或者，每回吵架的時候，母親總是把門緊緊
關起來，瑟縮在臥室的衣櫥裡。你認為，這些事是天經地義、理
所當然的。

　　大一點的議題——像是：做為民主國家的美國，我們該不該
支持死刑——是屬於公眾討論的問題。你知道大家對這類問題的
看法南轅北轍。妳知道妳的未婚夫對這些問題的立場，因為你們
曾經談論過。但是接下來，妳會發現其他更重要的事。直到你嫁
進夫家之後，妳才會知道其他家庭的模式，然後，妳會發現自己
忿忿不平地爭辯著：誰該在星期天做早餐，或者，誰該帶小狗去
打預防針，或者妳該不該在臥室衣櫥裡叫囂這些想法。

　　這所有的美麗和暴怒，讓家庭變成豐富的文學資源。很多偉
大的小說都是從家庭衝突而來：看看《伊底帕斯王》（*Oedipus
Rex*）、《李爾王》（*King Lear*）、《安娜・卡列尼娜》（*Anna
Karenina*）、《癡人狂喧》（*The Sound and the Fury*，或譯《聲音與
憤怒》）、《燈塔行》（*To the Lighthouse*）、兔子四部曲。這些作品
向我們揭露了我們自己，對我而言，那似乎就是我們自己：我們
是被驅策之人，受傷受折磨；我們是興高采烈之人，受支持受養
育。所有這一切，全都是來自那強大的、壓倒性的、無可逃脫的
家庭關係。

　　就像前面那位金髮獵人故事所顯示的，我喜愛所有的議題，
不管大和小，有趣或悲傷。我喜歡聆聽它們，我愛思考它們，我

甚至喜愛在深夜裡和那些黑暗的情緒掙扎。對我來說，它們永遠都是有趣的，永遠都令人驚喜。

　　思考這些永無止境的、複雜的、美好的故事，似乎是上天安排給我的任務，而我也心懷感激。這些故事就在我周圍。我所期盼的，只是能有機會去發現、沉思和吸收它們，然後將它們寫下來。我希望能精確地理解它們。在我覺得自己成功的時候，我會覺得自己成就了某件事。

　　而這時，就是你，讀者，進來的時候。因為只有你才確實知道我是不是成功了。

曾經是文學。現在呢？

詹姆士·梭特

美國小說家和短篇故事作家。1925 年出生紐約，在曼哈頓長大，1945 年從西點軍校畢業後，進入美國空軍擔任戰鬥飛行員，韓戰期間曾執行過一百多次轟炸任務。1957 年出版第一本韓戰小說《獵人》（*The Hunter*）之後，便辭去軍職，專心寫作。1967 年完成他自認的第一部重要作品《運動和消遣》（*A Sport and A Pastime*），講述一位美國大學中輟生在法國的性愛覺醒，得到評論界一致好評，之後陸續推出《燦爛時光》（*Light Years*, 1975）、《獨自面對》（*Solo Faces*, 1979）、《依然如此》（*Still Such*, 1992）等小說，1989 年因短篇小說集《薄暮》（*Dusk and Other Stories*, 1988）獲得國際筆會福克納獎。梭特的小說精於刻畫人類的種種欲望：愛欲、忌妒、野心、好奇、執迷，以及對勝利、完美和歸屬的渴求。用字簡潔，擅用短短的幾句觀察、記憶、沉思或對話，烘托出整篇文章的光華，被譽為「過去三十年來最值得尊敬的小說家之一」。1997 年出版回憶錄《燃燒歲月》（*Burning the Days*），記錄他豐富而精采的一生。

　　直至目前為止，一生中第一個偉大的任務，當然也是最重要
的一個，所有事情都得仰仗的一個，可以用三個字來說明。很簡
單，那就是「學說話」。語言——不管任何語言，英語、斯華西
利語（Swahili）、日語等——是人類必備的條件。少了它，什麼
都沒了。世界的美，生存的美，或者假如你認為是哀傷的話，少
了語言它們就都表達不出來了。

　　動物是我們的同伴，不過從各種類比的層面來說，他們不會
說話。甚至牠們之中最崇高、最聰明的——鯨魚、大象、獅子等
——也沒有自己的上帝。不論是用什麼形式，我們對上帝的理解
和崇拜全都依附在語言之上：祈禱文、佈道、聖歌、聖經或其他
書籍都是。少了語言，上帝可能存在，但卻無法被描述出來。

　　在語言的豐富、優雅、寬容和靈巧之中，存在著它的力量。
說話要說得簡練、清晰和機智，就像手拿一根避雷針一樣。我們
被博學能言的人所吸引：如約翰生博士（Dr. Johnson）以及莎士
比亞。語言喜歡的語調存在於詩人和英雄的語言裡。生命中的某
個堅強而不可動搖的層面，是屬於它們的。

　　然而，語言並非只有一種。語言有兩種：說的和寫的。說的
語言就像呼吸一般，不費事，容易上手。寫的語言就是另外一回
事了。學習閱讀和書寫是一件困難的工作，那是第二道關卡。一
旦撐過去了，你就像進入了開闊、一望無際的遠景當中。biblios
就等在你的前方。這是我自己造的字。它代表圖書館、檔案庫、
巨大的收藏。自行編造的字並不多見。在莎士比亞所寫過的二十

幾萬個字當中，大概有十二分之一是他編造的，至少那些字在他之前沒人知道怎麼用。比較起來，英皇欽定本聖經（King James Bible）只有八千個新字。

在這個biblios裡有書籍、手稿、報紙、電腦網站的列印資料、信件等各種各樣的東西。書籍是其中最重要的。人從閱讀書籍中得到成為作家的動力，或者，至少從前是如此。我相信我靠自己整個讀完的第一本書是《西線無戰事》（All Quiet on the Western Front）。我不能說那次閱讀讓我想要成為作家，也不能說那次經驗讓我變成貪心的讀者，不過那些文字中的自信和簡約，讓我印象深刻。

甚至到今天我還記得其中幾句。已經有六十年歷史了呢。我後來聽說雷馬克（Erich Maria Remarque）曾經是德國時尚雜誌的編輯，後來他決定辭掉工作寫小說。你瘋啦，大家這樣說他。不過，不管是《仕女》（Die Dame）或其他什麼雜誌，不管是時尚晚會或午宴，也許甚至連那些模特兒，全都不見了，但是那本小說還在。

當然我知道（這是基本教條），真正的教育是建立在良好的閱讀基礎上。因此大約有十年或更久的時間，我竭盡所能地讀書。那是一段旅行、探索和培養自信的美好年代。我永遠比不上那些對閱讀擁有熱情的人，不過我也曾爬得很高。

我現在讀的比較少了。也許是因為掉了胃口。我閱讀的量減少了──讀書是一種娛樂，而我需要工作──但是我對它們的興趣並未減少。它們不曾從我心中離開。

曾經有一度我常常想到死亡。當時我還沒三十，我告訴自己：「你的生命已經去了三分之一強的時光！」現在，因為不同

的理由，我又開始想起這個問題。我喜歡古人以及河流渡口的意象。有時候我會想，當時間到了的時候，我想要帶走哪些東西？我可以不要帶走名貴的手錶，不要帶走錢或衣服，不要帶走牙刷，可以不必刮鬍子，但我可以不帶某些書離開嗎？除了書之外，我能不帶走那些已經寫下但毋須發表的東西嗎？

　　某一天，我正在讀一篇黛柏拉‧艾森伯格（Deborah Eisenberg）的文章〈抗拒〉（Resistance），她是我之前沒碰過的作者。寫得很好，讓我想起吳爾芙的清晰與沉著。文章的主題是寫作，我在中間讀到一個句子，它的結尾是：「同一場災難的某部分幾乎已經將所有嚴厲、複雜的文學經驗拋在我們的文化規範之外。」

　　我在那裡打住。我得先理出那堆湧起的思緒，才有辦法繼續讀下去。「同一場災難……」它讓我想起卡贊札基斯（Nikos Kazantzakis）[1]的觀點，他認為這個世界的阿波羅地殼已經碎裂了。從地底的某處，戴奧尼索斯地殼浮了出來[2]。

　　接下來，句尾的幾個字是，「我們的文化規範」。這裡有一個長久的問題：什麼是文化，還有我們有些什麼東西？字典的定義很模糊，「任何特定時代裡，人類的所有成就以及他們所習得的行為模式的加總。」現在，若是要我列出我所認為的文化成分，我會說文化是語言、藝術、歷史和風俗。

　　我們知道所謂的流行文化已經擊倒高雅文化，卻還不確知它會帶來什麼樣的後果。流行文化的主人——年輕人以及一大票曾

---

[1] 卡贊札基斯，希臘小說家，《希臘左巴》的作者。

[2] 阿波羅代表理性，戴奧尼索斯代表非理性。

經年輕過的人，他們使流行文化無比的豐富，帶領著它進步。諸如盧卡斯（George Lucas）的《星際大戰》三部曲或五部曲這樣的垃圾，已經變成最廣為消費以及廣受討論的東西，有時還有人會用「傑作」或「藝術成就」的字眼來形容它。難道我們所見證的只是品味的崩解，還是一種新式神話的誕生，而這新式神話可以取代過時的特洛伊戰爭，或是可以和它並駕齊驅？就像光榮一時的股票大漲一樣，陳年的價值觀因此被摒棄了。

我們這些老得足夠記住過去的人似乎已經看見這個趨勢了。《星際大戰》其實就是《飛俠哥頓》（Flash Gordon），它們有著類似的場景和卡司，殘酷且無所不能的壞蛋、主角的美麗女伴、一位有智慧的長老智者、前衛的武器、太空船、遙遠的星球、空中艦隊等。《飛俠哥頓》當時只是一部連環漫畫。學校男生瘋迷它。如今它的新形式卻變成學術界和各大學那些所謂的電影研究課程的大寶藏。

當我在寫電影劇本的時候，距今大概十五年了，我腦袋裡想的是葛蘭姆・葛林（Graham Greene）和約翰・史坦貝克（John Steinbeck）這兩位作家暨電影編劇。有好長一段時間，我不知道一個寫原著的作家，他的東西在銀光幕上看起來會是什麼樣子。我所寫的東西與拍出來的東西落差很大，我大概為每一景都寫了四種版本，不過最好的一個版本拍出來卻成了一堆垃圾。這樣的浪費令人沮喪，而且那腐臭的氣味正是商業的香水。不過，電影的優勢已經無法逆轉了。

雖然有些小說作品仍然非常傑出，不過小說就像劇場一樣，已經屬於過去。它們只有少數觀眾。塞利納（Louis Ferdinand Céline）[3] 在《巴黎評論》（The Paris Review）的一篇訪談中提

到：「小說就像蕾絲……一種和修道院一樣過時的藝術。」文學還沒死——學生還在讀杜斯妥也夫斯基和惠特曼——但是文學已經失去它的顯赫地位。潮流正衝著它來。

我聽到一些權威人士說，披頭四的歌在三百年後還會繼續傳唱，還有，假使華格納還活著，他將會成為電影導演。這些會是真的嗎？我們不可能知道，我們也不知道潮流會往哪裡去。

只有一些事情似乎是確定的。如同唐‧迪里洛（Don DeLillo）[4]所言，未來是屬於群眾的。百萬人口以上的城市會出現無法改善的驚人貧富差距，人們也會和有水有樹、有靜謐晨昏的自然世界高度疏離。新人類會住在混凝土的蜂窩裡，消化著電影、電視和網路。我們就是自己吃進去的東西。我們也是自己所見所聞的成品。而我們就深陷在我們唯一的生活裡。

我日漸注意到，有些人他們在各方面都有顯著的成就，但是他們對藝術沒感覺，對歷史沒興趣，基本上也對語言漠不關心。很難想像除了小孩出生這件事之外，還有別的事能在他們內心引發**昇華**（transcendent）的感受？狂喜（ecstasy）對他們來說只有肉體上的意義，不過，他們至少是快樂的。雖然他們也常常看電影、聽音樂，也許還會看看當季的暢銷書，不過對他們來說，文化是非必要的。那麼，文化很重要嗎？我不是指流行文化，而是更高層次的東西，一些能歷久彌新的東西。

也許並不重要。也許人類或民族的進化或退化對星球以及比星球更遠的東西來說一點也不重要。也許文明的新高峰或文明崩

3 塞利納（1894-1961），法國小說家，黑色幽默和荒謬文學的先驅。

4 唐‧迪里洛，美國當代最著名的小說家之一，作品對美國的社會和文化具有深刻反思。

潰只對我們有意義而已，也或許根本沒那麼重要，因為個人的力量是挽回不了什麼的。

然而，生活在一個充斥油嘴滑舌、沒有靈魂的流行文化世界，光是想像就令人膽戰心驚。我們急著想去擁抱一些有意義的東西，一些會留下足跡的事物。而這必然會激起我們想和消逝的生活產生連結的欲望，想置身古老遺址中的欲望，以及想聆聽不朽故事的欲望。有人曾經說過，藝術是各民族的真實歷史。我們所謂的文學，那唯一可以千古流傳的書寫，正是它的一部分。當文學棄守了它的位置，有什麼可以替代呢？

我想是羅賓遜（Edwin Arlington Robinson）[5]吧，他在臨終之前要求將他的床移到星空之下。無論如何，這個想法告訴我們：不要在某部電視連續劇前嚥下最後一口氣，而要在偉大的事物，在那些隨手可得的寶藏——事實上是最富有的寶藏——之前死去。

---

[5] 羅賓遜（1869-1936），美國詩人。

用創造取代侵犯傷害

卡蘿‧席兒德

旅居加拿大的美國小說家。1935 年出生於伊利諾州，1957 年自漢諾瓦學院（Hanover College）畢業後，旋即結婚並定居加拿大。婚後一邊育養五名子女，一邊在渥太華大學攻讀文學碩士，1975 年取得學位。曾任雜誌助理編輯、英屬哥倫比亞大學、曼尼托巴（Manitoba）大學教授，以及溫尼伯（Winnipeg）大學校長。席兒德踏上創作之途的原因，是由於描寫女性生活的好看書籍實在太少。1976 年出版首部小說《小型典禮》（Small Ceremonies），之後陸續發表了十餘本小說、多本短篇故事集和詩集、一部劇本，以及兩部文學評論和傳記。作品以描述女性之間的友誼和內心世界為主，常被評論家拿來與珍‧奧斯汀並論。1993 年出版的小說《金石年代》（The Stone Diaries／中譯本：時報），描述一名女子一生的經歷和內心的真實感受，榮獲普立茲獎、美國國家書評獎和加拿大總督獎；1997 年的《賴瑞的派對》（Larry's Party）則榮獲作風前衛、以女性文學為對象的「柑橘文學獎」（The Orange Prize）。2001 年出版奧斯汀傳記《未婚的婚姻小說家：珍‧奧斯汀的異想世界》（Jean Austen／中譯本：左岸），細膩敏銳地呈現出這位著名女作家的一生，獲得評論界高度讚賞。2003 年因乳癌

過世，享年68歲。其他重要著作包括：《意外之事》（*Happenstance,* 1980）、《橙魚》（*The Orange Fish,* 1989）、《戀愛共和國》（*The Republic of Love,* 1992）、《除非》（*Unless,* 2002）、《二重奏》（*Duet,* 2003）等。

　　有一天，我在一家購物中心遇到一位相識的人。她剛剛才為自己買了一件新的雪杉綠色睡袍，於是把袋子打開了一兩吋好讓我可以羨慕羨慕。

　　「現在，」她說：「我必須趕快去買些可以搭配的蠟燭。」我一定看起來一副困惑的模樣，因為她馬上解釋說：「哦，我有各式各樣的蠟燭用來搭配各式各樣的睡袍。」

　　就像往常一樣，那時我正在寫一篇小說，而我忍不住把這份來自真實生活邊境的特別報導放進我的小說裡。我很喜愛這種瞥見他人生活的有趣時刻，就在一眨眼的瞬間，便映射出她們獨一無二的另類。

　　不過，幾個月後，在我校對這本小說時，我把牽涉到蠟燭與睡袍的部分拿掉了。我朋友一定會讀這本書，而她也一定會從中認出自己，因為她肯定是西半球這裡唯一一個會將色彩學發揮到如此淋漓盡致的人。這項刪除讓我發出了遺憾之嘆。不過，這保住了我們的友誼，也許在她那邊還避免了一場自我意識的風暴。因為我相信，沒有人願意出現在別人的小說中，不論是以一個有點瘋狂的購物者形象出現，或是被披上英雄式的外衣。

　　也許這種不願意被徵用的想法是源自那個古老的傳說，認為相機會偷走被攝影對象的靈魂。但是對我來說，這更像是一個與隱私有關以及隨意侵犯他人完整性的議題，更別說有可能導致訴訟了，父母親告自己的小孩或是小孩告父母親。不管法律訴訟是贏還是輸，不管時間會不會抹去侵犯所造成的傷害，我們都很難

想像作家和受害人之間的關係能得到諒解，甚或回復正常。

這值得嗎？每個小說家都有不同的答案。

打從我開始寫作，我就下定決心不寫關於朋友或家人的事，因為我希望他們始終是我的家人和朋友。其他人似乎也有類似的結論。有人問過小說家羅柏森・戴維斯（Robertson Davies）：為何到六十歲才寫下那部了不起的《得特福三部曲》（Deptford Trilogy）？他停了良久，然後吞吞吐吐地回答說：「嗯，你知道的，有一些人過世了。」

小說家當然會為他們的作品擬出一套創作食譜：片片段段的觀察和經驗，加上高度投入的想像力，在虛擬和真實的世界中好好攪和。然後祈求會有一個真正懂小說的讀者，以及一個拒絕將小說形態硬套到自傳上頭的評論家。

小說家多半不太會應付有關題材來源的問題。他們會聳聳肩，一副法國派頭地吐口氣，輕蔑，懷疑，不願被套出來。

嗯，好吧，我是真的在阿爾及利亞待了一個冬天，我在那裡真的遇到一個被流放的韓國藝術家，我們的確開著一輛老福特旅行車一起旅行到拉巴特（Rabat）[1]，而且，對的，他妻子真的是一位紐約客，一個教友派信徒，一位表面上像X夫人的詩人。但是其他都是虛構的。

你是從哪裡得到這個靈感呢？

我的靈感啊？好吧，嗯。你是指哪個靈感呢？

你的題材源自哪裡呢？你的角色呢？你所使用的敘事方式呢？

---

[1] 拉巴特，摩洛哥首都。

　　這是當代小說家常被問到的問題，一些他們理所當然懷疑是陷阱的問題。你是利用真實事件、真實人物、真實情況嗎？

　　幾乎不會有人笨到說對，說他們的小說只不過是某個個人經驗的重新裝潢而已。這種絕緣的供詞等於是說明了：大部分的小說都是合法的託辭以及自我表述，它還同時提醒了小說家本人以及讀者大眾，想像力所扮演的角色。

　　有一個標準說法是：「這本書是一部小說作品，因此名字、角色、地方、事件都是作者想像力的產物。如有雷同，純屬巧合。」

　　或者，用一種更狡猾、更諷刺、或許也更懷疑論的方式，像是戴維斯在《沙特頓三部曲》（*The Salterton Trilogy*）的序言中所否認的：「認為自己可以將作家所創造的內容在其生活中一一點名出來的讀者，可說是對作家的無限恭維，作家會心懷感激地接受。」

　　我曾聽某些作家說過，就算他們的朋友知道小說裡有他們的身影，他們也認不出自己是哪個。作家的顏料會把線條變模糊；作家的創造會為他加上足夠的裝飾，好隱藏其真實身分。

　　不過，讀者沒這麼好騙，尤其是那些和作家有衝突或甚至關係友好的讀者。從他們進入作家生活的那一刻起，他們就知道自己很危險，他們會用放大鏡來閱讀他所出版的作品。

　　那個將咖啡滴到襯衫上，嘮叨著城市生活的嚴苛和愛情背叛的傻瓜，那是我嗎？對，那當然是我。

　　大約有二十多年的時間，我一直在教授創意寫作。我碰過的學生每個或多或少都會擔心，在他們的某篇作品中，某個朋友或家人會遭到侵犯、懲罰或犧牲（母親尤其會受到年輕學生的嚴重

責難）。這樣的恐懼甚至也存在那些幾乎不可能出版自身作品的學生心中。這個憂慮是真實的，在年輕作家甚至還沒下筆之前，就常常以古典作家所遭遇的阻礙困擾著他們。

我總是鼓勵他們說出他們想說的，把自己從任何私人反應的想法中釋放出來。他們可以稍後再做修改。我告訴他們，藉由改變人物的性別、種族、時空和地理環境，把真的身分埋藏起來。他們有無窮的選擇。真的，放手去寫，然後圓滑謹慎地修改。說得很容易，不過我清楚地了解到，一旦文字付諸紙面，最後要狠心刪去會有多困難，哪怕是極其細微和必要的犧牲。有時候，甚至連改個名字都令人覺得是可怕的妥協。

「小說無法正視自己」這個事實可以追溯到十八世紀的小說，我喜歡把它的起因想像成害羞和無知的交纏。作家要如何坦承印刷出來的東西是一連串的想像力呢？當時的道德觀怒斥著異想天開的說謊、發明和白日夢。在這一片絕望之中，早期小說家於是在他們的故事中加上暗示性的結構性手段，像是：這是一個在老舊皮箱中所發現的故事，這是一位年高德邵的紳士告訴我的故事，這是一個由天使記錄下來的夢。

我們愛小說，因為它有真實的成分。多多少少，小說中的角色和我們自己相似。小說中的困境就像是我們日常生活所遇見的難題，也有小說家真的寫得近乎自傳。至於其他人，如果他們不是取材於自身經驗，那麼那些內容到底是從哪兒冒出來的？

小說的想像力層面是很難跟非作家解釋清楚的。那些潛意識裡的隧道，還有那些似曾相識的突發反應。

英國作家約翰・布肯（John Buchan）有一個有名的，或說是古怪的故事，他寫了一大堆冒險小說。他的寫作生涯中有一回，

他下定決心要寫一部關於加拿大北極圈的小說。那是在他抵達加拿大當總督之前的事，完全不知道當地任何的背景資訊。幸好，他兒子剛在那裡待了一年回來。

　　「告訴我有關北極圈的十件事實，」老布肯要求他兒子。兒子開始說了一串清單，不過他老爸在他說到第三點之後就將他打斷：「夠了。夠多了。我可以應付了。」

　　剩下的，他可以、也真的創造出來了。

一位心不甘情不願的繆思擁抱他的工作時，一切都改變了

珍・史蜜莉

美國小說家和散文作家。1949 年出生於洛杉磯，一歲遷居聖路易，在該地長大。1971 年大學畢業，到歐洲旅行一年，後進入愛荷華大學攻讀研究所，取得博士學位，1981 至 1996 年間任教於愛荷華州立大學。1980 年起陸續出版了九本小說、三本短篇故事集和四本非文學著作，並經常在《Vogue》、《紐約客》、《實用騎手》（*Practical Horseman*）、《紐約時報旅遊版》和《國家》等雜誌發表文章，1992 年以小說《千畝》（*A Thousand Acres*）榮獲普立茲文學獎。史蜜莉樂於嘗試各種不同的題材，寫作主題包羅萬象，從十四世紀的格陵蘭到二十世紀末的大學校園，從政治、農場、賽馬、育嬰、婚姻到購物狂等不一而足。目前與三名子女、三隻狗和十六匹馬定居加州。重要作品包括：小說《格陵蘭人》（*The Greenlanders*, 1988）、《天堂門口》（*At Paradise Gate*, 1995）、《哞》（Moo, 1995）、《莉蒂・紐頓的旅行冒險全紀錄》（*The All-True Travels and Adventures of Lidie Newton*, 1998）、《馬之天堂》（*Horse Heaven*, 2000）、《誠實》（*Good Faith*, 2003）；非文學作品《卡茨基爾手工藝》（*Catskill Crafts: Artisans of the Catskill Mountains*, 1987）、《狄更斯傳》（*Charles Dickens*, 2002）和《賽馬的一

年：關於馬、人、愛、錢和運氣的反思》（*A Year At the Race: Reflections on Horses, Humans, Love, Money and Luck,* 2004）等。

　　我寫作生涯的全盤性改變，我想，只從一個想法開始。當時我正著手一部新小說，一部關於賽馬的喜劇小說，我必須承認它讓我十分開心。

　　我以前寫過一本喜劇小說《哞》（Moo），而我肯定是自己的最佳觀眾，我坐在辦公室裡，寫下有趣的每句話、每一頁、每個章節，然後一路大笑。在寫《哞》的時候，我不時會到處走動，手裡拿著幾頁稿子大聲地唸著，只是為了要得到幾個饒富深意的白眼。我到底在說誰、在說什麼啊？

　　當然，到最後，《哞》找到了一群讀者，在那愉快的寫作經驗過後幾年，我開始接到同樣非常享受這本書的來函以及評論。但是太晚了。我那時正在寫《莉蒂‧紐頓的旅行冒險全紀錄》（The All-True Travels and Adventures of Lidie Newton），我已經不在那個情緒裡了。

　　就是這樣。我有了一個新朋友和一本新小說。有什麼比把這兩者結合起來更容易呢，也就是說，把新小說一章一章地大聲唸給這位新朋友聽？

　　這位名為傑克的朋友有點困惑。他不是我的讀者也沒讀過我的任何一本書。他不知道他的角色是什麼。他該給點意見嗎？他笑的時機是對的嗎？尤其因為他一點也不懂賽馬，他擔心會不會因而打瞌睡或是感到厭煩？

　　我沒告訴他，最重要的一點是：我自己高興就好。他的存在只是給我一個機會，讓我可以對我自己寫的笑話哈哈大笑。而且

事實上，他表現得很棒。他所做的事就是笑、頷首、說嗯嗯嗯、
對和謝謝。連建議也沒有，更別說是評論了。後來，當我的章節
才寫到一半時，他會迫不及待地問我下一次的朗讀是什麼時候。
我開始給自己一點壓力，好讓我有足夠的東西可以邀他過來。

　　沒過多久，我的寫作過程就開始發生變化了。不時地我會寫
一些東西，心裡想的不是「噢，我喜歡」，而是「噢，傑克會喜
歡」。然後我會笑得更大聲，為他笑，為我自己笑，並期待和他
一起分享的快樂。

　　他也沒花很久的時間就在我的美學裡找到方向。他不是很懂
或是完全懂前兩個或三個章節，但是後來我開始注意到，在我唸
到刻意諷刺或與眾不同的觀點時，他會一直咕噥著，咯咯笑，或
自言自語。

　　這可以從兩方面來理解。其一是：在意義和情緒層次上，我
的文字清楚地傳遞了我的想法。另一個是：我們是同步的。兩者
我都覺得說得通。

　　過了大概一百五十頁左右，也許朗讀了三個月了，他給了一
個建議。我生氣了，但是沒表現出來。畢竟，他的方式謙恭、值
得尊敬。我聆聽著。他想要的只是一些釐清而已。

　　那一刻我發現到，他甚至在這方面也是一位理想聽眾，他總
是在我曾經困惑或粗心的地方要求多一些說明。他非常注意地聆
聽，所以他知道哪裡不懂，而且可以分辨出懂和不懂的部分。

　　事實上，他很少要求釐清，這代表他幾乎了解所有的內容。
真讓人鬆一口氣。然後他提供了一個笑話。我一直都在小說裡放
一些關於動物的笑話，當他告訴我這個笑話的時候，我笑到把電
話丟到房間的另一頭。後來我把這個笑話寫進書裡再唸給他聽，

他只稍微地修正了我的用字和笑點。他第一次這樣做的時候，我也對此動怒。

我立刻屈服在一個誘惑之下，我提筆在小說裡描寫我們重新調整的多樣關係，然後唸給他聽。朗讀這些部分總是引起很多嗯嗯嗯，但是沒有公開的討論或反應。我知道我對自己的觀點的權利受到了尊重，而我也清楚他了解到，他正在被告知所謂的「被仔細觀察」是什麼意思，這是和作家親密關係的一場審判。

我們針對觀察的本質做了一些討論：觀察者和被觀察者雙方都需要誠實、超然和一些勇氣。這些觀察告訴我，我也正被觀察著，而真正有趣的事，不是我們對於彼此的特別觀察，而是觀察本身。

比起我的其他作品，這本書在寫作過程中有更多的發展，這個事實似乎和大聲朗讀它沒有關係。我常常坐下來寫一篇新章節，但是卻連第一句要寫什麼的念頭都沒有，這是我從來沒遇過的事，或者我該說，是我之前沒受過的折磨。我常常認為自己清楚地知道某一個劇中人會發生什麼事，或是知道他或她要如何融入高潮和結局之中，不過從來也不是如此。但是，雖然比起以前，我和我的想像力之間有更多的掙扎，然而掙扎結束之後出現在螢幕上的東西卻比以前更令人驚喜，而我也一直渴望和別人分享。

有一種即興的豐富刺激娛樂著我們倆。回想起來，那是當時每天寫作的目標。我猜，擁有一個樂意和客觀的觀眾可以給我一種自由和舒適，不必知道自己在幹什麼，只要去接受一種邁向終點的未知方式，當我到達終點時，我自然就會了解。

我寫的其他小說都是一個祕密。這似乎是小說寫作的遺傳。

有一天，你走進你的房間，幾年之後，你交出你個人冥思的結果，整理好的、完整的結果。

對一個躲躲藏藏的人來說，這是一種不錯的生活，但是我發現它並不舒適。那像是一種雙面間諜的情況，我每天大部分的時間都無法和最親近的人在一塊，而我對他們來說只不過是在從事另一種商品製造罷了。對我而言，這個過程產生了一種思想、感覺、美學和身分的進化；對他們來說，這個過程產生了一本書和收入。我把傑克納進這個創作過程，讓他參與這場進化，成為進化的一部分。我們之間甚至沒有這樣良性的祕密。

經過這一次，我開始認為，小說寫作比較像讓水流過水管，而比較不像把某個物體放進盒子裡。因為我在說這小說時它就流了出來，而我也更知道它是如何流進去的：我知道我給別人的問題和他們給我的答案，我所觀察和使用的東西，我偷聽到和閱讀到並將它們煮成當日祭品的東西。

在大衛‧洛奇（David Lodge）的《巴赫汀之後》（*After Bakhtin*）一書中，他認為很多文學理論都無法牢牢抓住小說的豐富性，他認為這個豐富性是存在於進入小說敘事中的多樣聲音，即使作者似乎有一個她或他自己的強烈聲音。這變成了我每天的經驗，大量的聲音湧進入我的腦裡，而且支配了起來，有時候是一整個章節，有時候只有一個字。

我一直認為小說寫作是一種社會運動：在作家的辦公室裡，他辦了一場吵雜的宴會，娛樂著一群別人看不到、也聽不到的劇中人。不過此刻，我歡迎更多更活潑的聲音出現，他們會帶著我、流過我的身體、傾洩到傑克那裡去，然後在他的注意和興趣中，再一次回到我這裡來。

　　當然，我假定，一起參與一部喜劇小說的雙方一定會愛上對方，而我們的確如此，在我們之間變得越來越曖昧時，那本小說也變得越來越有趣。我們討論了去年我寫的每一篇作品。今天早上，我告訴他我要寫這篇談「寫作生活」的文章，他說：「妳要寫什麼？」我說不知道。

　　然後我接著說：「寫作生活。我給你三十秒想出一個字，任何字都好。」三十秒後他說：「愛。」

　　對啊，我想小說是語言、動作、感覺和思想膠結在一起的一個點。讓我們這樣說吧，那是由一位特別的自願者所仲介的，不過它不是物體或財產。它是愛的行動。

指令：寫、讀、重寫。
如果需要請自行重複第二、三步驟

蘇珊・桑塔格　Goodbye　2004. 12. 30

美國知名評論家及小說家。1933 年出生於紐約市，1957 年從哈佛大學取得哲學碩士學位。1960 年前後開始活躍於紐約文壇，被視為新一代的才女接班人。1963 年出版第一部小說《恩人》（*The Benefactor*），贏得名哲學家漢娜・鄂蘭的激賞；1964 年發表的〈假仙筆記〉（Notes on Camp），被美國新聞學會列為二十世紀一百篇最重要的文獻之一；1966 年結集出版的《反對詮釋》（*Against Interpretation, and Other Essays*）令她名噪一時，該書迅即成為大學校院經典，「美國最聰明的女人」的稱號不脛而走。1960 至 70 年代之間，幾乎每部桑塔格文集都是一宗出版盛事，其談論主題從法國結構主義人類學、法西斯主義、色情文學、電影、攝影到日本科幻片乃至當代流行音樂，筆鋒所及都得風氣之先。1977 年的《論攝影》（*On Photography*／中譯本：唐山）榮獲國家書評獎；1978 年的《疾病的隱喻》（*Illness As Metaphor*，中譯本：大田）肇自 1975 年間她與乳癌搏鬥的經驗，被女性國家書會列為七十五本「改變了世界的女性著述」之一。除小說和評論文字之外，桑也涉足電影與舞台劇的編導工作，1970 至 80 年代桑塔格一共拍攝了《食人生番二重奏》（*Duet for Cannibals*, 1970）等四部電影，並導演了

皮藍德婁和昆德拉等人的劇作。1992年出版的第三部長篇《火山情人》（*Volcano Lover: A Romance*／中譯本：探索），登入暢銷排行榜，是桑塔格最雅俗共賞的一部作品；2000年面世的小說《在美國》（*In America: A Novel*），為她贏得該年的美國國家書卷獎。2001年5月，因其文學成就獲頒兩年一度的耶路撒冷獎。其他重要作品還包括：《我等之輩》（*I, Etcetera*, 1978／中譯本：探索）、《床上的愛麗思》（*Alice in Bed: A Play in Eight Scenes*, 1993／中譯本：唐山）、《蘇珊・桑塔格文選》（*Selected Writings by Susan Sontag*, 2003／一方出版）及《旁觀他人之痛苦》（*Regarding the Pain of Others*, 2003／中譯本：麥田）等。

　　讀小說對我來說似乎是稀鬆平常的事，但寫小說則是一件奇怪的事……至少我是這麼認為的，一直到我提醒自己它倆有著緊密的關係（不是什麼高調的泛論。只是一些觀察而已）。

　　首先，因為寫作是一種需要高度專注力的閱讀藝術。寫作是為了閱讀自己寫出來的東西，看看它好不好，當然，因為它從來不曾好過，所以寫作也是為了重寫，一次、兩次……直到你能讓自己反覆讀下去為止。你是你自己的第一個讀者，或許也是最嚴厲的一個。易卜生（Henrik Ibsen）在他一本書的扉頁上題記著：「寫作是坐下來評判自己。」很難想像寫作不需要反覆閱讀的過程。

　　但是，難道你一氣呵成寫出來的東西都不好嗎？當然不是，有時這樣的作品甚至還挺棒的。不過，至少對這位小說家來說，這充其量只說明了：如果能再仔細推敲，或者大聲唸出來（也就是另一種閱讀）的話，它還可以更好。我不是說作家非得絞盡腦汁、緊張揮汗才能生產出好東西。「沒有花工夫寫的東西大體上是不具閱讀樂趣的，」約翰生博士（Dr. Johnson）說。這句警語似乎和現代品味相距甚遠，就像約翰生博士已經是很久以前的人了。當然，很多沒花工夫寫的東西確實也提供了不少樂趣。不過，問題不在於讀者的評判——讀者有權偏好那些未經雕琢的作品——而在於作家自身的感受，以及那些不易滿足的專家。你想想看，如果我可以在第一回合、不費太多唇舌就點出這一點，這篇文章難道不會更好嗎？

重寫和重讀聽起來好像滿費工夫，但實際上那卻是寫作過程中最令人開心的部分。有時候甚至是唯一令人愉悅的部分。假使你的腦子裡有「文學」的概念存在，那麼「提筆」那個階段是令人害怕、令人恐懼的。那種感覺就像跳進冰湖一樣。不過接下來就是溫暖的時刻，當你已經有東西可以繼續寫、可以修改、可以校訂的時候。

那是一團混亂，沒錯。但你有機會整修它。你可以試著讓它變得更清楚。或更深入。或更順暢。或更古怪。你試著去真實反應世界。你希望那本書的格局更寬闊、更有權威。你希望把自己從自己裡面拉出來。你希望將那本書從你頑固的心靈裡抽出來。就像我們說的，雕像本身早就埋在大理石裡，小說則是埋在你的腦子裡。你試著去釋放它。你想把那淘氣的東西放到紙面上，好讓它更接近你想像中的樣子——在你的一陣得意中，你知道它可以成為的樣子。你把句子一讀再讀。這是我在寫的那本書嗎？這就是全部了嗎？

或者這樣說吧，它正在變好；因為有時候它真的變好了（假如沒有的話，你可能會瘋掉）。就這樣，即使你是速度最慢的手抄員，或是最糟糕的打字員，一長串的字還是會被記錄下來，然後你想要繼續前進，然後重讀它。也許你不敢自滿，但你確實喜歡你剛剛寫下的東西。你發現自己在紙上的東西中找到樂趣——讀者的樂趣。

寫作最終是一連串允許你以某些特定方式來表達自己的過程。去創造。去跳躍。去飛翔。去掉落。去發現你自己獨樹一格的敘述方式和堅持；也就是讓你找到內在的自由。你要嚴格的自我指責，但別太過分。不要太常停下來重讀。當你認為還不錯

（或是不太差）的時候，就讓自己繼續向前划行吧。不要等待靈感來推你一把。

　　盲人作家永遠不可能重讀他們口述的東西。也許這對詩人來說比較沒影響，因為詩人在提筆之前，通常早已在腦海裡完成了大部分的內容（詩人比散文作家更依賴他們的耳朵）。不過，看不見不代表他不能修改。我們不是會想像米爾頓（Milton）的女兒們每天傍晚都會將《失樂園》（*Paradise Lost*）大聲唸給父親聽，然後記下他所做的修正嗎？但是，在文字貯存工廠工作的散文家，無法將他的作品全部記在腦子裡。他們需要看見他們所寫的東西。即便那些似乎最信手拈來、最多產的作家一定也這樣認為（因此沙特宣布，哪一天要是他瞎了的話，他的寫作日子也將隨之結束）。試想那位相貌堂堂、受人尊敬的亨利‧詹姆斯，在藍柏屋（Lamb House）裡來回踱步大聲唸著《金碗》（*The Golden Bowl*）給他的祕書抄寫。詹姆士後期的小說讓人難以相信，這時代怎麼還有人會用口述的方式創作。不過先別管這些，也別提1900年左右，雷明頓打字機所創造出來的新商機。我們不是也假定，詹姆斯會重新閱讀打完字的稿子，然後做大幅修改嗎？

　　兩年前，當我再度成為癌症病患，因而必須停止已接近完成的《在美國》（*In America*）時，一位洛杉磯的好心朋友得知了我的失落和擔心，他說只要我需要，他可休假一陣子到紐約來陪我，幫我抄寫，讓我口述剩下的部分。的確，前八章已經完成了（也就是說，重寫、重讀過很多次了），我也已經開始寫倒數第二章，我真的覺得最後那兩章的內容已經全部都在我的腦海裡了。但是啊，但是，我必須拒絕他貼心、慷慨的協助。不只是因為我已經被強烈的化學療程和無數止痛劑弄得昏昏沉沉，根本記不得

我本來想寫些什麼；也是因為我必須看到我寫的東西，而不只是聽見它。我必須要能夠重讀我的作品。

閱讀通常發生在寫作之前。寫作的衝動一直都受到閱讀激勵。閱讀，對閱讀的喜愛，讓你夢想成為作家。在你成為作家很久之後，讀別人寫的書——還有重讀過去摰愛的書——會構成一股無法抵擋的分心，從寫作上分心。分心。安慰。虐待。還有，沒錯，靈感。

當然，不是所有的作家都承認這一點。我記得曾經跟奈波爾（V. S. Naipaul）提過一本我喜愛的十八世紀英國小說。那是一本很有名的小說，所以我假設他也和我一樣喜歡，就像每一個我認識的、關心文學的人一樣。但是，不然，他說他沒讀過。看到我臉上驚訝的陰影，他斷然地加上一句：「蘇珊，我是作家，不是讀者。」很多已經不再年輕的作家因為各種理由宣稱他們很少閱讀，宣稱閱讀和寫作在某種程度上是互不相容的。也許對某些作家來說的確如此。這不是我能評判的。但如果是因為擔憂自己受到影響，對我來說，那完全是無謂、膚淺的煩惱。如果是因為缺少時間——一天就只有那麼長，花在閱讀上的時間顯然是得從可能寫作的時間中抽出——那不是我嚮往的苦行生活。

讓自己沉浸在書本中，沉浸在古老的話語裡，並不是一種無所事事的幻想，而是一個會令人上癮的現實模式。吳爾芙在一封信中說道：「有時候我想，天堂一定是一場永不疲倦的閱讀。」當然，那天堂般的地方是——再次引用吳爾芙的話——「一種完全泯除自我的閱讀狀態」。不幸地，我們從沒能丟掉自我，充其量只能踏到自己的腳罷了。不過，那種脫離現實的狂喜——閱讀——已經像出神一樣，可以讓我們覺得彷彿沒了自我。

　　寫小說就像出神的閱讀一樣，它存在於其他的自我當中，感覺也像失去了自己。

　　如今似乎每個人都認為，寫作只是一種自我觀看的形式。也稱做自我表達。當我們假設自己不再有能力切實想像他人感受的時候，我們也不會認為自己有能力書寫除了自身之外的任何他人。

　　但是，這不是真的。威廉・崔佛（William Trevor）談過一種「非自傳想像的勇氣」。就像你可以藉書寫來表達自己，你為何不能藉書寫來逃脫自己呢？書寫別人要有趣多了。

　　不用說，我的每個人物都擁有我自己的一點影子。當《在美國》裡的波蘭移民於1876年抵達南加州 —— 就在安那漢（Anaheim）村外面——時，他們閒逛到沙漠內部，屈服於令人害怕、變幻的空虛景象之下，這段敘述當然是從我的童年記憶裡拉出來的，我曾在1940年代走進南亞利桑那沙漠，那是在當時還是個小鎮的圖桑（Tucson）外面。在那一章的初稿中，南加州的沙漠裡長著北美洲巨形仙人掌。到了第三稿，我不得不滿心不願地把仙人掌移走（唉，科羅拉多河以西根本沒有任何北美巨形仙人掌）。

　　我書寫外於我自己的東西。因為我寫出來的東西比我要來得聰明。因為我可以重寫。我的書斷斷續續地知道我曾經知道的事。即使經歷了這麼多年的寫作生涯，要在紙頁上寫出最棒的文字似乎沒變得比較簡單。剛好相反。

　　閱讀和寫作在這裡有很大的不同。閱讀是一項才能，一種技藝，只要勤加練習，一定會變得更專精。然而身為作家，你所累積的東西大部分都是焦慮和不確定。

對作家來說，「文學是要緊的」，這個信念讓我們可以斷言，這種不夠好的感覺會一直存在。**要緊**（matter）一詞顯然是太平淡了。有些書是「不可或缺的」，也就是說，當你在讀那些書的時候，你知道你一定會重新閱讀它們。也許不止一次。還有什麼比擁有一種因為文學而擴展、而充實的意識更偉大的呢？

智慧之書，精神遊戲的範例，同情心的擴張器，真實世界的忠實記錄者（不只是自己腦裡的一團混亂），歷史的僕人，反抗與挑戰情緒的代言人……一本讓人覺得不可或缺的小說大部分就是關於這些東西，它可以是、也應該是如此。

將來會不會還有讀者對小說抱持相同的崇高理念呢？嗯，有人問艾靈頓公爵（Duke Ellington），他為何被發現在阿波羅劇院進行晨間演奏？「那個問題沒有未來，」他如此回答。最好的方式就是繼續前進。

一位從《尤里西斯》開始的奧迪賽

史考特‧杜羅

美國法律偵探驚悚小說家暨執業律師。1949 年出生於芝加哥，1972 年取得史丹福大學文學碩士，1972 至 75 年間留校擔任講師，教授創意寫作，並開始撰寫小說。1975 年放棄教職進入哈佛法學院深造，1978 年畢業。1978 至 86 年間擔任芝加哥美國聯邦助理檢察官，參與過多起重大司法案件的調查，並長期從事義務法律服務工作，目前為芝加哥某大型法律事務所的合夥人，專精於白領刑事訴訟案。雖然投身法律，但杜羅並未放棄寫作，1977 年出版第一本作品《哈佛新鮮人：我在法學院的故事》（*One L*／中譯本：先覺），立刻引起轟動，成為法學院學生必讀的聖經。1987 年推出醞釀八年的第一本法律偵探小說《無罪的罪人》（*Presumed Innocent*／中譯本：皇冠），榮登暢銷書排行榜第一名，並改編成由哈里遜‧福特主演的同名電影。之後陸續出版同系列的小說包括：《舉證責任》（*The Burden of Proof*, 1990）、《認罪》（*Pleading Guilty*, 1993）、《人身傷害》（*Personal Injuries*, 1999）和《可更改的裁決》（*Reversible Errors*, 2002）等，《紐約時報》書評多次盛讚他是當今法律驚悚小說的第一人。2003 年出版討論死刑問題的論著《終極懲罰：一位律師對死刑的反思》（*Ultimate Punishment: A Lawyer's Reflections on Dealing with the Death Penalty*）。

　　十八歲時，我剛過完大學新鮮人的生活，我是個郵差。這只是一個暑期打工。我已經決定了，我一生的志業是要成為一位小說家，而且當天晚上我已經開始耕耘我的第一本小說。

　　那個時候，在郵局打工有一件值得誇耀的事：一旦郵差熟悉了路線，他們可以在不到五小時之內把信送完。一位同事用一種最炫燿但又偷偷摸摸的方式這樣解釋給我聽：根據長年的不成文約定，提早結束工作的郵差在下班之前都不會再回到郵局。

　　即便是那個富裕的城郊小鎮，公共圖書館也是鎮內唯一一棟有冷氣的公共建築物，所以空閒的時候我都待在那裡。既然我想要成為小說家，我決定要讀喬伊斯的《尤里西斯》。

　　那時候，我已經讀過喬伊斯的第一部傑作《一位年輕藝術家的畫像》（*Portrait of the Artist as a Young Man*），我希望成為跟他一樣的小說家。為了向喬伊斯運用希臘神話題材的成就致敬，我把我的第一部小說命名為「酒神讚美歌」（Dithyramb），這是酒神之舞的名字，儘管那個名稱和我的故事八竿子也搭不上關係，我的書講的是兩個目擊謀殺案的青少年從芝加哥逃亡的故事。

　　至於《尤里西斯》，即使只是大一新鮮人，我就已經被灌輸了一個觀念：這是自古以來最棒的小說。文學之神艾略特（T. S. Eliot）在1923年將這本書推崇為那個時代「最重要的表述」。「假使它不是一本小說，純粹是因為小說這個形式將成為歷史，」艾略特如此說道，他讚美喬伊斯已經超越了他的時代。

　　所以接下來的八個星期，每天下午，我用納稅人付我薪水的

一個半小時，讀了那本終結所有小說的小說。關於《尤里西斯》，有些事讓我很震驚。第一，它並不好讀。當我讀完時，我為自己感到高興，不過我並不介意我是領薪水來讀書的。

我同時也感到困惑。每天我踏進圖書館，館內唯一一冊的《尤里西斯》每天都在那裡，從沒人借閱過。在這個富裕的高級知識社區裡，似乎沒有其他人想要讀這本自古以來最偉大的小說，至少在暑假的空閒時間裡沒有。我不禁想起一個那時候總是用來逗弄學童的哲學謎語：如果森林裡的某棵樹上掉下一顆蘋果，而且沒有人聽到掉下來的聲音，那到底是有沒有聲音呢？

接著，困擾我好幾年的問題就此開始。如果幾乎沒有人在閒暇時會閱讀《尤里西斯》，而且如果少數膽敢讀它的人又花了這麼多納稅人的錢，那它真的是一部偉大的文學作品嗎？作家對他們的讀者有什麼義務呢？我們應該要為讀者把東西弄得多簡單呢？我們有資格要求什麼樣的回報呢？

顯然每位作家，至少是那些有志出版的一群，都渴望能獲得一批讀者。但他們是根據什麼呢？比方說，現代主義者志不在被眾人閱讀。艾略特對於喬伊斯的看法，還有龐德（Ezra Pound）的宣稱：「藝術家是該種族的觸角，但是頑固大眾永遠學不會該信賴他們的偉大藝術家」，兩者都充分展現了現代主義者的態度。

在現代主義者眼中，作家的工作是領導文化，不斷再造藝術，藉此提供社會前所未有的洞見。頑固分子懂不懂《尤里西斯》無所謂，只要有一些人能夠因此改變文化就足夠了。

我靈魂裡的激進民主分子曾在六○年代狂奔，有段時間他很難接受這種論調。然而，就算我必須接受現代主義者的模式：藝

術家必須領導文化，但我的觀點還是比較傾向一種你—我的關係：藝術家提供了一個特殊願景，用來重新架構經驗，雖然這樣的方式是極度私人的，但卻深深回響在我們所有人心中。

領導和喚起全世界的讀者似乎是作家的工作，但是我卻一點也不清楚該怎麼做。進了大學之後，我在史丹福大學的創意寫作中心待了幾年，一開始我是會員，然後變成講師。那個中心因為激烈的派系鬥爭而搞得亂七八糟，那同時也反映了我自己的混亂。

一窩子的反寫實主義者，具有自我意識的改革者，他們擁護約翰・浩克斯（John Hawkes）的觀點，浩克斯曾經宣稱：「我開始寫作小說，是因為我假設小說真正的敵人是劇情、角色、背景和主題。」當我聲稱小說能夠同時感動一位公車司機和一位英文系教授時，實驗主義者感到很恐慌。

我的想法比較接近我的老師，華勒斯・史泰格納（Wallace Stegner），他是一位跟隨亨利・詹姆斯和德萊賽（Theodore Dreiser）傳統的寫實主義作家，這個傳統強調精確地呈現我們每天在這個世界上的經驗。寫實主義者避開了狄更斯式的劇情，因為狄更斯著重的是偶然的巧合，古怪或極端的行為。先不管我的喜好，那些實驗主義者抱怨寫實主義所產生的文學常常是停滯的，這樣的抱怨讓我感到焦慮。

在我自己的作品中我挖掘這些議題，我在史丹福待了幾年，寫了一本關於芝加哥蝸牛族抗議的小說。那本書因為複雜的房地產法律而變得不易親近，這可以部分解釋為什麼像「酒神讚美歌」那樣的書最後沒有出版。

然而，寫作那本書喚起了我先前對法律潛藏的熱情。當我放

棄學術生涯轉而投入法學院的時候（雖然我還是誓言當作家），每個人都被我嚇到了，甚至包括我自己。在我畢業之前，我已經發表了《哈佛新鮮人：我在法學院的故事》（One L），那是一本非小說作品，內容講的是我在法學院的第一年。即便法學院的生活已經讓我確定了我想當執業律師，尤其是刑法律師，但我依舊渴望成為小說家。

我在芝加哥的聯邦檢察官辦公室工作。在那裡，我驚訝地發現自己居然面對同樣的老問題：如何對觀眾說話。在某些方面，訴訟律師（專門出庭辯護的律師）的工作和小說家有驚人的共同點。兩者同時都牽涉到經驗的重建，這通常是透過許多不管是證人或劇中人的聲音。不過在這點上，路又開始岔了開來。在法律這個競技場裡，「共通性」勝出，「異類」和「前衛」是沒有獎賞的。輸掉觀眾的訴訟律師也無可避免會輸掉官司。

吸引陪審團的注意是不可忽略的，我一次又一次收到同樣的建議：告訴他們一個好聽的故事。在法庭裡有很多好聽的故事，詳細地描述了目擊的犯罪和陰謀。陪審團興趣濃厚地聽著，等著看接下來會發生什麼。我也是。

因此，我突然看見那個文學難題的答案。該如何對全世界的讀者表達獨一無二的東西呢？說個好聽的故事吧！刑事訴訟的經驗讓一些具有潛力的主題不斷在我心中沸騰，比方說，尋常犯錯與滔天大惡之間的消長關係，促使人們知法犯法的神祕力量，還有在法庭上真實經常淪為妄想。

在我思考犯罪時，我決定屈服於劇情，屈服於我感受到的頑強情緒，這決定自然而然地將我帶向推理小說，推理小說的力量一直以說故事的形式存在著，儘管長期以來它在評論界的地位一

直很低。我確信傳統寫實小說的一些價值真的能夠煽動觀眾對後續發展的飢渴，尤其是藉由深度分析角色的心理狀態，以及一種不止於平鋪直述的散文風格。

此外，在類型寫作裡已經被視為老舊過時的手法，似乎仍然有創新的機會。比方說，為何不將傳統的偵探小說反過來，讓調查員被控告呢？

因此，《無罪的罪人》（*Presumed Innocent*）就這樣誕生了。整整八年，我每天在晨間交通車上寫這本書，沒想到它後來竟成了一本暢銷書，真是令我驚訝萬分。我的唯一目的不過是要出版一本小說罷了。我甚至不喜歡大部分的暢銷書，因為我認為它們缺少想像力。

坦白說，我已經學著去享受暢銷圈子所帶來的回饋，不過，僅限於能夠擁有那麼多讀者所帶來的那種直率而幼稚的興奮。我用一種僅次於家人朋友的感情來愛我的讀者，如果我的每一本新書都能取悅他們，我會十分高興。

不過，我一直都很小心不要被讀者定型。我拒絕複製另一本《無罪的罪人》（很多人對此表示遺憾），因為我知道自我模仿會打破我最初為自己定下的規則。藝術——或不管我正在做的這件事叫什麼——永遠是從作者開始的，而不是觀眾。屈服於既有的期望代表你遺棄了領導的義務，這樣很容易就會生產出類似好萊塢香腸工廠常常分泌出來的油膩產品。

葛蘭姆・葛林（Graham Greene）也許是這個世紀最受人愛戴的小說家，他說過，所有的作家都傾向被「一股支配的熱情」所控制。我認為我很幸運，因為我一直都能發現我的那股熱情。

隨著時間發展，我已體認到，能夠深深感動每一個人的理想

小說永遠不會出現。即便是《安娜‧卡列妮娜》，對某些讀者來說也是令人厭煩的東西。唯一真實的超越，只能藉由全體作家——或藝術家——共同完成：他們一起試著要感動我們所有人。身為個人的我們，只能認真挖掘那股支配我們的熱情，將它們呈現出來，同時深切地希望，當我們掉下來的時候，能夠被聽見。

角色的問題
約翰・厄普戴克（飾亨利・貝克[1]）

美國小說家、短篇故事作家、詩人、評論家。1932 年出生於賓州，哈佛大學畢業，曾在英國讀了一年的素描美術學校，1955 年進入《紐約客》工作，撰寫社論、短篇故事、詩和評論，1957 年離開雜誌社，遷居麻省，專職寫作。厄普戴克堪稱美國最成功的作家之一，以小說「兔子系列」馳名國際，其小說擅於描述美國中產階級的生活，「性」與「死亡」是他最鍾愛的主題；散文常以溫和的諷刺筆調，揶揄美國的生活和習慣；他同時也是著名的文學評論家，且經常引發論戰。得獎無數，包括美國國家書卷獎、歐亨利獎、國家書評獎、普立茲獎，以及代表最高榮譽的國家人文獎章等。作品共五十餘部，包括「兔子四部曲」《兔子，跑》（*Rabbit, Run*, 1960／中譯本：聯經）、《兔子回來了》（*Rabbit Redux*, 1971）、《兔子發財了》（*Rabbit Is Rich*, 1981／中譯本：皇冠）、《兔子休息了》（*Rabbit At Rest*, 1990），以及以亨利・貝克（Henry Bech）為主角的短篇故事集《貝克》（*Bech: A Book*, 1970）、《貝克回來了》（*Beck is Back*, 1982）、《海邊的貝克》（*Beck at Bay*, 1998）等。

---

1 亨利・貝克，厄普戴克短篇故事中的一位主角，是個事業不順的猶太裔美國小說家，被認為是厄普戴克的另一個自我。

　　身為紐約客的精神重擔之一（不是唯一），就是對《紐約時報》的過度崇敬。那份神聖小報的一名部屬跟在上面簽名的那位古董作家接觸，要求他去訪問一位作者，這也不是第一次了，那位作者稍微沒那麼老朽，不過住在一個交通不便的地方，在大西洋海岸往北幾百哩，我找不到理由說不。約翰・厄普戴克是我的目標受害人的名字，基於一項薄弱但具洞察力的藉口，他傲慢地、無知地選擇要寫一本表面上是關於我的書——《海邊的貝克》（*Bech at Bay*），那是一本充滿奇幻細節的五篇故事，關於一位和我同名的猶太美國散文家的晚年生活。

　　我的毀謗者的住處不太容易找，雖然以前在跑類似的新聞記者差事時，我曾去過那裡。波士頓北方，景致變成了褐色布丁狀的石頭和松樹、廢棄的工廠，以及宣稱在革命前就蓋了的簡陋隔板小屋（那些房子配有木頭徽章，上頭有名字跟日期）。那個幫厄普戴克遮風避雨的不知名小鎮，沿著破碎的海岸，就位在一個平凡港口北方的一座城市的凹口，霍桑曾經在那個港口編織他陰沉的巫術。我記得，早在1835年，霍桑便覺得美好、崇高的年代已經遠去。的確，今天寒冷的空氣中有著熟軟過去的味道，還有一股曾經活力充沛的文化衝動，現在已消退成大量噴散的偽喬治亞教育機構，以及讓麻州在國會中成為全民主黨代表的古怪自由主義。

　　沿著一條切穿女子大學的蜿蜒道路，經過一道曾經護衛亨利・可雷・弗里克（Henry Clay Frick）[2] 的夏日別墅的鐵圍欄，

緊張的禮車司機和我繼續往前；我們（如果我可以在一篇如此自我反省的文章中，引用我先前的說法）「穿過一些鐵道，到達我想是錯的那一邊，在那裡，在幾次迷路闖入憤怒紳士的汽車道之後，我們終於碰到了那位作家，他看起來跟他的鄰居一樣年長和困惑」。也許，這回不全然是「困惑」——他的腳步更遲疑了，他的白髮更貧弱了。厄普戴克用親人般的熱情歡迎我，坦白說，我覺得作嘔。雖然他過著郊區小君王般的生活，被層層的贅物圍繞著，我還是直接切入重點。拿出我的超小型錄音機，我問他：

問：你怎麼可以這樣對我？

答：你是說另一本有關你的好笑冒險之書嗎？我愛你啊，亨利——這個理由還不夠嗎？你就是我還是鄉下小孩時想要成為的那種人啊：一位紐約作家，熱中那裡的有毒香氣。只是，等我來到那個大都會，才不過吸了一口，我就溜了。那段可恥的插曲所留下來的東西，就是我大兒子出生證明上的字：紐約，還有你。你還在追逐著你的夢想。我忌妒你。我忌妒你的都會笑話，你那身材豐滿的女人，你高貴的無聊，你能夠分辨出上城和下城、高速公路和地方道路的神祕能力。而我呢，搭上了地鐵，想去小義大利卻發現自己正朝哈林區奔馳。

問：約翰，你根本沒試。你假裝以這樣一個鄉下人的樣子為樂。讓你有藉口從不愉快的文明責任中逃走，從傳遞真正灰飛煙滅的世紀末產物中逃走。看看這本所謂的《海邊的貝克》。你真的認為我到處殺人嗎？你真的認為當一個出奇討厭的經紀人正在告我的時候，我還能在洛杉磯跟我律師的拉丁裔法律助理上床

---

2 亨利・可雷・弗里克（1848-1919），美國鋼鐵實業家。

嗎？你認為我到處那樣搞女人嗎？

　　答：（壞兆頭地）大家都這樣做。

　　問：（刪去剛剛那個明顯的熱門話題）還有，你送給我的這個猶太人模樣。關於當一個猶太人，你知道個什麼？我敢說，很少。大概就和你在賓州錫林頓城（Shillington）聽傑克‧班尼（Jack Benny）[3]的節目時一樣，一點也沒長進。去問欣希亞‧歐希克（Cynthia Ozick）[4]。去問里昂‧威塞提爾（Leon Wieseltier）[5]。去問奧蘭多‧柯恩（Orlando Cohen）。

　　答：柯恩是我發明的。不要內化你的批評家，亨利。那是創造精神的死亡。會造成不實的長篇謾罵。

　　問：你不會比亨利‧亞當斯（Henry Adams）[6]更像猶太人，而且一點也不有趣。

　　答：即便在今天這種防衛性多元化的尖銳氛圍中，做為一個美國人，我還是有嘗試的權利。對我來說，要當作家的條件不是得具有多少程度的猶太特質——一副局外人模樣，但卻都是菁英，而且被詛咒要靠聰明過活。不論如何，亨利，我不認為你是個猶太作家。我把你看成猶太作家，完全是臣服於我們那平凡職

---

[3] 傑克‧班尼（1894-1974），二十世紀最受歡迎的美國廣播及電視喜劇演員，猶太人。

[4] 欣希亞‧歐希克，1928年出生，美國猶太裔小說家和短篇故事家，作品以探討猶太人在當代美國社會中的挑戰為焦點。

[5] 里昂‧威塞提爾，1952年生，美國猶太裔文學編輯和文論家，作品內容廣及政治、文化和猶太事務。

[6] 亨利‧亞當斯（1838-1918），美國歷史學家和書簡作家，也是反猶人士，1894年曾組織移民限制聯盟，敦促美國政府限制以猶太人為首的「有害分子」移民美國。

業所具有的令人敬畏的可能性。就像《權利與榮耀》（*The Power and the Glory*）[7] 裡的那位威士忌牧師，不管事情有多糟，他還是可以把上帝放進人的嘴裡。我們仍然可以將真理放進人的腦袋。我們共同擁有那個，對吧？——那個小孩子氣的敬畏？

問：我會發問，謝了。我在來這兒的車上快速掃描了你那五篇故事的校樣——順帶一提，那真是一趟顛簸的旅程，尤其是經過普羅維丹斯（Providence）那段——我覺得那比較像是終極沮喪而非敬畏。如果這就是文學生活的話，請讓我隨時保持永恆的沉默。

答：沒錯，這生活的確不像是索爾頓‧懷爾德（Thornton Wilder）[8] 和班內特‧塞爾夫（Bennett Cerf）[9] 他們的悠閒日子看起來的樣子。而且你已經到了一個無法創新的年紀，你所寫的每一句話都會在無意中碰到你在三十年前所寫的內容。每個硬碟的記憶空間就只有那麼大啊。不過話說回來，即使是走進陰暗之中，還是要走得有信心。這一行向來都微不足道，只不過是將文字撒在未曾說過的事情表面而已。你說的沉默一直都待在紙張的另一邊。不過根據我有限的經驗，桶子的底層總是濕的，一定還是有些題材可以說說。對我而言，在去年夏天，你就是那個題材。我想念你。我想念紐約。我有個殘餘的故事，是有關捷克的，它來得太遲，趕不上放進《貝克回來了》（*Bech is Back*），所以我又寫了一些東西來搭配它，好將它們併成一本書，一本偽小

---

7 葛蘭姆‧葛林（Graham Green）的作品。

8 索爾頓‧懷爾德（1897-1975），美國劇作家和小說家，作品相當成功，榮獲多次普立茲獎。

9 班內特‧塞爾夫（1898-1971），美國出版家及編輯，藍燈書屋總裁。

說。你過去是我的延伸，而現在，我們就在這裡，我是你的了。

問：（不情願地）我想，那倒聰明。

答：失陪了，我要去修剪樹叢了。

別理鐵漢，生活不是真正小說家的唯一學校
科特‧馮內果

美國科幻小說和社會諷刺大師。1922 年出生於印地安那州，康乃爾大學生物化學系畢業。二次大戰期間在歐洲服役，退伍後，進入芝加哥大學攻讀人類學。1952 年出版第一本小說《自動鋼琴》（*Player Piano*），1969 年出版的第六部作品《第五號屠宰場》（*Slaughterhouse-Five*），奠定了他在美國和世界文壇的地位。作品風格結合了科幻、社會諷刺和黑色喜劇，以近乎預言式的觀點，對二十世紀工業發展所導致的去人性化現象，提出種種充滿奇想的描述，被譽為「世界上最幽默的作家之一」。作品包括《泰坦星的海妖》（*Sirens of Titan*, 1957）、《貓的搖籃》（*Cat's Cradle*, 1960）、《夜母》（*Mother Night*, 1961）、《祝妳生日快樂》（*Happy Birthday, Wanda June*, 1970）、《冠軍的早餐》（*Breakfast of Champions*, 1973）、《囚犯》（*Jailbird*, 1983）、《加拉巴哥群島》（*Galapagos*, 1985）、《藍鬍子》（*Bluebeard*, 1987）、《戲法》（*Hocus Pocus*, 1990）、《生不如死》（*Fates Worse than Death*, 1991）、《時震》（*Timequake*, 1997）等（以上中文版皆收入麥田《馮內果作品集》）。

　　這篇文章的起因是愛荷華大學出版社所出版的《一個作家團體》（*A Community of Writers*），那是一本關於該校「作家工作坊」[1]的文章和回憶，由羅伯・唐納（Robert Dana）集結編輯，他是詩人也是康乃爾大學英語系退休教授。1965年和1966年時，我是工作坊的全職老師，也在那兒開始撰寫我的小說《第五號屠宰場》（*Slaughterhouse-Five*）。

　　當時我已經破產了，書已絕版，還有很多小孩得養，所以急需這份工作。其他兩位暫居愛荷華市的作家和我一起待了下來，他們的情況也差不多。他們分別是納爾遜・艾格林（Nelson Algren）[2]和智利作家荷西・多諾索（Chilean José Donoso）[3]。我等一下會提到保羅・安格爾（Paul Engle）[4]，幾十年來，他不但

---

[1] 1936年正式成立，邀請世界各地傑出的詩人和小說家以個別指導的方式教授創意寫作。數十年來，參與授課的名家如雲，也培養出許多傑出的詩人和小說家。

[2] 納爾遜・艾格林（1909-1981），美國小說家，以小說《金臂人》（*The Man with the Golden Arm*）榮獲第一屆國家書卷獎，西蒙・波娃的《越洋情書》便是寫給他的。

[3] 荷西・多諾索（1924-1996），智利最著名的小說家，作品融合了超現實主義與黑色幽默。

[4] 保羅・安格爾（1908-1991），美國詩人、教師，也是華裔女作家聶華苓的先生。安格爾本身就是作家工作坊第一位取得創意寫作碩士學位的學生，並於1941年起擔任工作坊的負責人長達二十五年。1967年與妻子共同創辦愛荷華大學「國際寫作計畫」，每年邀請世界各地區作家到愛荷華四個月，寫作、討論、旅行。

努力經營這個工作坊，還賦予它充沛的人性和活力，「海岸防衛隊應該頒一枚勳章給他，因為他拯救了很多快要溺斃的職業作家。」

我去到那裡一年後，安格爾又救了在經濟上快淹死的李查・葉芝（Richard Yates），這是第二次了，葉芝是我見過最棒的作家之一。安格爾本身是位詩人，他用薪水復甦術救活了許多詩人：喬治・斯達伯克（George Starbuck）、約翰・貝里曼（John Berryman）、馬文・貝爾（Marvin Bell）、詹姆斯・泰特（James Tate）、羅伯・唐納、唐納・賈斯提斯（Donald Justice），還有羅勃・羅威爾（Robert Lowell），族繁不及備載。

我待在那裡的時間距離這篇文章已有三十多年，儘管如此，當時學生的名字我還記得很清楚：安德瑞・度布斯（Andre Dubus）、蓋爾・加德溫（Gail Godwin）、貝瑞・卡普林（Barry Jay Kaplan）、瑞克・波意爾（Rick Boyer），還有約翰・厄文（John Irving），以及約翰・凱西（John Casey）、大衛・尼洛（David Nilob），同樣族繁不及備載。

田納西・威廉斯（Tennessee Williams）[5]和佛蘭納莉・歐康納（Flannery O'Connor）[6]在我之前好久也曾待過那兒。不知道他們當時發生了什麼事。

若是有一群人跟本文的讀者一樣世故，那麼當創意寫作課程這個主題在他們之間提起時，我們可預期到會產生兩種差不多可說是自發性的反應。第一種是有點讓人難堪的：「你真的可以教

---

[5] 田納西・威廉斯（1911-1983），美國當代著名的寫實主義劇作家。

[6] 佛蘭納莉・歐康納（1925-1964），美國知名的短篇小說家，南方哥德文學的翹楚之一。

任何人學寫作嗎?」這篇文章的編輯兩天前才問過我這個問題。

接著某位仁兄幾乎一定會重述一個流傳久遠的傳奇故事。當時的美國男性作家為了要證明他們雖然敏感又愛美,但絕對不是同性戀,於是總擺出一副亨佛萊・鮑嘉(Humphrey Bogart)似的鐵漢模樣。那個傳奇是這樣的:有一個鐵漢,我忘了是誰,有人邀請他去跟創意寫作班的學生說說話。他說:「你們他媽的在這裡幹麼?回家去把你的屁股黏到椅子上,然後寫作、寫作直到你的腦袋掉下來為止!」或是諸如此類的話。

我的回答是:「聽著,創意寫作老師早在創意寫作課程出現之前就有了,他們一直被稱做編輯。」

那位懷疑是不是任何人都可以學會寫作的《紐約時報》老兄,自己也是編輯們教出來的。那個讓學生和講師覺得像個死老鼠樣的鐵漢,很可能在說完之後,還會在地上吐一口痰呢。而且幾乎可以肯定的是,就像我一樣,他交給出版商的手稿也是需要大修特修,就像我從工作坊的學生那裡拿到的作業一樣。

就算那個硬漢是湯瑪斯・伍爾夫(Thomas Wolfe)或海明威,他也同樣有個創意寫作老師,那位老師依據他長久的經驗,建議那位作家應該如何清理他在紙上製造的混亂。那個人就是麥斯威爾・柏金斯(Maxwell Perkins),眾所公認有史以來最偉大的小說編輯之一。

所以你就知道了:創意寫作課程是為具有靈感的業餘人士提供經驗豐富的編輯。

還有什麼工作比這更簡單或更有尊嚴?或更有樂趣?

十五年前,當我辭掉奇異公司的優渥工作改行自由作家時,只有兩所學校開設了研究所學位的創意寫作課程,以短篇故事或

詩或小說取代畢業論文，這兩所學校分別是：愛荷華和史丹福。

　　我沒有唸過其中任何一所。要是有的話，應該會對我很有幫助。樊斯·布傑利（Vance Bourjaily）那時候是工作坊的常任老師。他說他很遺憾在剛開始寫小說時沒機會到愛荷華或史丹福拜師學藝。他說，那會讓他少浪費好幾年的工夫，不必孤軍奮戰地尋找最佳的說故事方式。

　　很多人都知道該如何說故事，那就像是眾所皆知的社交規則，還有如何跟讀者當朋友以確保他們不會停止閱讀，以及怎樣在盲目約會時做個好對象。

　　其中有一些已經有兩千多年的歷史了，那是由亞里斯多德訂下的。我把亞里斯多德的話改述如下：如果你想要喜劇，寫那些比觀眾低下的人；如果你想要悲劇，至少寫出一個會讓觀眾覺得自己低下的人，而且，別用愚蠢的幸運和老天的干預來解決人類的問題。

　　在這裡，請容我說，最棒的創意寫作老師就像最棒的編輯一樣，教學能力一流，寫作功力卻不必然。當我在愛荷華與一群文學名人共事時，那裡最能提供學生幫助的老師，是兩位名氣較小的作家：威廉·卡特·莫瑞（William Cotter Murray）以及尤金·賈伯（Eugene Garber）。

　　如今全美各大專院校，至少開設了一百多個創意寫作課程，甚至連德國的萊比錫都有，那是我去年10月造訪那裡時發現的。令人氣餒的是，能靠寫小說或寫詩過活的人實在少得可憐，相較之下，這類課程四處可見的情形，想起來還真有些丟臉，那就像明明沒有藥局這種東西，卻又開了那麼多配藥學的課程。

　　是的，而我們這個愛荷華作家工作坊最大的祕密在於：它是

世界上最偉大的教師學院之一。

　　從事任何藝術，不論做得好或不好，最大的優點在於它可以讓我們的靈魂成長。由此看來，創意寫作課程激增，肯定是好事一樁。設立這些課程大部分都是為了因應1960年代學院學生的要求，他們希望這些課程能夠協助他們運用不那麼實用取向的方式，來發揮他們的自然創作欲望。

　　比方說，我也曾在哈佛教了一年創意寫作，當時就是因為學生要求能開設一門他們稱之為「創意思路」的課程。

　　Chuffa, chuffa, chuffa. Choo choo. Woo woo.[7]

　　當我先後在愛荷華、哈佛和社區學院任教時，我一直希望能僥倖做到下面這樣（我指的是成效而非實際做法）：我要求每個學生張開她或他的嘴巴，越大越好。我把拇指和食指伸進去，觸到喉頭蓋正下方的一點。那裡有一捲紙帶的開端。

　　我捏住紙帶，然後慢慢地、輕輕地把它拉出來，免得讓學生噎著。當我將它拉出幾尺之後，我們可以看到上面寫的東西，然後學生和我一起唸出寫在上頭的東西。

---

7 狀聲字，模擬作者和學生一起唸出紙帶上的字時所發出的聲音。

傳送「慈悲」給霖莉兒和其他驚奇：
一個詩人的禪定經驗

愛莉絲・華克

美國黑人小說家及詩人，民權運動者和女性主義者。1944年出生於喬治亞州，佃農家庭的最小女兒。高中畢業後取得獎學金，進入喬治亞州專為黑人女性成立的史佩曼學院（College Spelman），兩年後轉到紐約莎拉勞倫斯學院（Sara Lawrence College）就讀，就學期間曾以交換學生身分造訪非洲，1965年畢業。畢業後移居密西西比，積極投身風起雲湧的民權運動，並開始教導寫作及從事創作。1968年出版第一本詩集《曾經》（Once），1970年出版第一本小說《科普蘭農莊第三代》（The Third Life of Grange Copeland），描寫一個黑人家庭如何克服長達三代的奴隸情結。華克的作品以美國黑人文化為主要關懷，尤其聚焦於女性的身分，代表作《紫色姊妹花》（The Color Purple, 1982／中譯本：皇冠）為她贏得1983年的普立茲獎，並在1985年改編成同名電影，享譽國際。持續寫作之外，華克也持續參與各項女性主義運動、反種族隔離運動、反核運動以及經濟平等運動等等，1984年並創立自己的出版公司：荒木（Wild Trees）。重要作品包括：小說《發現綠石》（Finding Green Stone, 1991）、《現在是敞開心房的時刻》（Now is the Time to Open your Heart, 2004）；短篇故事集《愛與煩惱：黑人女性故

事集》(*In Love and Trouble: Stories of Black Women*, 1973);詩集《革命的牽牛花》(*Revolutionary Petunias*, 1973)、《我臂下遊出的詩》(*A Poem Traveled Down My Arm*, 2003);論著《卓然不群的非裔女性》(*Women of Hope: African Americans Who Made a Difference*, 2004)等。

　　在最近一次為期一星期的閉關修行中，我領悟到，如果我沒有和我那非常可愛的先生離婚，沒有遭受到永遠失去他的友情的強烈痛苦，我可能永遠都不會發現禪定（meditation）這件事。雖然中國的老祖先曾告誡我們說：搬一次家等於遭三次火災，但卻沒人告訴過我，與我深愛但卻不願再同住一個屋簷下的人分離會有多困難。

　　然後，我接觸了禪定，就像大部分的人一樣：因為劇烈的痛苦。失去、困惑、悲傷。焦慮侵襲。沮喪。自殺傾向。失眠。一位好朋友告訴我關於禪定的事。但是我幾乎沒聽進去，因為我知道她正跟一位她全心相信的禪定老師鬧緋聞。然而，不管我做了多少別的嘗試，那痛苦一點也沒消減。

　　我記得我坐在墊子上想著，這永遠都不會有用。然後漸漸地，那一夜稍晚，我體會到自己不再那麼浮動，接著，早晨不再令我想拿個套子蓋住頭。我可以幾近正常地聽收音機，至少可以聽音樂——這些事曾經遭到我的靈魂嚴格禁止——大致看來，我的內在靈視似乎已經開始明亮了。

　　經過一個禮拜的課程，師父舉行了一項儀式宣布我已經可以掌握這項技巧了。讓我驚訝的是，在這次禪定期間，我覺得自己掉進了一個完全不同的內心世界。一個充滿最純粹的寧靜、最燦爛的平和的空間。我開始咯咯地笑，然後大笑。我知道我悟道了。我悟到的是，禪定將我帶回到童年時最愛的地方：放眼風景，與它合一，而後一起消失。

　　當然，不是每個人的禪定經驗都是如此。有一回，我與佛教師父公開對談時，我提到了這種「消失動作」的喜悅。我說那大概就像是死掉了一樣，但是讓你驚訝的是，你發現自己竟然非常享受那種感覺。師父說，對她而言剛好相反。在禪定的時候，她感受到完全的存在，知道每一件在她身邊的事。事實上，我的禪定也越來越像這樣。雖然佛祖教我們要放開，尤其是要放開意識中的短暫心理狀態，但我有時候確實會想念那些短暫的無我時刻的喜悅。

　　我是在將近二十年前進入禪定，當時在我的二房半公寓裡（我已經放棄曾經和那令人愛慕的先生一起待過的十一房住宅），我驚奇地發現，一個人的短暫心理狀態有多複雜、多無常。比方說，有一種打坐是非常性慾的，彷彿靈量（kundalini）一直在等著我坐下。

　　有些時候，我哭得很厲害，好像舊時的悲傷正使盡力氣在爭取我的全心注意。也有純粹喜悅的時候，我覺得心靈輕盈，是因為你知道你已經找到真正可以依靠、對你有益的東西。

　　禪定成了我的忠實朋友。它幫助我寫作。如果沒有它，我不可能寫出《擁有喜悅的祕密》（*Possessing the Secret of Joy*）（關於一個被割除陰蒂的女人），和《寵靈的殿堂》（*The Temple of My Familiar*）（我的「偉大靈視」小說，關於世界如何變成它今日的模樣）。《紫色姊妹花》（*The Color Purple*）的幽默和嬉鬧，大部分要歸功於我每天例行練習時的心靈平靜。

　　它幫助我養育我的孩子。沒有它的話，身為單親媽媽的挑戰早就擊倒我了。它讓很多失去變得可以忍受。不只是我的前任朋友，我嫁的那個男人，還有失去其他所愛的人、社群、文化、生

物、我們現在活著的世界；在這裡，藉由安靜和規律地凝視，進入一種延伸的開闊，榮耀我們碎裂的心，是為了要滋養新希望的開端。禪定的魔力一直存在著。

這是一個祖先有時會出現的時刻。

我在那次閉關修行時領悟到，早年的失落如何給了我這項珍貴的收穫：我開始深深投入 metta，「慈悲」禪定。它引領我們將「慈悲」傳給我們的一位愛人、一位恩人、一個中立的人和一個難相處的人。選擇一位難相處的人一直都是比較有趣的，因為在你做選擇的時候，你會開始發現那個人和你有多像。

不過要選擇一位恩人卻總是困難的。我們傳送出去的「慈悲」是：「願你快樂。願你平安。願你安寧。願你幸福。」麻煩的是，我有太多恩人可以選了。

我想起兩位老師：霍華德‧辛（Howard Zinn）以及斯道頓‧林（Staughton Lynd），分別是歷史學家和激進行動主義者。我還在大學時，他們用兄長的關愛教導我。我也想起查理士‧梅瑞兒（Charles Merrill）[1]，一個擅用他父親（梅林證券〔Merrill Lynch〕）遺產的人，他把大部分都捐出去了，其中一些給了我，當時我還是個窮學生，甚至連一雙暖鞋也沒有。我想到瑪莉安‧萊特‧愛德曼（Marian Wright Edelman）[2]（兒童保護基金會），

---

1 查理士‧梅瑞兒，指美國金融家查理士‧愛德華‧梅瑞兒（1885-1956）的兒子，老梅瑞兒是美國二十世紀最具創意的金融投資家，貧困出身，在華爾街白手起家，創立了全世界最大的證券投資公司梅林證券。小梅瑞兒在父親死後，出任梅瑞兒信託基金的董事長，成立獎學金資助貧困學子，並贊助成立梅瑞兒學院（Merrill College）。本文作者便是取得梅瑞兒獎學金才得以順利進入大學就讀。

2 瑪莉安‧萊特‧愛德曼，兒童保護基金會創立者，非裔美國人，也是一位積極的民權運動分子。

她對孩童們所做的貢獻，使我們整個社會都受益。

有一陣子，他們四個人融合在一起。不過就在他們身後，我看到我詩歌老師的臉，那個女人，我總是在她背後說她穿得像亨利八世。因為她戴著有毛的俄式大帽子，穿著真皮靴子，黑綠色緊身褲。她是霖莉兒・魯凱瑟（Muriel Rukeyser）。詩人，反叛者，夢想家，生命的能量。

自從我在莎拉勞倫斯學院認識她後，這是我所能看到她最清楚的模樣了，她看起來一點也不像那幾年那麼蒼白虛弱，那是之後很多年，過世的前幾年。她看起來紅潤愉快，她大笑著。在莎拉勞倫斯的時候，她把我最初寫的詩寄給《紐約客》。《紐約客》沒接受。剛從喬治亞上來的我根本不知道《紐約客》是什麼。但她在讀過那些詩後立刻這樣做，讓我十分愛戴她。

後來她還幫我找出版社，還替我引薦我生命中最愛的人之一，藍斯頓・休斯（Langston Hughes）[3]。假使休斯是我第一篇短篇故事的教父，她就是我第一本詩集的教母。

在我新書的題詞裡，他們兩位就是我所說的「美國種族」的主要典範。我的心裡滿懷著感激和情感，我開始傳送「慈悲」給霖莉兒。

　　願你快樂，我說。
　　我是快樂的，她說。
　　願你平安，我說。
　　我是平安的，她說。

---

[3] 藍斯頓・休斯（1902-1967），美國非裔詩人及作家。

願你安寧，我說。

我是安寧的，她說。

願你幸福，我說。

我是幸福的，她說。

願你喜悅，我補充道，能堅定面對所有事。

我是喜樂的，她說。彷彿在說：

我在天堂，當然我是喜樂的。

天堂。現在有個想法。到最後，沒有任何事能讓我相信我們會住在天堂以外的地方。而那個天堂，比較像個動詞而不像名詞，比較是一種狀態而不是一個地方，那個天堂就是要帶著一顆不管是處於破碎或是蓬亂狀態的心過活，有信心地跌跌撞撞向前行，不時地，直到我們奇蹟似地發現我們的道路。我們前往諒解的道路，我們前往放下的道路，我們前往了解、同情心和安寧的道路。

我想，就是微笑，微笑會在最後流露出來，並且說：「嗨，我想我們在那裡了。」而那個那裡一直是這裡。

在懶惰城堡裡，你可以聽見心靈的聲音[1]

保羅·威斯特

美國小說家和文學評論家。1930年生，曾在牛津大學唸了兩年研究所，後轉入哥倫比亞大學，取得比較文學碩士。著有十餘本廣受好評的小說，及多本非文學暢銷書，曾獲美國藝文學會文學獎，法國藝文騎士勳章，法國梅第西獎（Prix Medici）及費米娜獎（Prix Femina）等。重要作品包括：小說《巴黎捕鼠人》（*Rat Man of Paris*, 1986）、《史陶芬堡伯爵的鼎盛時期》（*The Very Rich Hours of Count von Stauffenberg*, 1989）、《拜倫爵士的醫生》（*Lord Byron's Doctor*, 1989）、《白教堂的妓女和開膛手傑克》（*The Women of Whitechapel and Jack the Ripper*, 1991）、《愛之屋》（*Love's Maison*, 1992）；以及非文學作品《寫給聽障女兒的話》（*Words for a Deaf Daughter*, 1970）、《文字的祕密生活》（*The Secret Lives of Words*, 2000）、《牛津歲月》（*Oxford Days*, 2002）等。

---

[1] 懶惰城堡（Castle of Indolence）出自詹姆斯·湯普森（James Thompson）的同名小說。在睡夢國度裡，每一種感官都沉浸在懶洋洋的歡樂中。城堡的主人是一位巫師，所有進入他領土的人，他都除去了他們的氣力和自由意志。

　　偶爾我父親會帶我走過市場街和教堂街去拜訪他母親，目的
不外是把我當成他某次釣獲的鰷魚或狗魚般炫耀，或是——這可
能性更大——讓我瞧瞧他那躺在四處看書的四個兄弟和四個姊
妹，看他們如何遺忘士農工商的世界，靠著母親整天不斷供給的
牛肉三明治維生。那時候我大概八歲吧，而他們，他說，懶惰又
沒志氣。

　　在我看來，我覺得他們過得好極了，可以心滿意足地花一整
天的時間從一個章節到下一個章節（他們慢慢地讀，有時低聲唸
著）。他們讀的是冒險故事和羅曼史，一點也不嚴肅，雖然我父
親以前看過一些康拉德和狄更斯。但是他，用他的方式，一個獨
眼老兵，比他們更令人印象深刻，因為他所看的每一本書，都是
一連串不斷努力的對焦。他比較喜歡他以前讀過的書。出生在這
個貪食書本的家庭，我父親用加入戰爭的舉動來逃避它，如今，
他用最譏諷的軍人神態檢視著他們：這是他為了對抗德軍而被肢
解掉的部分。

　　我一直在這個儀式中徘徊逗留，因為後來，在我大學時期，
我發現了懶惰城堡，而且立刻認出它就是教堂路七號，在那裡讀
書讀得越久，你就越能從雜役俗事中獲得解脫。從我父親的兄弟
姊妹身上，我撿拾到冥思生活的種子，渴望做一場將紅塵俗世全
部隔絕的美夢，同時體會到在我腦海裡的那些影像瀑布的重要
性。我對他們的看法和別人不一樣，至少和我父親用他蹣跚的步
伐以及朦朧的眼睛所體會的並不一樣，我了解那種懶洋洋地躺著

傾聽自己內心的感覺，或是那種在投入他人內心的同時傾聽自己內心的感覺，我知道我正在為某個東西奠定基礎——是什麼呢？

我寫了一些關於紐西蘭戰鬥飛行員的短篇故事，這些飛行員總是能在與日軍的空戰中僥倖存活，因為我的偶像「夥伴」凱恩（Cobber Cain）當初沒能活下來。我的這些早期故事也沒能留存下來，不過奇怪的是，我清楚記得我在裡面寫進了一些關於我姑姑叔伯的文學懶散。那些飛行員在高緯度時覺得平靜，甚至在空戰失敗後繫著降落傘往下飄蕩時也是。那畢竟是個戰爭的年代，初出茅廬的年輕作家除了在他周圍瀰漫的氣氛中打轉之外，必然也會從槍林彈雨中收集他的主要意象。

就某方面來說，我複製了父親身上那種幾近安祥或說象牙塔的氣質。即使在他發射維克斯（Vickers）重機槍或躲避榴霰彈時，他也會低聲唸著我不知道從哪兒聽來的高音調僧侶祈禱文，以便讓自己平靜下來（我猜是葛利果聖歌〔Gregorian chant〕）。

我花了很長的時間——直到我的第二本小說出版，距離我造訪教堂路的童年時代已過了很多年——才了解到那股懶散、那種夢想、那份與世隔絕的情懷，那些似乎是我從父系家庭那邊遺傳到的特質，正是小說家完成其作品的鑄造廠，至少也是開始的地方。在那裡，不請自來的獨特想法就像沼澤裡的田鳧一樣快速成長，結構接著會慢慢出現，支撐後來的幾個章節。

我所學到的是，你必須要把自己交給它，甚至臣服於它，不要用任何道德或理性的盤算，去檢視它的成效。我總是能坐上好幾個小時看著大海或甚至（從某個華美達國際連鎖飯店〔Ramada〕的高窗）看著平原，我曾企圖為這塊肥沃的內在之地想個令人愉悅的名字，最近在我腦裡出現的是：「有形世界的無形度假勝地」。

　　在寫過了約二十本書之後，如今寫作不純粹是打開魔咒、騷亂和夢境的開關。我必須坐在鍵盤前，等到幻想中的華麗野獸遊行開始通過我的內心之眼，我在它們面前恢復了活力，對它們的掠奪和思考也隨之開始。血壓升高了。世界消失了，只為了從萬花嬉鬧中重生。我覺得幸運，我和逼著我做自己的復仇女神交情不錯。

　　先離題一下，真正的散文是極度理性、極度冷靜的設計；但是它所呈現出來的東西，有時卻有一種強大、神祕、甚至野蠻的特質，這種特質逼得我不得不探索這類人類學式的用字。最近，我正在忙著一件某些人可能會認為很不美國的活動：中篇小說（novella）。那是一篇「關於」希特勒的小說，那個在維也納失敗／落榜的藝術學生希特勒，我心裡的反叛部分開始用主流形式的節奏和規則來吟詠反希特勒的打油詩。

　　我的中篇小說旨在挖掘那股引發嚴重獨裁暴力的溫和潛流，這股潛流有著嚴肅、反諷、辛辣的本質。出現在我心中的詩節是另一種樣貌，但它們無疑是做為一種輕蔑的對比。也許布萊希特（Brecht）會懂這種令人痙攣的疏離效果：

> 有個年輕人來自維也納
>
> 他將身體洗掉用施納旆那[2]。
>
> 他出來時一身瘦細，
>
> 他們幫他鍍好錫，
>
> 現在用他當天線拿。

---

[2] Senna，即番瀉樹葉，一種瀉藥，為求和上句押韻，此處採音譯。

其他部分的打油詩各有不同調性。在一隻神祕之手的暗中運作下，每一部分都能在最後的版本中各就各位。我的決定總是跟著感覺走，我覺得寓言中的馬槽至少在某些時候是和寓言本身一樣有趣[3]。

在這個中篇故事的另一端，是一本總計約三千頁的小說，已經完成了三分之二左右。這本小說的最初構想是基於反叛，不過寫作過程卻是歡樂的。我只和兩個人談過這部龐然大物：一位是美國出版商，他不必溫習就可以和你談論布洛赫（Hermann Broch）[4]的《維吉爾之死》（Death of Virgil）；另外一位是我的法國出版商。頭一位眼睛眨也不眨就說：「如果要用平裝，書背會破掉。」第二個則說：「為什麼不呢？你看普魯斯特。你行的。有你的。」

我每天都用史密斯・柯洛納SL 580打字機寫作，從午夜到凌晨兩點，大部分都聽古典音樂，這無疑是一種返回母體的現象，因為打從一開始，甚至還在子宮裡的時候，母親就不斷用琴聲圍繞著我。我對鋼琴音樂的反應最敏銳，所以我的理論一定有些道理。

我從來沒理解到，比方說，350個凌晨乘以每天3頁就將近

---

3 寓言中的馬槽（fable's manger）是源自於《伊索寓言》中的一則故事：〈馬槽裡的狗〉（The Dog in the Manger）。故事裡有一隻不吃牧草的狗佔了一個放著牧草的馬槽，當牛隻要來吃草的時候，狗卻不讓牠們接近，寓言的主旨是：不要佔著毛坑不拉屎。作者在此借用馬槽來比喻故事中的小細節。

4 布洛赫（1886-1951），奧地利小說家，猶太裔，二次大戰期間流亡美國。作品深受喬伊斯和卡夫卡的影響。《維吉爾之死》是他的代表作，描述維吉爾這位羅馬詩人臨終十八小時的內心活動，藉此闡述他對藝術作品在現代社會的存在價值的探討。

1000頁了。感覺起來似乎不必費太多力氣，也似乎沒很多字。如果你像我一樣，幾年下來固定每週都會寫一篇文章的話，這或多或少就成了你的頭腦運作方式。我總是有辦法感覺到接下來五句話的節奏，有時候，為了記住它，我會用假語言把它詠唱出來。如果我小時候感覺就像個怪胎，你可以想像我現在到底有多怪了。

以前我應該多留意我母親，應該學會彈鋼琴、讀音樂的。我想我一直覺得對她有所虧欠，在選擇以文字取代樂符的同時，我沒有對這個女人表達我的敬愛，從小，只要我願意聽，她就會把我抱在膝上教我文法，甚至傳授我樂理和和聲的美妙。我從這個家庭的兩方各取得了我所需要的東西，從來沒有抱怨。由於代理了雙方的特質，我成了一個戰地壕溝和皇家音樂學院的綜合產物，由赫伯・派瑞（Hubert Parry）製造出的佳釀[5]。通常，我會熬夜把剛寫下的東西修改完畢，偶爾也會把它劃分開來，然後帶著庖丁式的喜悅顫抖睡覺去。

假使現在有人強烈反對小說，說它沒有處理「真實的世界」，我推論這樣的胡說八道想必也是反對想像力的，因為想像力將心靈未曾見過的東西擺到它的眼前。如果在想像力這個複雜的性格輻射物面前，我們已失去了敬畏之心，那麼我們確實已經準備好要迎接機器的時代，迎接數據的霸權，還有閱讀的沉寂。

不過，你不能只是說出那個大膽的字眼：**風格**，然後就不了了之。風格這把鑰匙只能讓你不致變成無名氏而已。我知道有些作家，也許是出於對統一性的錯誤渴望（就像小孩一樣），希望用同樣的外來或原生英語書寫。也許他們覺得這樣比較受人注意，因為每一種風格都有一定的分量可以繁衍眾多複製品。這些

---

5 赫伯・派瑞（1848-1918），英國作曲家，也是英國皇家音樂學院的教授。

作家渴望一種完全無錯的藝術，一種卑微的抱負。隨著自稱文體家（stylist）的人不斷從世上湧現，這種進退兩難的尷尬必定是存在的。

　　我曾寫過一篇文章為文體華麗的散文辯護，此後那篇文章就經常被當成來自蓬萊仙島（Cockaigne）或撒馬爾罕（Samarkand）的報告[6]。事實上，我只為那些最好的華麗散文、那些文字最精練的散文辯護，而我最熱烈的掌聲，是保留給那些能用最常見的簡單文字做出最單純、最順暢組合的散文。生活在這廣大的物質世界之中，老寫些單調無聊的事情似乎很小家子氣。

　　當然，作家不可能一直燃燒如寶石般的熾烈熱情，但他們至少該有本事當個胖胖的熱水瓶，可以把大量的觀察轉化成雄偉的句子。不論如何，這就是我努力的目標：我心裡牢記著，我從沙特身上學到主張自我；從德昆西（De Quincey）身上學到難以理解的事物；從貝克特（Beckett）身上學到那位久病大師響亮博學的聲音；從普魯斯特身上學到永恆渾沌的藝術；從湯瑪斯·曼（Thomas Mann）身上學到諷刺的堅實；還有從卡萊爾（Carlyle）身上學到繁複的韻味。

　　我有一個開放的願景，可容納任何事物，我歡迎所有的入侵者，來此認識這個世界的豐富性，它遠比一整牆同一廠牌的鞋盒精采多樣，後者的臭黴味早把創意嚇得退避三舍。

　　在早期的小說中，我常常自歷史人物取材——開膛手傑克；克勞斯·史陶芬堡（Claus Schenk von Stauffenberg），他試圖以手提箱炸彈刺殺希特勒；拜倫的醫生；克勞斯·巴比（Klaus

---

6 蓬萊仙島是英國中世紀文學中的人間樂土；撒馬爾罕則是伊斯蘭教帖木兒帝國的富庶中心。兩者皆是幻想樂土的代表。

Barbie）[7]以及其他人。我這麼做的原因是：這些現成的人物給了我很大的創意自由。將真實和虛幻的鬼魂混合在一塊，可以強化整體的幻覺效果，或許也可以滿足人們對「名人八卦」的熱中。他們會去猜測或吞下所有的宣傳，不過就是這樣而已。

不管是連續殺人犯、獨裁者、模範人物或犯錯天才，他們的心靈正是吸引我們的地方。伊莉莎白時期的詩人從神話中竊取人物角色時，他們稱它為「那個希臘羅馬的東西」。掠奪是理想的，這樣可以讓我們的生活中充滿澡盆玩具。有關麗姬・波頓（Lizzie Borden）[8]的歌劇也有同樣的效果。

然而這些都是意外。那個我已經奉獻許多時間而且依然持續奉獻的小說形式，已經不再只是故事（新聞播報員喜歡的字眼）了，也不是場景環境間的對話，不是任何「優良產品」，也不是所謂的翻頁機，而是充滿想像力地投入一個無法忘懷的某個東西。「敘述」（tale）只是它的載具，想像才是它的主旨。假使我們還沒從布洛赫和普魯斯特、勞瑞（Malcolm Lowry）[9]和法蘭姆（Janet Frame）[10]、喬伊斯和吳爾芙、雷薩馬・利馬（Lezama Lima）[11]和羅亞・巴斯托斯（Roa Bastos）[12]身上學到這點，我們還得多加努力。小說是一種試圖掌控和接受世界的努力，或許小說也是種一種記號，它提醒所有的讀者：那些在現實中受過傷的人還是可以擁有夢想。

---

[7] 克勞斯・巴比，二次大戰納粹戰犯。

[8] 麗姬・波頓是鵝媽媽童謠中的人物。

[9] 勞瑞（1909-1957），英國小說家、短篇故事作家與詩人。

[10] 法蘭姆，1924出生，當代公認最重要的紐西蘭作家。

[11] 雷薩馬・利馬（1910-1976），古代詩人及小說巨擘。

[12] 羅亞・巴斯托斯，1917年出生，巴拉圭最著名的世界級小說家。

一起踏上孤獨的旅程

希兒瑪・華利茲

美國小說家暨資深寫作教師。1930年出生於一個藏書稀少但口述故事豐富的猶太家庭，四十四歲才出版第一本小說，是位大器晚成的作家。華利茲長期在紐約新學院（New School）安納托・卜若雅（Anatole Broyard）的小說工作坊上課，並靠著大量閱讀和傾聽逐漸鍛鍊其寫作功力。出書後也開始投入寫作教學工作，陸續任教於愛荷華大學作家工作坊，以及哥倫比亞大學和紐約大學的寫作課程。曾獲古根漢基金會、美國國家藝術基金會及美國藝文學會的會員資格及獎章。作品包括：《結束》（Ending, 1974）、《願你在此》（Wish You Were Here, 1984）、《失去愛》（Out of Love, 1984）、《銀》（Silver, 1988）、《愛的隧道》（Tunnel of Love, 1950）、《作家友伴：小說工作坊以及關於寫作生活的思考》（The Company of Writers: Fiction Workshops and Thoughts on the Writing Life, 2001）等。

　　作家工作坊不斷增加這事引起了一個老問題：創意寫作可以教嗎？我聽過最棒的回應是華勒斯・史達格納（Wallace Stegner）[1]的一組答案：「1. 可以。2. 不是每個人都可以。」

　　我想他的意思是，只有真正有天賦的人可以在對的環境中得到培養和發展。但是在我的經驗裡，只有一小撮工作坊的學生曾經展現這樣的天分，而且我們都知道，那些有天分的作家毋須藉助組織團體或心靈導師的幫助就可以寫得很棒。不過，我們也必須說，這樣的天賦如果放在錯誤的環境下，就算沒被摧毀，也很可能會遭到壓抑。所以我們真的需要那些工作坊嗎？

　　寫小說是孤獨的職業，但卻不一定寂寞。作家的腦袋裡聚滿了角色、意象和語言，這使得創作過程有點像是在舞會上竊聽別人的談話，為此，你在列賓客名單的時候得到很大的樂趣。通常要到作品完成，所有的宴會賓客和他們的想像世界都解散了，寂寞才會出現。

　　那時，懷疑也會漸漸產生。這個故事結束了嗎？它好不好呢？我該怎麼判辨呢？大部分作家的心都被野心勃勃和自我質疑撕成兩半。甚至連維吉尼亞・吳爾芙也懷疑過她的《燈塔行》（*To the Lighthouse*）手稿：「這是廢話嗎，這是聰明的嗎？」當然，她大概已經向她那群著名的布倫斯伯里（Bloomsbury）幫裡

1　華勒斯・史達格納（1909-1993），美國小說家也是著名的寫作教師，小說《安眠的天使》（*Angle of Repose*）被藍燈書屋列為二十世紀英語百大小說之一。

的某個人徵詢過有用的意見了。

　　不過，大部分的新手難得這麼交友廣闊，更何況，跟他們那些非作家的配偶和朋友徵詢意見，結果可能會十分慘烈。愛你的人通常會喜愛你製造出來的所有東西，因為那是你的（你母親不是早就驕傲地將你早期的藝術作品展示在冰箱上嗎？）。而那些暗含競爭或是忌妒想法的人，可能會試著要破壞你的信心和你剛萌芽的事業。牢記高爾·維達（Gore Vidal）[2] 那句率直又小心眼的言論：「不論什麼時候，當某位朋友有了一點點成就，我心中的某個東西也跟著枯萎了。」還有，我祖母也說：「有那樣的朋友，你也不需要什麼敵人了。」

　　所以囉，把自己的作品帶回家可能對人際關係非常有害。家裡的另一名成員會因而陷入一位同居人兼評論家的薄弱立場，還有，要注意：他也可能正打算給你看一些他寫的東西，指望妳給他愛的回報。在這類情況下，比較保險妥當的意見是：「太棒了，親愛的，我簡直愛不釋手。」在他閱讀的當兒，你就站在面前、摟著雙手，而且還喃喃自語，有誰敢釋手啊？

　　你一定要問你自己，是不是真的想從愛人身上得到誠實的意見。一位即將成為某暢銷小說家前妻的太太，曾經向我抱怨過她丈夫的習慣，他常要求她在就寢前閱讀他正在進行中的作品的某個章節。

　　「如果我說我喜歡，」那位太太說，嘆著氣，「他就希望知道有多喜歡，而且，要說出每一個細節，精確的原因。」如果我不喜歡，他就會失望萬分，然後我就必須幫他振作起來。不論什

---

2 高爾·維達（1925-），美國著名的小說家、文論家和劇作家。

麼情況，我們都會有好幾個小時不能睡覺。

　　我同情她，也同情他。當我在早餐時刻跟我當心理醫生的丈夫重述我昨夜的夢境時，我會暗自希望他羨慕這個夢，而不是去分析它。

　　我記得在完成第一個短篇故事的初稿時，我也曾懷疑：它可以嗎？它真的是個有誠意的故事嗎？一次又一次的重複閱讀並無法解決我的不確定感。我渴盼能立刻得到一些回響，但我沒有任何同儕團體可以求助；我根本不認識任何作家。

　　那時候，我是個典型的六〇年代家庭主婦，盡責地投入每天的家庭生活瑣事。我大部分的創造精力都花在家政上。我從來不做簡單的鮪魚沙拉三明治給小孩。那些可憐的小孩必須要吃掉有著蘿蔔莖手臂和凸凸橄欖眼睛的鮪魚人。生日蛋糕——當然也是拼拼湊湊弄出來的——的裝飾多到幾乎把蛋糕壓垮。還有我的吉利丁果凍模型，也是出了名的新穎獨特又複雜。

　　身為一位大器晚成型的作家，常常有人問我，我的丈夫和小孩會不會因為我的新生涯而覺得遭到遺棄或背叛。坦白說，當我開始把精力和靈感轉移到別的地方時，我想，全家人都鬆了一口氣。不過，我還是不知道第一個故事是從哪裡冒出來的（雖然開場白：「今天在超市有一個女人瘋了」，可能給了我一個線索），也不知道到底該怎麼做。

　　我徵詢我先生的想法，而他非常明智地建議我去尋求專業意見，於是我加入了新學院（New School）開設的寫作工作坊。我在那裡第一次找到了其他的作家同伴。沒有比找到李文斯頓（David Livingstone）更能讓史坦利（Henry Morton Stanley）高興的事了[3]。不過我的喜悅並沒立即出現。

　　我參加的那個工作坊是由安納托‧卜若雅（Anatole Broyard）所領導，他是一位作家，後來成為《紐約時報》的每日書評家。我因應規定交了一篇短篇故事，幾天之後我收到一張邀請卡，要我下星期一晚上六點在一間指定的教室上課。

　　那一晚，那個房間擠滿了人（他們沒有拒絕任何人嗎？），我坐在後面的一個空位上，懷疑我到底在這裡做什麼，還有，為什麼在我丈夫提出這個建議時，它似乎是個很棒的想法。安納托說了一些開場的話，接著參考了一下名單，點名要我到前面去，把我的文章大聲朗讀給全班聽。冷不防被點到名，我隨即吐掉口香糖，然後跌跌撞撞地向前去，沿路還掉了幾頁稿紙。我非常緊張，幾乎是換氣過度，接著我用一種通常只用來唸洗衣清單或視力檢查表的戲劇性方式朗讀著。

　　當安納托要求班上同學回應我的故事時，一個黑衣男士立刻說這是他聽過最無聊的故事了。這就是我最在意聽到的話了。我已經準備好要打包，回家，然後終我一生只做吉利丁果凍模型和鮪魚人。

　　安納托塞給我一張紙條，他甚至還當場告訴那位毀謗者說，他有權利不喜歡我的作品，但他必須說出為什麼他覺得無聊，以及我應該怎麼做才能讓它更好。還有，這裡面完全沒有任何他喜歡的東西嗎？那一刻，我最不想要的就是詳細的負面批評，或是被賞賜一根遲來的讚美骨頭，不過無論如何我一邊聽著，一邊偷

3　李文斯頓（1813-1873）是英國的醫生、傳教士兼非洲探險家，在一次深入東　非的探險活動中與外界失去聯絡，來自各方的搜尋活動相繼展開，史坦利便是　美國一家報社派來尋找李文斯頓的代表，他於1871年在今天的坦尚尼亞境內找　到李文斯頓。

偷打開那張紙條，直到現在我還保留著那張紙條，偶爾還會看看
它以便再次確認。上面寫著：「故事很好。恭喜。待會兒來找
我。」

　　這些字中和了嚴厲言詞的刺痛，我那位同學仍然快活地說
著，就在那一刻，我學到了教授寫作最重要的一件事：一定要在
工作坊裡維持一種誠實和寬容的平衡。每個人都必須知道作品背
後有一位同伴正被討論著，而且批評必須要有建設性，不能只是
任意的謾罵或讚美。

　　那個命定的第一個夜晚，當我在課後跟安納托說話時，他建
議我加入他的高級工作坊，那是一個規模小很多的團體，每個禮
拜見一次面，在他白天工作的廣告代理公司的一個會議室。我非
常寬慰和開心。我帶著一顆受到鼓舞的心回家，接下來那個星
期，我又大聲唸了我的故事，這次用了更多的表達，更別提我有
更高的期待了。

　　讓我失望的是，高級班裡也有幾位夥伴不太喜歡那篇故事。
不過至少他們的意見是平衡的、有建設性的，而我也能夠更平靜
地聆聽和選擇我需要的東西來加強那個故事。

　　我在那個團體待了好幾年，我學到很多東西：工作坊不是團
體治療；在小說中稱雄的角色在現實生活中也是如此；普通工作
坊的目的是修改，而不是自殺；永遠不要匿名投稿（除非你正在
聯邦證人保護計畫裡）；對讀者來說行不通的稿子是沒有辯護餘
地的。最棒的是，我漸漸了解到，我參加了一個可靠的作家團
體，他們會支持我走過困難的計畫，使作家困窒的魔咒，還有那
些不可避免的挫敗。

　　如今我已經斷斷續續教了好幾年的小說寫作，這些誠實和寬

容的基本準則仍然是我的工作坊的核心，就像其他作家的陪伴不斷支持和啟發我以及我的學生那樣。每篇呈現出來的故事都能得到一次詳細討論的機會，甚至（這真的發生過一次）當敘述觀點是來自一位腦死的人。你可以想像，可信度和同理心是那堂課的重要課題。

我仍然贊同華勒斯‧史達格納的看法，認為天分是那些未來專家的首要條件。但教室裡永遠有個空間是保留給其他感興趣的人，在他們熱烈討論彼此的作品時，他們成了更好的讀者。天曉得，我們總是可以多多利用他們。

國家圖書館出版品預行編目資料

作家談寫作／約翰‧達頓（John Darnton）編；
戴琬真譯. －－初版. －－臺北市：麥田出版：
家庭傳媒發行, 2004〔民93〕
　　面；　公分. －－（麥田人文；92）
譯自：Writers on Writing : Collected Essays
from The New York Times
　ISBN 986-7413-51-2（平裝）

　1. 寫作法

811.1　　　　　　　　　　　　　93019236